KILLING EVE

KILLING EVE
DIE FOR ME
Luke Jennings

キリング・イヴ

ルーク・ジェニングス
細美遙子＝訳

U-NEXT

キリング・イヴ 3

ダイ・フォー・ミー

DIE FOR ME

by Luke Jennings

1

日の光が薄れるにつれ、氷のような風が吹きはじめた。酷寒の南東風が猛烈な勢いでリガ湾からバルト海を抜け、船の側面にぶつかる。そのせいでコンテナは連結棒にあらがってきしみ、激しく揺れ動く。海上をロシアに向けて東に進むにつれ、気温はどんどん下がっていた。

この五日間ヴィラネルとわたしが同居しているコンテナは、刑務所の独房ぐらいのサイズの波型スチールの箱だ。高さは二メートル半ちょっとで、船の右舷側に積まれている五個組みコンテナのいちばん上にある。その内部には衣類の梱包箱が一部に積んであり、死ぬほど寒い。わたしたちふたりはネズミのように暮らしていた。暖を求めて抱き合い、どんどん少なくなっていくかたくなったパンとチーズとチョコレートをちびちびと食べ、持ちこんだ水を節約しながら少しずつ飲み、プラスチックのバケツに放尿する。英国北東岸にある港から船が出て以来、便秘だった。ヴィラネルはペットショップで買いこんだビニール袋に便を出しては、きっちりと袋の口を縛って置いている。

コンテナの前方の端に、非常用ハッチがあった。三十センチ四方ほどの大きさで、内側から開けることができ、そのおかげでわずかながら日光がさしこむが、そのかわりに凍えるような潮風が吹きこんでくる。積んである衣類の箱の上に立ち、涙でうるんだ目で、単調に上がり下がりする水平線と、灰色の海に白い船首波が立つゆっくりした動きを見ていると、すべての感情がわたしの顔から失われてゆく。風がとだえると、ハッチから尿のバケツの中身を放り出す。尿はコンテナから垂れ落ちながら凍りつく。便の袋も投げ捨てようかと、一度ヴィラネルに訊いたことがあったが、万一どれかが甲板に落ちたら大変だとヴィラネルは言った。

ヴィラネルはあらゆることを考慮していた。保温ベストに保温レギンス、下着、トイレットペーパー、洗面具一式、タンポン、ネオプレン手袋、赤色光の懐中電灯、コマンド・ナイフ、プラスチック製手錠、ヴィラネルのシグ・ザウエルとわたしのグロック用の九ミリ弾、未使用ではない米ドル札の分厚い束。携帯電話もノートパソコンもクレジットカードも、わたしたちは持っていない。身分証明書の類もいっさいない。痕跡を残すものは何ひとつ持っていなかった。わたしが生きていることはヴィラネル以外誰も知らない。そしてヴィラネル自身、公的には死んでいる。彼女の墓にはロシア国家による小さな金属製の銘板がつけられており、オクサナ・ヴォロンツォヴァと記されている。その墓はペルミの産業地区の共同墓地にある。

二年前、わたしはヴィラネル、もしくはオクサナ・ヴォロンツォヴァが存在していることなど知ってもいなかった。

わたしはＭＩ５ロンドン本部、通称テムズハウスの、警視庁と連携するか否かの判断を担当する小さな部署の責任者で、全体的に見ればまあまあ良好な人生を送っていた。仕事はかなり退屈だった。犯罪学と法医心理学の修士号をもっていて、もっとやりがいのある治安当局らしい業務をしたいと願っていた。いい面を考えれば、高給とは言えないまでも安定した収入があり、夫のニコはやさしくてまっとうな男性で、わたしは彼を愛していて、彼とともに家族をつくりたいと思っていた。毎日判で押したような仕事でもまだましなほうよ、と自分に言い聞かせていた。オフィスで空いた時間に未解決の政治絡みの暗殺事件についてファイルをつくるのも、ただの個人的な興味からだった。とにかく何かをしていたかったのだ。

そうして非公式な研究を進めるなかで、暗殺事件のいくつかが女性の手でおこなわれているという確信が深まってきた。それも同じひとりの女性。通常なら、この仮説はわたしひとりの胸にしまっておいただろう。ＭＩ５でのわたしの役割は補佐役であって、捜査官ではない。この仮説を上司に話したところで、せいぜい眉を上げて見下したような笑みを浮かべられるといったところだ。うすのろの下っ端のくせに身の程を忘れて思い上がっていると思われたことだろう。そんな折、極右政治活動家のロシア人、ヴィクトル・ケドリンがロンドンのホテルでボディガード三人とともに射殺された。わたしはケドリン保護の適切な措置を取らなかったと責められて、クビになった。

それはいかにも不当な仕打ちで、関わっていた誰もがそれをわかっていた。けれども、組織がこれほどド派手な失敗を犯したら――ケドリンのような著名人の暗殺はその最たるものだ――誰かが転落しなければならないことも、みんな知っていた。理想を言えば、責任の大きい上層部の誰かが望ましいだろうが、そうなると簡単に替えがきかない。使い捨てできる人間が必要だったのだ。わたしのような人間が。

デスクを片づけてテムズハウスの入館パスを返してからほどなく、リチャード・エドワーズという名のＭＩ６に長年勤めている上級職員が内密に連絡をしてきた。テムズハウスの人たちとはちがって、彼はわたしの考えをじっくりと聞いてくれた。そして彼直属の非公式なチームの補佐役として、ケドリンを殺した犯人を見つけるという任務を与えられ、わたしは世界じゅうを飛びまわる勢いでヴィラネルを追跡した。ヴィラネルは幽霊のようにとらえどころのない獲物で、まったく隙がなく、常にわたしの一歩先を行っていた。わたしにできるのは、彼女の殺しの跡を追うだけだった。そして、意に反して、彼女の陰惨ながらも芸術的ともいえる手腕を称賛せずにはいられなかった。ヴィラネルは大胆で、罪悪感も恐怖心もいっさいなく、おそらくはあまりにやすやすと逃げられることにちょっと退屈していた。だからわたしが追っていることに気づいて大喜びし、逆にわたしを追いはじめた。ある夜、上海で、彼女はホテルの外壁をよじのぼってわたしの部屋に忍びこみ、記念にわたしのブレスレットを盗んでいった。そしてその埋め合わせに、まったくもってずうずうしくも、ロンドンのわたしの自宅に白昼堂々と押し入り、ヴェネツィアで買った（はるかに高価な）ブレスレットを残していった。こうした不法侵入は恐ろしくもあったが、同時に恋人といちゃつくような感触もあった。忘れないで、あたしはあんたを気に入ってるけど、いつでもあんたを殺せるんだよ。そうささやいているのだ。

認めまいとしていたのだが、こうしたゆがんだ求愛行動は当時のわたしにそれなりの効果があった。妄執というのはすぐにあらわれるものではない。でも、いつまでもまとわりついてくる。じわじわと忍び寄ってきて、いつの間にかもう逃げられなくなる。はじめて実物のヴィラネルを見たのは偶然だったが、二度目は上海だった。わたしはスクーターに乗り、渋滞にはまって止まっていた。そこにヴィラネルが歩道をこちらに向かって歩いてきた。全身黒ずくめで、ブロンドの髪をうしろにきっちりとなでつけて顔をさらけ出していた。目が合って、わたしはヴィラネルだと確信した。ヴィラネルはその気になればとてもかわいらしくもなれるのだが、その晩は、ヘビのように無表情な眼差しをしていた。あのときは、わたしが彼女に気づいたのと同じようにわたしに気づいていたとヴィラネルは言い張っているが、わたしは信じてはいない。彼女はうそをついている。彼女はしょっちゅう、衝動的にうそをつく。その夜遅く、彼女はわたしの同僚のサイモン・モーティマーを路地に誘いこみ、大きな中華包丁で斬殺した。その獰猛な殺し方は、〈三合会（トライアド）〉の殺しやその他の恐ろしい殺人を見てきた上海の老練な捜査員たちも衝撃を受けるほどだった。

その次に彼女と出あったのは、英国の高速道路の路肩だった。それは狡猾に仕組まれていた。わたしはハンプシャーにある保安局の尋問施設からロンドンに車でもどっていた。助手席にはデニス・クレイドルというMI5の幹部クラスの職員が座っていた。その日の朝、彼は〈トゥエルヴ〉という組織に雇われていることを認めていた。その組織がヴィラネルの雇い主だ。わたしは免責と引き換えに〈トゥエルヴ〉についての情報を彼から引き出そうとしていたが、彼は逆にわたしをリクルートしようとした。それは何をどう考えても、とんでもなくずうずうしいふるまいだった。

ロンドンに向かって走りはじめて二十分後、バイクに乗った警官に車を止められた。その警官が実は――もちろん――ヴィラネルだったのだが、わたしがそれに気づいたときには、すでにあとの祭りだった。ヴィラネルはわたしに、やっと会えたねというようなことを言い、わたしの髪に手をふれて、〝きれいな目〟だと言った。それはそれでけっこうロマンティックではあったが、彼女はわたしの車のキーを取り上げてクレイドルを連れ去り、わたしは高速道路の路肩になすすべもなく、ひとり取り残された。クレイドルはおそらく、自分は救出されたと思ったのだろうが、現実には、ウェイブリッジ近くの人けのない場所で、何らかの鈍器で――わたしは警棒だと考えている――後頭部をつぶされ、ウェイ川に投げこまれていた。

ヴィラネルは理想的な恋人(ガールフレンド)とはとても言えないし、その当時、わたしは恋人を探していたわけでもなかった。なぜなら既婚者だったのだ、まったくもう。ニコという男性と結婚して幸せに暮らしていた。ニコとのセックスは超すばらしいというわけではなかった――まばゆい流れ星がビュンビュン飛ぶわけでも、超新星が次々と炸裂するわけでも、狼男の遠吠えが聞こえるわけでもなかった——けれど、わたしにはなんの不満もなかった。ニコは希少とも言える存在——本当に根っからの善人だった。ほかの誰にも目を留められることのなかったわたしを愛してくれた。わたしの救いようのない料理をほめてくれたし、ファッションセンスの欠如した服装にもうっとりしてくれた。そして数々の反証をものともせずに、わたしのことを美しいとしょっちゅう断言してくれた。それなのにわたしは、本当にヒドいあつかいを彼にしていた。それがどれだけ彼の心を傷つけるかわかっていながら、それでもそうしていたのだ。

ヴィラネルのせいだ。ヴィラネルの所業にぞっとしながらも、わたしは畏敬の念も抱いていた。彼女の集中力に、細部にいたるまでの徹底的なこだわりに、無情なまでに純粋な目的意識に。夢遊病者のようにふらふらと人生をすごしていたわたしの前に、ある日突然彼女があらわれたのだ。わたしの申し分ない強敵として。

最近になって、ヴィラネルも同じように思っていたことがわかった。彼女は〈トゥエルヴ〉の花形暗殺者として、専門職にふさわしい高額な報酬をもらいながらも満足できずにいた。そしてだんだんと、いつもの暗殺では得られない興奮を渇望するようになり、さらに危険を求めるようになっていき、誰か追っ手を——自分の熱意に見合う相手を——自分の元におびき寄せたいと考えるようになっていた。剃刀の刃の上で踊りたかったのだ。ヴィラネルはわたしがほしくなった。

ニコはわたしを愛してくれ、わたしも彼の腕に抱かれているといつも安心できていた。だが、ヴィラネルが仕掛けてくるゲームには悪魔的な中毒性があった。サイモンが殺されたことで、ヴィラネルの精神の異常さが底知れないことに気づき、彼女を憎んだが、それも彼女のねらったとおりだった。彼女はわたしに自分の最悪の部分を見せ、わたしがひるむかどうか見ようとしたのだ。むろんわたしはよりいっそう激しく彼女を追うようになり、ヴィラネルを喜ばせた。だがそれからヴィラネルは憎しみと欲望の区別も、追跡と求愛行動の区別もつかなくなり、ついにはわたしもそうなってしまった。

　わたしはいつ見失ってしまったのだろう？　ヴェネツィアに行き、それよりひと月前にヴィラネルが恋人といっしょに訪れていたと知って、嫉妬に焦がれてしまったときだろうか？　それとももっと前、上海であの季節風（モンスーン）の吹く夜にわたしが泊まっていたホテルの部屋に忍びこみ、わたしの寝顔をじっとすわって見つめていたと聞いたときだろうか？　でももはや、そんなことはどうでもいい。大事なのは、あらゆる人やものをすべて捨て、これまでの人生と決別し、いっしょにおいでとヴィラネルに言われたときに、わたしがためらいなくそうしたという事実だ。

　そのころには、自分がいつわりの人生を生きていたのだとわかっていた。はじめてリチャード・エドワーズが接触してきたときから、わたしはすばらしく巧妙にだまされていたのだ。ヴィラネルと〈トゥエルヴ〉の捜査をしてほしいとリチャードに頼まれたとき、わたしは自分の直感力と論理的思考力が彼に評価されたのだと思って、有頂天になった。でも実際は、彼は前々から〈トゥエルヴ〉の協力者で、わたしを利用して組織の安全性を検証していたのだ。それは古典的な偽旗作戦で、わたしはＭＩ６の誰にも感づかれないようにという理由で、正規雇用からはずされた。当時のわたしには、実にもっともな理由に思えていた。

やがてわたしは、利用されているのではないかと疑うようになったが、最終的にヴィラネルがそれを裏づけてくれた。彼女はサイコパスで常習的なうそつきだが、わたしに真実を告げてくれたただひとりの人だった。彼女は冷静に、わたしが造作もなく操られていたことを説明してくれた。彼女の説明を聞いていると、まるで精巧につくられた舞台のセットが解体されていくのを見ているようで、不意にロープや滑車やむきだしのれんが壁が見えるようになった。ヴィラネルはわたしに、次のターゲットを与えられたと言い、それがわたしだと教えた。わたしは本来知るべきでないことまでたくさん見つけてしまい、〈トゥエルヴ〉にとってもはや都合よくだまされているまぬけというだけにおさまらず、不都合な障害になったのだ。

彼女の出現とその後のなりゆきは、いかにもヴィラネルらしかった。モスクワで恐ろしい何日かをすごして、アパートの自宅にもどってきたわたしは、ヴィラネルがお風呂につかって髪を洗っているのを見つけた。お湯と水のカランのあいだに九ミリのシグ・ザウエルが置いてあり、ヴィラネルはラテックスの手袋をはめていた。わたしは彼女に撃たれると確信した。これまでに何人殺したかについて、ヴィラネルは口を濁している。〝そこそこの数〟と言うだけだが、わたしの推測では犠牲者は十九人か、ことによると二十人いるだろう。

そのあと、わたしが死んだように偽装しなければならなかった。それから完璧に姿を消さなければならなかった。

だからわたしたちはそうした。ヴィラネルのドゥカティのバイクにまたがり、わたしは彼女の身体にしっかりと両腕をまわして抱きついて、夜のなかを疾走した。北に向かって。実のところ、選択の余地はいっさいなかったのだが、ヴィラネルに選択肢を与えてほしかったわけではない。わたしは足下の地面をすっぱりと断ち切る覚悟を決めた。飛び立つ覚悟を決めたのだ。

あの日以来、たびたび考えることだが、もしあのときあそこにとどまっていたら、いったいどうなっていただろう。もしニコに泣きついて許してもらい、警察か新聞社にでも駆けこんですべてをぶちまけていたら。今も無事に生きているだろうか？　それとも、車のブレーキがきかなくなったり、スーパーに向かう途中で心臓発作を起こしたり、自殺に見せかけられたりして殺されていただろうか？　もしくは、〈トゥエルヴ〉がわたしなど殺す価値もないと判断して、わたしの言動が陰謀論者のように——たぶらかされた者たちの悲しき影の軍団の一員みたいに——見えるように画策したとしたら、果たしてニコはわたしを信じてくれただろうか？　でなければ、いつまでも常に彼の目がわたしに注がれて、夫があれこれ邪推しながら監視しているのを感じながら、夕食の席でのたわいないおしゃべりや、ブリッジクラブでの際限なくつづく退屈な夕べに耐えてすごしているのだろうか？

わたしたちはリンカーンシャーにある港町、イミンガムで、密航のための船に乗りこんだ。その代償は、バイクと最後まで残されていたわたしの尊厳だった。その男は寄港中の船の船員で、クルービザで上陸していた。えせアイルランドふうの建物で笑ってしまうぐらい陰鬱なターミナルビルの外側にあるパブで、わたしたちはそいつをひっかけた。ふたりで一時間近くビールをちびちびやっていたときに、そいつがはいってきたのだ。ヴィラネルは即座にロシア人だと見てとり、男のテーブルにつかつかと歩いていくと、話しかけた。彼はイゴールという名前で、彼が乗っている船〈キーロヴォチェペツク〉はわたしたちの希望どおり、サンクトペテルブルクに向かうパナマックスクラスのコンテナ船だった。ヴィラネルは一刻もむだにしなかった。ウォッカを彼に流しこみ、おだてはじめた。イゴールはそれほど驚いたようすもなかった。

それから彼を表に連れていってバイクを見せた。そのときには雪が降りはじめていた。ヴィラネルが防水カバーのジッパーを開けると、イゴールは低い口笛を吹いた。バイクのことはまったくわからないが、ドゥカティは美しい逸品だと思うし、ヴィラネルのうしろにしがみついて乗っていたときは夢のような心地がした。

「乗ってみる?」白い息を吐きながら、ヴィラネルは訊いた。イゴールはうなずき、ハンドルバーとヴォルケイノ・グレーのタンクにゆっくりと手をすべらせた。それからひらりとサドルにまたがると、イグニッションスイッチを親指で入れ、駐車場を静かに一周した。ヘッドライトの光線のなかで雪が舞っていた。イゴールがうっとりと魅了された顔でバイクから降りたとき、ヴィラネルはここぞとばかりに早口の流暢なロシア語でまくしたてた。イゴールは落ち着かないようすで左右に体重を移し替えながら、ぼそぼそと答えた。

「明日の夜、あたしたちを乗せてくれるって」ヴィラネルは言った。「でもバイクだけじゃ足りないってさ。もしバレたら刑務所入りだからって」

「ほかに何をほしがってるの?」

「見たいんだってさ、あんたの……」ヴィラネルはわたしの胸を顎で指した。

「わたしの……まさか。冗談はやめて!」

「たった一枚写真を撮らせるだけだよ、彼がひとりで愉しむためにね。あんたは彼のガーリャおばさんに似てるんだって」

「それってマジでわたしをからかってるんだよね?」

「とんでもない。ガーリャおばさんはスモレンスクでトラムの運転手をしてるんだって。ほら、さっさと出してやんなよ」

わたしは駐車場を見まわした。わたしたち三人のほかには、誰もいなかった。わたしはレザーのバイカージャケットのジッパーを開け、セーターをまくりあげ、保温ベストとブラジャーを押しあげた。まったく、とんでもなく寒かった。

イゴールは食い入るように見つめながら、スウェットパンツのポケットをまさぐってスマホを探した。彼が低くしゃがんであれこれ角度を変えながら満足できる一枚を撮るまで、たっぷり一分かかった。

「わたしの顔は絶対に入れないでよ」わたしはがたがた震えながら言った。眼鏡のレンズが雪でかすんでいる。

「こいつ、あんたの顔には興味がないよ。でもいいおっぱいをしてるって言ってるし、そこはあたしも同意する」

「まあ、あんたたちふたりにそこまで喜んでもらえたら本望だけど、ここにいると本当におっぱいが凍ってもげそう。服を着ていい?」

「いいよ、うまくいった。イゴールが助けてくれるってさ」

「このコンテナはいつ船に積まれるの?」衣類の梱包箱の山を配置換えしてどうにか身を落ち着けてから、わたしは小声で訊いた。

「明日だって、運転手は言ってた。たぶんお昼ごろ」

「積みこむ前に誰かがなかをチェックすると思う?」

「するかもしれないね。不安?」

「今はとにかく見つかりたくないだけ」

ヴィラネルは何も言わなかった。

「何日ぐらいかかる予定なの?」わたしは言った。

「いつか急に事態が変わって逃げ出さなきゃならなくなる日がくるってことは前々からわかってたんだよ。だから逃走ルートは計算してたんだ。ただ、あんたも来るってのは予定にはいってなかった」

「ごめんなさいね」

「それはいいんだ。あんたがしゃべるロシア語はヒドいから、サンクトペテルブルクに着いたら口がきけないってことにしよう。なんなら頭が弱いってことにしてもいいか。その両方でもいいかもね。レザージャケットと靴を脱いで」

「どうして？」

「明日起きたらまた着ればいいんだよ。それにあたしたちはお互いに温めあう必要があるんだよ、体熱を分けあってさ。あたしの言うとおりにして」

「お願い、よ」わたしは言った。

「お願いって何が？」

「『あたしの言うとおりにして、お願い』って言ってよ」

ヴィラネルはびくっとわたしのかたわらから飛びのいた。「何が〝お願い〟よ、くそ女（スーチカ）。死にたくなかったらあたしの言うとおりにして」

「わかってる」

「どう見てもわかってないね。これはあたしの世界なんだ、いい？」

「今はわたしの世界でもあるわ。わたしが望もうが望むまいが」

「この世界から出ていきたい？　いいよ。どれだけ長くもつか見てやるよ」

ヴィラネルを見ることはできなかったが、彼女が闇のなかに放散している激しい怒りが感じられた。

「ヴィラネル」わたしは声をかけた。「オクサナ――」

「絶対にその名前で呼ばないで」

「わかった、ごめん。でも――」

「でももしかしもないよ、ポラストリ。あんたなんか凍りついちまえばいいんだ。本気で言ってるんだよ、あんたなんか死んじゃえばいいんだ、くそ」

わたしはレザージャケットとズボンとブーツを脱ぎ、暗闇のなかでも見つけだせるところに置いた。すぐ横で、ヴィラネルも同じことをしているのが音でわかった。がたがた震えながら、わたしはヴィラネルから一メートルほど離れて、梱包箱の谷間に身を横たえた。何分間かがじりじりとすぎるあいだ、寒さがどんどん厳しく締めつけてきた。ヴィラネルの落ち着きはらった呼吸音に耳を傾ける。小憎らしい女だ。

わたしは何をやっているのだろう？　すべてを知っていながら、どうしてこの女を信頼してしまったのだろう？　歯を食いしばったが、ガチガチ鳴るのを止めることはできなかった。口に手を押し当て、まばたきして絶望と屈辱の憤怒からくる涙を押しもどした。自分がかつて大切にしていた人生のすべてを壊滅させたことが実感された。わたしを救ってくれたかもしれない内なる声を無視して、ものの一秒も考えずに人を殺し、おそらくは今にわたしをも殺しかねない無情な怪物と運命を共にしたことが。

わたしは袖口で鼻をふき、すすりあげた。一瞬後、ヴィラネルが身動きするのが感じられた。ヴィラネルはわたしにぴったりと身体をくっつけてきた。わたしの膝の裏に彼女の膝が、わたしの背中に彼女の胸が押しつけられる。邪魔になるわたしの髪を鼻先で押し分け、ヴィラネルはわたしのうなじに顔を押しつけた。それから腕を曲げてわたしの腕に重ね、わたしの手首に指をまわした。わたしはまだがたがた震えていた。ヴィラネルはいっそうぴったりと身体をくっつけてきた。

ようやく彼女の身体からぬくもりが伝わってきて、震えが止まった。わたしたちは沈黙に包まれた。コンテナの壁や上面に雪がたたきつけられているさまを思い描いた。夜中にときどきなることだが、わたしの腕がつった。ヴィラネルの手がわたしの手を包み、彼女の親指がわたしの手のひらを強く押した。ヴィラネルはわたしの髪を歯にはさんでやさしくひっぱり、雌ライオンがやるように、わたしのうなじをなめた。それから、わたしを嚙んだ。きつく。

わたしは身をそらして、あえぎながら彼女から離れようとしたが、彼女はわたしの両肩をつかみ、くるりとわたしを仰向けにして上に乗ってきた。闇のなかで顔と顔がふれあわんばかりになった。彼女のビールくさい息がかかり、彼女の冷たい鼻がわたしの頰に押し当てられた。それから彼女の舌がわたしの口にはいってきて、ヘビのようにくねり、まさぐった。わたしは頭をよじって離れようとした。「やめて」

「どうして？」

「ただ……話をして」

ヴィラネルはわたしから下りて横向きになった。「何を話す？」

「じゃあ、これまでに誰かほかの人を本当に大切に思ったことはあった？　本当に何かを感じたことはあった？」

「あんたはあたしが何も感じられないと思ってるんだね？」

「わからない。感じることができるの？」

「あんたが感じるようにあたしだって感じるんだよ、イヴ。あたしは異常者じゃない」ヴィラネルはわたしの手をとって、自分のショーツのなかに導いた。「あたしのプッシーを感じてよ。ほら、濡れてる」

たしかに濡れていた。心臓一拍分のあいだ、わたしは頭がくらくらするのを感じながら、そこに手をあてていた。「これは誰かを大切に思うのとはちがうわ」自分の声がそう言うのが聞こえた。

「会話の出だしとしちゃなかなかいいね」

わたしは呼吸を整えた。「それじゃ、今までに恋をしたことはある？」

「んんん……まあね。一回ある」

「それで？」

「向こうはあたしを求めなかった」

「あんたはどういうふうに感じた？」

「自殺しようと思ったよ。彼女へのあてつけで」

「それじゃわたしはどうなの、こんな状況になっちゃってるけど？」

「あんたはここにいるよ、バカだね。あたしといっしょに」ヴィラネルの指がわたしの髪をまさぐる。「今すぐあたしにキスしなかったら、本当にあんたを殺してやる」ヴィラネルはわたしを引き寄せようとしたが、わたしはすでに彼女に身を寄せ、彼女の唇を探していた。

それからわたしたちは全身をからめあい、鼻をぶつけあい、唇をこすりあい、激しいキスをした。彼女の指がわたしの保温レギンスとショーツのウエストゴムにかかり、足首まで引き下ろすのが感じられた。彼女がわたしの身体にもどってきたとき、わたしは彼女のセーターを脱がしにかかったが、首がひどくきつかったためにヴィラネルはわたしの上に倒れこんだ。わたしは笑いながら、窒息させようかとささやいた。彼女はわたしにまたがり、少しずつセーターをひっぱって頭から脱いだ。セーターはわたしの顔をかすめ——暖かなウール、汗くささ——それから消えた。ヴィラネルの保温ベストとブラがそれに続いた。彼女はわたしの保温ベストとブラを脱がせ、わたしは寒さに襲われて身震いした。「あんたはちょっと鍛えなきゃならないね、ぬいぐるみちゃん（バブシック）」ヴィラネルはささやき、身をくねらせてレギンスとショーツを脱いだ。

何もかもがうっとりするような発見だった。彼女の肌とわたしの肌、彼女のにおいとわたしのにおい、彼女の口とわたしの口。主導権はヴィラネルが握り——わたしには無理だったので——彼女の手がためらいなくわたしの太腿のあいだにのびるのが感じられた。大腿動脈を切断して人を殺してきた女だ。外科医のように正確であざやかな手際だったので、犠牲者は刺されたことにもすぐには気づいていなかっただろう。わたしの大腿動脈が脈打っているのを彼女の手は感じていただろうか？　その指をわたしのなかにすべりこませたとき、彼女はかつておこなった血にまみれた挿入のことを思い出していたのだろうか？　生温かい舌を這わせて探索しながら、彼女はかつて死をもたらした肉体のことを思い起こしていたのだろうか？

終わったあと、わたしたちはセーターとレザージャケットを着こむと、わたしはヴィラネルの背中に抱きつき、スプーンのように重なった。数分のあいだ、わたしは圧倒された思いで、そうして闇のなかに横たわっていた。わたしの唇はヴィラネルのうなじのやわらかな毛にふれていた。その毛はわたしの呼吸につれて震えていた。

「妙な話だけど」ヴィラネルが言った。「あんたの顔が思い出せない」

「全然？」

「全然。あんたの顔がわからない」

わたしは片肘をついて上体を起こした。「あんたはどうしてわたしを好きなの？　正直に言って」

「あたしがあんたを好きだなんて、誰が言った？」

「ちがうの？」

「さあね。もしかしたら、あたしはただあんたのショーツのなかにもぐりこみたかっただけかもしれない。ところでそのショーツだけど、全然かわいくない」

ヴィラネルはお尻をくねらせてわたしに押しつけた。「正直に言うと、あたしはダサい女が大好きなんだよ。とりわけ眼鏡をかけた女がね」

「それはどうもありがとう」
「どういたしまして（パジャルスタ）。さてと、おしっこしなきゃ」
衣類梱包箱を積んでつくったブースに置いたバケツのなかにヴィラネルは平然と音をたてて放尿した。わたしも彼女についてそこに行き、同じことをした。暗闇のなか、簡単ではなかった。それから、わたしはふたたび彼女のうしろにぴたりとくっついて丸くなった。顔にあたる彼女の髪がつんとにおった。「白状しなよ、パプシック」かろうじて聞こえる声で、ヴィラネルはささやいた。「これはあんたのはじめてのハネムーンよりずっとロマンティックだって」

　翌朝、トラックががたがたと動きだし、波止場に向かいはじめた音で、目が覚めた。わたしたちはまったく動かずに横たわっていた。聞こえるのはバケツのなかで尿がちゃぷちゃぷいう音だけだった。二十分後、トラックが止まり、ヴィラネルの身体から緊張が解けて彼女の呼吸がゆっくりと静かになるのをわたしは感じた。ここがもっとも危険な瞬間だ。もしコンテナと積み荷の点検があるとしたら、それは今だ。わたしはヴィラネルをまねしようとしたが、どうしようもなく震えてしまう。心臓があまりに激しく打つので、気絶しそうだった。

　ガチャンという鈍い音がコンテナ内に響きわたった。わたしはあわてふためいて梱包箱の陰に隠れようとした。鼻がヴィラネルのひたいだか肩だかにぶつかって一瞬痛みが炸裂したが、それどころではない。トラックはふたたび動きはじめたが、わたしは箱に埋もれたまま、湿ったコットンのむっとするにおいを吸いこんだ。移動距離は短く、小刻みに止まっては動く進み方で、荷物の積み下ろし場所に向かう車列に並んでいることがわかった。そしてエンジンが切れた。金属がこすれあう耳障りな音がして、どすんという音がしたかと思うと、わたしたちは上昇しはじめた。コンテナが岸から船上に吊り上げられているあいだ、わたしはぞっとする思いで、クレーンの下で胸が悪くなりそうなほど激しく揺れるコンテナを思い描いていた。だがもちろん、そういうことはいっさい起こらなかった。何もかもが手際よくスムーズにおこなわれ、スチールがふれあう音で、わたしたちを積んだコンテナが所定の場所におさまったことがわかった。ノックのような音がかすかにして、わたしたちのかりそめの住まいは下のコンテナの上に固定された。

何時間かがすぎ、そのあいだに尿のにおいがどんどん強くなった。ヴィラネルはトランス状態のような沈黙を保っていた。わたしを連れてきたのは致命的な誤算だったと考えているのだろうか？　前夜のことは、彼女にはまったくなんの意味もなかったのだろうか？　冷たい闇を凝視しながら、わたしはじっと横たわっていた。そうして眠ってしまった。

〈キーロヴォチェペツク〉のエンジン音と、周囲のコンテナがかすかにきしむ音で、わたしは目覚めた。方向感覚をとりもどそうとしていると、ヴィラネルの手が闇からのびてきて、わたしの手を握った。

「大丈夫？」ヴィラネルがささやく。

うなずいたが、まだ事態がよく呑みこめていなかった。

「ちょっと。あたしたちは生きてるんだよ。無事に岸から離れたんだよ」

「今のところはね」

「今がすべてなんだよ、パプシック」ヴィラネルは氷のように冷たい頬にわたしの手のひらを押し当てた。「いつだって、今がすべてだ」

2

ヴィラネルの習性がだんだん呑みこめてきた。

ヴィラネルは引きこもっている。心のなかの秘密の要塞に閉じこもっている。わたしは彼女のすぐ横にすわり、脚にふれている彼女の脚のぬくもりを感じ、ふたりの息は混じりあっている。なのに、彼女は千キロ以上も遠くに、すさまじく冷たい孤独のなかにいるようだった。眠るために横になって、彼女がぬくもりを求めてわたしにすり寄ってくるとき、そういうことが起きる。彼女の一部はその場にいないのだ。あんたはひとりじゃないよと彼女に言ってやりたくてたまらない。でも実際は、彼女は完全にひとりぼっちなのだ。

こういう凍りついたような状態が何時間もつづくことがあるが、やがて曙光（しょこう）がさしてくるように、ヴィラネルはわたしの存在に気がついてくる。そういうとき、わたしはじっと待って、ネコがどっちに跳ぶか見定めることを学んだ。ヴィラネルはまったくもって予測不可能だからだ。彼女はただ放っておいてほしいというようにもの思いに沈むこともあれば、子どものように不機嫌で頑固になることもあった。そしてセックスがしたくなると、わたしに手をのばしてきた。海の上に出て四日四晩がすぎるころには、野生動物のような暮らしになっていた。持ちこんだ水は飲むために必要なもので身体を洗うことはできず、わたしたちはひどいにおいを放っていたが、どちらもまったく気にしなかった。ヴィラネルは自分のほしいものは何かよく知っていて、まっすぐにそれを求めてくる。そしてわたしの最後の抑制は暗闇とこの状況への耐えがたい不安のために消え去り、ほどなくわたしは受けいれるだけでなく求める側にもなった。そしてヴィラネルはそれを気に入っていた。彼女はわたしより力が強く、わたしが彼女を床に押しつけて上に乗ってもやすやすと投げ飛ばすことができる。でも彼女はそうせず、そのまま横たわってわたしが彼女の胸をなでるにまかせ、わたしの舌と歯が彼女の唇の傷痕を探るにまかせる。それからわたしの手をつかんで下のほうに導き、わたしの指を自分のなかに押しこんで、わたしの手のひらのつけ根にぐいぐいと股間を押しつけてくる。やがて彼女はあえぎはじめ、ときには笑い声をあげる。そして彼女の太腿の筋肉がひきつり、がくがくと震えるのをわたしは感じる。

「あんたは女とつきあったことはないんだ?」ヴィラネルが訊く。「本当にあたしがあんたのはじめての相手なんだ?」

この会話は以前にもした覚えがある。「そうよ、知ってるでしょ」わたしは彼女に言う。

「知らないよ」

「スウィーティー、わたしの言葉を信じてよ。あんたがわたしのはじめての相手よ」

「ふうん」

「あんたのことをしょっちゅう考えてた。あんたとすごすのはどんなだろうって。あんたとどんなことをするんだろうって」

「あのシケたオフィスで一日じゅうやってたのがそれ？　あたしとのセックスについて考えてたって？」

「わたしはあんたをつかまえようとしてたのよ、覚えてるよね。MI6のまるごとひとチームがあんたをつかまえようとしてたのよ」

「あんたは近づきもしなかったよね、パプシック。なんて名前だっけ、あんたの同僚の負け犬たちは？」

「ビリーとランス」

「そうだった。ビリーとランス。あいつらとのセックスを考えたことは？」

「一度もないわ。ビリーはママと同居してるコンピュータオタクだし、ランスはちょっとネズミに似てるし。超絶抜け目がなくってよく訓練されたネズミだけど、それでもね、ほら……」

「ネズミ？」

「まさしく」

ヴィラネルはしばし考えていた。「あんたも知ってるよね、パリで退屈してたときに、よくあんたのコンピュータをハッキングしてたって」

「前に聞いたから、知ってる」

「おもしろいものじゃなかった。全然。不倫相手か何かからのeメールでも見つかるかって期待してたんだけどさ、通販の注文だけだった。ゴミ袋とか防虫剤とか、悪趣味な服とかの」

「悪かったね。それが生きるってことよ」

「生きるってのはそこまで悲しいものでなくてもいいんだよ。アクリルのセーターなんて買わなくていい。それに、アクリルなんか虫も食わないよ」

「あんたは生きるために人を殺しておきながら、わたしのニットにケチをつけるのね？」

「それは話がちがうよ、イヴ。服って大事なんだよ。それからさ、〈リンス・エイド〉って何さ？　髪を洗うもの？　それとも何かの慈善組織とか？」

「スウィーティー、食洗器って使ったことがないの？」

「ない。どうして？」

わたしは彼女の鼻にキスした。「たいしたことじゃないわ」

「でも笑ってるじゃないか。ほら、また」

「笑ってない。本当よ、笑ってない」

ヴィラネルの呼吸がゆっくりになった。「あたしはあんたを殺してもよかったんだよ、イヴ。楽勝でできた。でも殺さなかった。あたしは自分を危険にさらしてあんたの生命を救った、それって正直に言ってとんでもなくバカげた行動だったんだよ。あたしはあんたが気に入ったから、あんたをロンドンから、〈トゥエルヴ〉から引き離したんだよ。あんたがもう愛してもいないトンマな旦那からもね。そしてあたしの国に連れていこうとしてる。で、あんたはどう？ 〈リンス・エイド〉も知らないって、あたしを笑ったよね」

「スウィーティー、わたしは――」

「〝スウィーティー〟とか呼ばないで。あたしはあんたのスウィーティーじゃないし、あんたもあたしのそんなものじゃない。あたしのガールフレンドはあんたのせいでモスクワの監獄にいるんだよ、知ってるよね」

「それがラリッサ・ファルマニャンツのことなら、監獄にいるのはわたしのせいじゃない。彼女は地下鉄駅の構内でわたしを撃とうとして失敗して、罪もない老人を殺したのよ。それで逮捕されたんだから」

「そして今はブティルカ収容所に監禁されてる。いい？ あんたがあそこにはいっててララがここにいればいいのにって思うよ。あの子はあたしのプッシーを何時間もなめまくってくれたんだよ。これまで出会ったなかでいちばん強い顎の持ち主だった、ピットブルみたいにね」

「とてもすばらしい人のようね」

「そうだよ」

「ああ、わくわくする。で、もう終わった？」

「何が？」

「人を操ろうとする甘ったれたくそ女ごっこが」

「あたしはどんなタイプのくそ女にもなるよ、あたしがなりたい女にね。あたしはあんたを創造したんだよ、ポラストリ。ちょっとぐらい感謝を見せな」

彼女は矛盾のかたまりだ。こんなにすさまじい自信過剰と不安定な感情を同居させている人間がいるだろうか。あるときは浮ついてやさしくなり、わたしの顔にキスを浴びせておきながら、別のときには考えつくかぎりの悪口雑言を吐き散らすこともある。冷酷さは表面的なもので、傷つきやすい自尊心を守るための方策だとわかってはいる。それでもわたしは毎回、ナイフのように刺し貫かれている。なぜなら今のところ、わたしは彼女がいなければどうにもならないからだ。そして彼女もそれを知っている。

おそらく、わたしはヴィラネルの態度に驚くべきではなかったのだ。〈リンス・エイド〉のことで腹を立てるのも常軌を逸しているが、それで彼女が完全に孤独な暮らしをしてきたことがわかったのだから。食洗器を使ったことがないのは、その必要がなかったからだ。彼女はいつもたったひとりで暮らし、食事をしてきたのだ。自分を危険にさらしてわたしの生命を救うことを選んだのは、彼女の本性に反することだ。

なのにどうして？　わたしの死の偽装とロンドンからの逃亡はきわめて大胆に、そして綿密に遂行された。ヴィラネルはなぜ、わたしのためにそんなめんどうなことをしたのだろう？　彼女は本当にわたしを気に入っているのだろうか、それともわたしはただの執着の対象、かかずにはいられない痒（かゆ）みにすぎないのだろうか？　そして、わたしのほうは？　わたしの気持ちはどうなのだろう——切実に彼女を必要として、闇のなかで手をのばしあうひときにすがって生きているという事実を抜きにして？

　わたしたちは話をした。最初は突発的にだったが、ほどなく何時間もつづけて話すようになった。話すことで、腹痛の発作から気をそらすことができた。それがはじまると、はらわたがぎりぎりとヘビに締めつけられるようで、胃腸炎か腸捻転にかかっているのではないかと怖くなる。そう言うと、ヴィラネルは笑って人差し指でぐいぐいわたしのお腹を突き、空腹なだけだよとわたしに言った。「子どものころ、よくそうなったよ。一日か二日はひどく痛いけど、それからおさまるよ」

「そのあとはどうなるの？」

「そのあとは内臓が溶けはじめる」

「上等よ」

「冗談だって。大丈夫だよ。一日の食事がラデュレのマカロン一個だけっていうファッションモデルがパリにいたよ」

「うわ。何味？」

「ピスタチオ」

「うっわー。今すぐ、ピスタチオ・マカロンを食べられるなら、魂を売るわ」

「手遅れだね」

「どういう意味?」

「あんたの魂はもうあたしのものだからさ。魂は売り物じゃないしね。あんたは飢えなきゃならないよ」

「ちぇっ。いいわ、話をつづけて」

「何の話を?」

「パリの話をして」

「パリは大好きだった。あたしは謎の女(ファム・ミステリアス)だった。あたしがどういう人間か、誰も知らない。でもみんながあたしを見つめるんだよ。それを見てあたしは考える。ちぇっ、あたしが何者かあんたたちが知りさえすれば、ってね。でももちろん、誰も知らない。そういうのはすごくいい気分だった。そうそう、ある男がいてね、大金持ちで……」

彼女の話はいつも自慢からはじまる。彼女を見下していた人々(長いリストになる)にした復讐や、彼女をつかまえようとする人々をどうやすやすと出し抜いたかについて、こと細かに話すのが大好きなのだ。

自分の経歴を脚色する傾向があるため、ヴィラネルの話は信憑性を欠くことが多い。だがすでに基本的な事実を知っているわたしは、少しずつ話のかけらを組み合わせていくことができた。彼女はオクサナ・ボリソーヴナ・ヴォロンツォヴァとして、ペルミというウラル山脈に近いそこそこ大きい産業都市に生まれた。母親は彼女が子どものときにガンで亡くなり、父親は兵士で、しょっちゅう家を空けていた。反社会的人格障害と診断されたオクサナは、友だちのいない孤独な子ども時代を送った。学業面ではずば抜けていたが、暴力的で破壊的な行動のせいでしばしば問題を起こしていた。中等学校で、彼女はアンナ・レオノヴァというフランス語教師に愛慕の情を抱いた。ある夜、学校からの帰り道のバス停で、アンナは襲われて強姦された。犯人は地元の若者で、ほどなくその男は大量の血を流して錯乱状態で発見された。「あたしが去勢してやったんだよ」ヴィラネルはすました顔でわたしに言った。「フェラチオをしてやるって言って、やつの金玉をナイフで切り落としたんだよ。あたしがやったなんて誰も思わなかった」

　実のところ、当地の警察は犯人についてかなりの見当をつけていた。オクサナ・ヴォロンツォヴァにはすでに前科があったからだ。でも証拠不十分で捜査は打ち切りになった。だが大学時代の事件では粘り強く捜査がなされ、オクサナは殺人罪で逮捕された。犠牲者は地元のギャング三人で、オクサナが言うには、彼らが父親を殺したということだった。これはわたしがロシア連邦保安庁(FSB)のヴァディム・ティホミロフから聞いた話なのだが、ヴィラネル側の説明は公式の警察記録とはかなりちがっている。ヴィラネルによれば、彼女の父親は諜報組織の潜入捜査官で、ギャング組織に潜入していた。だが警察によれば、彼はギャング団に雇われた下っ端用心棒で、ボスの金を盗んだのがバレてつかまったということだった。

　裁判を待っている最中にオクサナは拘置所から出されたが、それはコンスタンティンという男の工作によるものだった。彼女はフルネームを知らなかったが、この男はおそらく、かなりの名声と評判をもつ元諜報員のコンスタンティン・オルロフだろう。オルロフは何年ものあいだ、ＦＳＢのディレクトレイトＳという秘密部署を運営していた。その工作活動には国外にいる敵の排除も含まれている部署だ。オクサナがオルロフと出会ったころ、オルロフは〈トゥエルヴ〉という組織に雇われて、前職と似たような仕事をしていたと思われる。「彼はあたしのことを何もかも知ってたよ、子どものころのことまでね」ヴィラネルは誇らしげに回想する。「おまえは歴史を変えるために生まれたんだって、あたしに言ったんだ」

そうして、オクサナは〈トゥエルヴ〉の雇われ暗殺者になったのだ。オルロフは彼女の訓練を指揮し、その後彼女の管理者（ハンドラー）になって、パリのアパートに住まわせ、ときおり暗殺任務に送り出した。

ヴィラネルはこの新たな暮らしをとても気に入っていた。ブローニュの森を見渡せる瀟洒（しょうしゃ）な住まいも、たっぷりのお金も、美しい服も。そして友人までつくっていた。アンヌ＝ロールというお金持ちの若い女性で、いっしょにおしゃれなレストランでランチをしたり、ショッピング旅行に出かけたり、ときおり３Ｐをしたりしていた。けれども、わたしが思うに、こうしたド派手な暮らし以上に彼女が大好きだったのは、自分が世間に思われているような人間ではないという秘密を抱えているスリルだったのだろう。彼女が鏡のなかに見るのは、シックな若いセレブ女性ではなく、死をもたらす暗黒の天使だ。彼女は殺しそのものと同じくらい秘密が大好きだった。

そしていまだにそうだ。ロシアに着いたら何をするつもりなのか、わたしにはいっさい教えてくれない。教えないことでわたしを支配している。支配の手を少しゆるめるように説得できるのか、わからない。できたらいいとは思う。おたがいに信頼しあえなければ、この先うまく行きっこないと思うからだ。

　わたしは自分で思っていたような人間ではない。先週のできごとが、わたしがずっと見るまいとしてきた影の自分を見せつけてきた。そして強制的に、ずっと存在しないふりをしていた裏拍（バックビート）に耳を傾けさせた。これまでたしかだったことはすべて消え去った。ヴィラネルが削除したのだ。


「まったくもう、ヴィラネル」

「何？」

「あんた、ひと晩じゅうわたしを蹴ってたよ」

「あんたはひと晩じゅう屁をこいてたよ」

「そんなことない。でまかせを言ってるんでしょ」

「ちがうよ。原因はあんたがうんこを出してないからだよ」

「ちょっと、あんた、お医者にでもなったの？」

「イヴ、あんたはロンドンを出てから一回もうんこをしてないんだよ」

「したわよ」

「あんたらしいよね、パプシック。どうして一週間も出ないかわかってる？　あんたが抑圧されてるからだよ」

「今度は心理学者ね。ほんと興味深いわ」

「恥ずかしいと思ってるから、我慢しちゃうんだよ」

「そんなことないわよ」

「あんたも二、三人殺してみるといいよ。古い価値観から抜け出せるよ。そうすりゃガールフレンドの前でうんこするぐらい平気になるさ」

「もう一回言ってみて」

「何を？」

「ガールフレンドって」

「ガールフレンド。ガールフレンド、ガールフレンド、ガールフレンド。もういい？」

「ううん。やめないで」

「あんたってほんと、あたしに首ったけだね」

「そうだね、認める。だから来て」


コンテナでの最後の夜は最悪だった。猛烈な風が船首方向から吹きつけ、積み上げたコンテナを叩きつけ、きしらせ、うめかせた。わたしは暗闇のなかで、空腹による激痛と、船の激しい揺れによる吐き気に苦しんだ。両膝を胸に抱き寄せ、のどに胃酸がこみあげてくるのを感じながら、目を開けたまま横たわっていた。それから両手両膝をついた姿勢になった。

どうしようもなく吐き気がこみあげてきたが、空っぽの胃からは何も出てこなかった。風の襲撃は何時間もつづき、わたしの身体は苦痛によじれ、のどは空えずきのためにからからになった。

このあいだずっと、ヴィラネルはひとことも口にせず、同情を示しもしなかった。ちょっとふれるぐらいしてくれてもよさそうだったが、そういうこともいっさいなかった。ヴィラネルが眠っているのか、起きているのかもわからなかったし、怒っているのか冷淡なだけなのかもわからなかった。ただ、そこにいないも同然だった。わたしはすっかり見捨てられたような気分になり、朝になったら——もし夜明けが来るならだが——彼女は消えているのではないかと、なかば本気で思っていた。

やがてどうにか、眠りが訪れた。どれほどとも知れぬ時間ののち、目が覚めたときには、風はおさまっており、激しい腹痛は消えていた。背中にはヴィラネルの身体のぬくもりが感じられた。わたしはそのまま、じっと動かずに横になっていた。わたしの腕に重なる彼女の腕が重たく、彼女の息がわたしの耳をくすぐっていた。彼女を起こさないように気をつけて、腕時計が見えるようにそっと姿勢を変える。バルト時間で午前六時すぎだった。外では夜が明けつつあるのだろう。

ついにヴィラネルが身じろぎしてあくびをし、ネコのようにのびをして、わたしの髪に顔をうずめた。「大丈夫？　ひどくえずいていたね」

「起きてたの？　どうして何も言ってくれなかったの？　死ぬかと思ったわ」

「死にはしないよ、パプシック。船酔いしてただけ。何を言ってもどうにもならないから、寝ることにしたんだ」

「ひとりぼっちの気分だった」

「すぐそばにいたよ」

「何か言ってくれてもよかったんじゃない？」

「何を言えばよかった？」

「そんなのわかるわけないでしょ、ヴィラネル。とにかく何か——気持ちはわかるよ、とか」

「でもあんたの気持ちなんかわからなかったし」ヴィラネルは立ち上がって、衣類梱包箱の山のわきをよろめきながら通って、非常用ハッチに向かった。一分後、コンテナ内部にうっすらと朝の光がさしこんだ。ヴィラネルはレギンスとショーツを引き下ろし、バケツをまたいでしゃがみこんだ。分厚いセーターを着こんだ姿はぶかっこうで薄汚れて見え、髪の毛は無数のスパイクのように突き立っている。わたしもバケツのところに行き、彼女のあとでおしっこをした。それからハッチまでバケツを運び、中身を放り出した。尿は瞬時に凍りつき、黄色がかった氷のすじがコンテナの外側にこびりつく。

零度を下まわる寒風が吹きつけるのに耐えて踏んばり、わたしは水平線に目を向けた。海と空を切り分けるように、灰色の刃のようなものがうっすらと見えた。光のいたずらかもしれないと思ったので、バイカージャケットのポケットから眼鏡を出して、もう一度見てみた。

それは陸地だった。ロシアだ。わたしはハッチからのぞきながら、万感の思いをまとめようとしていた。やがてヴィラネルもわたしの横に来て、冷たい頰をわたしの頰に押しつけた。

ヴィラネルは鼻をすすり、袖でぬぐった。「あそこに着いたら、あたしの言うとおりにするんだよ、いい？」

「いいわよ」ゆっくりと定まってくるサンクトペテルブルクの輪郭を、わたしは見つめていた。「ヴィラネル？」

「うん」

「怖い。ほんとに、ものすっごく恐ろしい」

ヴィラネルはわたしのセーターのなかに手を入れ、わたしの心臓に重ねた。「問題ないよ。危険に陥ったときに怖いと思うのは正常だ」

「あんたも怖いの？」

「ううん。でもあたしは正常じゃないからね。知ってるよね」

「知ってる。あんたを失いたくない」

「そんなことにはならないよ、パプシック。でもあたしを信頼して」

わたしは彼女のほうを向き、抱きあった。互いの脂ぎった髪に指をうずめる。「なかなかいいハネムーンだったよね？」ヴィラネルが言った。

「完璧」

「あたしはサイコパスだけど、気にならない？」

わたしは身をこわばらせた。「あんたをそんなふうに呼んだことはないよ、一度も」

「面と向かってはね」ヴィラネルはわたしの耳たぶを噛む。「でもあたしはサイコパスだよ。あたしもあんたもそれを知ってる」

わたしは非常用ハッチから外を見つめた。遠くの港を目指して集まってくるほかのコンテナ船も見えてきた。

「ねえ、イヴ。あんたがあたしにさ、あんたが感じてるようなことを感じるように努力してほしいと思ってるのは知ってるけど……」

ひもじさのせいか、睡眠不足のせいか、それとも身を切るように冷たい風のせいなのか、目に涙がこみあげてきた。「いいのよ、スウィーティー、ほんとに。わたしは……そういうふうに言ってもらえるだけでうれしい」

「いいよ、あたしももっと正常にふるまうよう努力するけど、もし生きのびたけりゃ、あんたはもうちょっとあたしみたいにならないと。もうちょっとだけ……」

「もうちょっとヴィラネルみたいに？」

ヴィラネルは荒れた唇をわたしのうなじに軽くつけた。「もうちょっとオクサナみたいに」

3

〈キーロヴォチェペック〉が減速するのが感じられた。非常用ハッチから見ると、サンクトペテルブルクに至る海は三キロ半以上凍結して氷になっていた。数時間、船はほとんど進まなかった。それから砕氷船が左舷側の前方にあらわれ、通り道をつくりはじめた。遅々とした作業で、わたしたちはいらだたしげに押し黙って衣類梱包箱の上に寝ころがるのと、ハッチから顔を出して氷のような風を受けるのとを交互にくりかえしていた。砕氷船は一メートル、また一メートルと、きしみをあげて抵抗する氷を切り裂きながら進んでいた。

〈キーロヴォチェペック〉がウゴルナヤ港のターミナルにたどりついて、エンジンの震動が完全に止まったころには、とうに日が暮れていた。わたしたちがほぼ一週間すごした鋼鉄の箱のなかは、体臭がこもってむんむんしていた。最後のチーズとチョコレートも食べつくし、わたしは空腹のあまりはらわたがよじれそうだった。へとへとに消耗し、おびえてもいた——主として、ヴィラネルと引き離されるのではないかと考えることで。ヴィラネルの計画はどうなっているのだろう？　コンテナの扉が開けられたら、何が起きるのだろう？　そこはどこで、何を見ることになるのだろう？

入港から二時間後、荷下ろしがはじまった。わたしたちのコンテナは〈キーロヴォチェペツク〉から最初に下ろされるなかにはいっていて、揺れながら宙を移動し、待ち受けているトレーラーに固定されるあいだ、わたしの心臓は早鐘のように打っていた。バイカージャケットのジッパーつき内ポケットには、肋骨にあたって不快感をもたらしているグロック拳銃と九ミリ弾の弾倉（マガジン）三個がおさまっている。保安チェックの一環で、コンテナに体熱スキャンがかけられたり、なかを調べられたりしたら、いったいどうなることか。イミンガムでイゴールは、そういうチェックはないし、サンクトペテルブルクの工業地に無事に送られるように手配すると請け合ってくれたが、ここはイミンガムからは遠く離れている。コンテナ・トラックが出発したとき、わたしはヴィラネルに手をのばし、頰にふれた。ヴィラネルはいらだたしげに身を引いた。

「何？」

「止められたらどうしよう？」

ヴィラネルはあくびをした。「もう、頼むよ、イヴ」

「ねえ？」

「もし止められたら、あたしが言ったとおりにするんだよ」

「いつもそう言うけどさ、何の助けにもならないよね」

「うっとうしいことを言うのはやめてよ」

ヴィラネルはわたしに背を向け、わたしは歯をきしらせながらそのまま横になっていた。今はまともな食事にありつけるなら、逮捕されてもいいぐらいだ。ヴィラネルも未来も、どうなろうと知ったことか。暖かいオフィスを思い描く。湯気のたつボルシチ、皮のかたい茶色いパン、フルーツジュース、コーヒー……あまりに腹が立ち、空腹と不安に締めつけられていたせいで、トラックが港湾地区を出たことにも気づかなかった。

コンテナ・トラックはサンクトペテルブルクの郊外をのんびりと走っていく。ギアがチェンジされるたびにわたしたちはそれを感じた。ようやく止まり、完全に静かになった。それから、コンテナが激しく揺れ、突然傾き、なかにあるすべてが後部扉に向かってすべっていき、ぶつかった。わたしもいっしょになってすべり、ヴィラネルのひざがわたしの顔にぶつかった。わたしたちはあわてて手足を振りまわし、衣類梱包箱を自分たちの上に引き寄せた。コンテナの冷たい鋼鉄の床がすぐ下に感じられるほど、わたしはもぐりこんだ。コンテナの扉は今にも開きそうで、わたしの心臓は気絶するのではないかと心配になるほど激しく打っていた。

ぞっとするような音がして、コンテナは地面に下ろされた。数分がすぎ、ロックロッドがはずされるくぐもったガチャンという音がして、不意に扉が開いた。梱包箱の下で、わたしは凍りついた。ぐっと歯を食いしばり、ぎゅっと目をつぶる。恐ろしすぎて何も考えられない。そのまましばらくたったが、何も聞こえなかった。ヴィラネルの片腕が背中にまわされているのが感じられた。それから、数メートル離れたところで何かがバタンと閉じ、トラックのエンジンがふたたびかかった。遠くで、油のきれたゲートのきしむ音がした。

しばらくのあいだ、わたしたちはどちらも動かなかった。それから腕が離れていくのが感じられ、梱包箱が動きはじめた。それでもわたしは凍りついたままコンテナの床に貼りついていた。自分たち以外に誰もいないとはとても思えなかった。ヴィラネルの声が聞こえて、ようやく目を開け、上のほうを見た。

「よう、おバカさん」ヴィラネルがささやき、懐中電灯の赤い光線でわたしの顔を照らした。「大丈夫だよ。ここには誰もいない」

「ほんとに？」

「うん。出てきな」

おずおずと手探りでコンテナの開いている扉のほうに進み、眼鏡を見つけて、周囲を見まわした。そこは大聖堂ほどもある大きな倉庫の荷積みデッキだった。頭上の錆びた小梁から吊るされた管状蛍光灯が、胸の悪くなるような黄色い光を放っていた。左側には、鋼鉄の扉のほの暗い輪郭が見える。今は閉じているが、コンテナ・トラックはそこからはいって出ていったのだ。両開き扉の片方についているひとまわり小さな内扉のまわりに細い光のすじが見えている。前方には、業務用の衣裳レールが何列にもぎっしり並び、闇のなかに吸いこまれている。掛かっているのはすべてウェディングドレスで、まるで花嫁の幽霊が並ぶ隊列のように見えた。

ヴィラネルが手招きし、わたしはついていった。が、数歩歩いて止まった。目がまわり、頭がくらくらしたからだ。腸がガスで膨れているのが感じられ、腹部に鋭い痛みが走った。

「大丈夫？」

わたしはしばらくそのまま、ふらふら揺れながら立っていた。「バランスを取りもどさなきゃ」

ヴィラネルは顔をしかめ、こちらにもどってくると、わたしのわき腹を人差し指で突いた。

「痛い？」

「ええ。どうしてわかったの？」

「当然だよ。あんたは一週間うんこをしてないんだから」

「きっともうすぐ出るよ。痛いのはおさまったから、行こう」

わたしたちは倉庫の壁ぞいに歩いてみたが、どちらも施錠されていて動かせなかった。鋼鉄の防火扉が二か所あったが、簡単に出られそうな戸口はなかった。窓はどれも床面から十メートル以上あってとどかず、建物の長さいっぱいにのびている天窓はさらに高い。階段の上に小さな事務室があり、作業現場の上に張り出している。事務室のドアには鍵がかかっておらず、デスクの上には送り状などの書類が置いてあり、この倉庫の所有者が〈プレクラスナーヤ・ネヴェスタ〉——美しい花嫁——という名前の会社だとわかった。デスクにはその他、安物のテクセットのスマホと、古びたソーセージ・サンドウィッチのはいった紙袋も載っていた。

「食べなよ」ヴィラネルが言った。「あたしは大丈夫だから」

もちろんそれはうそだ。でもわたしはがつがつと全部食べた。

「当分キスはしないよ」ヴィラネルはラテックスの手袋をはめながら言った。彼女はいつもそれを携帯しているようだ。「それ、ひどくくさいんだよ。たぶんロバの肉」

「かまわないわ」わたしは言った。「気にしない」

ヴィラネルはスマホの電源を入れた。バッテリー残量が一パーセントしかなかった。ヴィラネルの手のなかでそれが完全に息絶えるまでに、わたしは時間をチェックし、腕時計と比べた。五時四十分。

「ここの始業は何時だと思う?」

「入口にタイムレコーダーがあったよ。従業員のタイムカードを見てみよう」

早番の作業班がやってくるのは六時かそのちょっとあとだとわかった。あと十五分ほどしかない。「彼らがやってきたときこそ、あたしたちは行動を起こさなきゃならない」ヴィラネルが言う。「隠れていようとしたら、絶対つかまる」

わたしがコンテナを点検してわたしたちがいた痕跡——バックパックや水の容器、食品の包み紙、うんこの袋——を取り去っているあいだに、ヴィラネルは倉庫のなかを歩いてウェディングドレスの列を調べた。フロアの中央通路に間隔をおいて車輪つきの巨大な電気ヒーターが置いてあり、その一台が特にヴィラネルの興味をひいたようだった。二分ほどして、彼女はコンテナにもどってきて、自分のうんこを入れてしっかりと口をくくった袋を集め、わたしには衣裳レールのあいだのゲートから十ないし十二メートルほど離れた場所に隠れろと指示した。「ここで待ってて」ふたつのバックパックをわたしによこしながら、言う。「動いちゃだめだよ」

悶えそうなほどのろのろと、数分がすぎた。従業員たちが早めにやってきて、ヴィラネルがつかまり、ウェディングドレスのあいだにうずくまっているわたしも見つかるのではないかと恐ろしかった。だがやがて、ヴィラネルがわたしの横にやってきた。「あたしが声をかけたら、死ぬ気でゲートまで走るんだよ」それぞれのバックパックを背負いながら、ヴィラネルは言った。「何もしゃべらずに、振り返らずに、あたしにぴったりついてきて」

「それが計画？　死ぬ気で走るっていうのが？」

「それが計画。いい？　向こうは一般人、工場作業員だ。あんたが怖がる以上に向こうがあんたを怖がる。向こうは何かが起きるなんて思ってもいないんだから」

わたしは疑るようにヴィラネルを見やった。そのとき、大扉の内側の扉が開く音が聞こえた。わたしはすばやく眼鏡をはずし、ポケットに押しこんだ。ぼそぼそと話し声がして、〈プレクラスナーヤ・ネヴェスタ〉社の従業員たちがタイムカードを押す音が聞こえた。頭上の電灯がつき、煙草がふかされ、わたしたちの隠れ場所のそばを見えない人々が通っていく。ゲートまでの距離がどんどん開いていくように感じられた。落ち着きなさい。わたしは自分に言い聞かせ、呼吸を平静に保とうとした。トトナム・コート・ロードから二十四番のバス停まで走っていくのと同じ。朝飯前よ。

ごろごろという震動音がはじまり、ヒーターのスイッチが入れられたことがわかった。ヴィラネルは背負ったバックパックのストラップをぐっとつかみ、クラウチングスタートの姿勢をとった。「よーい」小声を聞き、わたしも彼女のまねをした。不安で口がからからになる。ヒーターのごろごろという音がブンブンという音に変わり、何かが飛び散る音がした。耳障りなかんだかい機械音がして、大きな罵り声が聞こえた。それから、わたしたちの横を倉庫の中央に走っていく足音。「ドン！」ヴィラネルはそう口を動かし、倉庫のゲートに向けて走り出した。背中のバックパックが揺れている。

わたしは彼女とほぼ並んで、二十四番バスを目指す勢いで走った。右側のうしろのほうで、支離滅裂な叫びをあげる人々の怒れる顔がいっせいにこちらを向くのが感じられた。やっとどうにか内扉にたどりついた。ヴィラネルがぐいと開けた扉から走り出て、凍結したでこぼこの地面を金網フェンスに向かって走っていく。出口で待ち受けていたのは、高視認ジャケットを着た警備員だった。男は両腕を広げてためらいがちにわたしたちの行く手をふさごうとしたが、ヴィラネルが瞬時にジャケットからシグ・ザウエルを抜き、男の顔に向けた。男は横に跳びのき、わたしはヴィラネルの横から出口ゲートの掛け金に手をのばして、無理やり開けた。ヴィラネルはわたしをうしろに引きずるようにして門扉を駆け抜けた。凍結した地面の上で足がすべり、わたしはどしんと尻もちをついた。立ち上がろうとしたが、足首に激痛が走った。

「立ちな、イヴ」切羽詰まった小声で、ヴィラネルが言った。従業員たちがどなりながら倉庫から走り出てくる。

「無理よ」

ヴィラネルはわたしを見下ろした。その目には何の感情も出ていなかった。「悪いね、ベイビー」そう言って、彼女は走り去った。

ものの数秒で、わたしは取り囲まれた。みんながあれこれ叫びながらわたしを罵り、じろじろ見て、どなりながらあれこれ質問してくる。わたしは地面の上で胎児のように丸くなり、両膝を胸に引きつけてぎゅっと目を閉じた。足首が腫れてきて、とんでもなく痛い。一巻の終わりだ。

「アックリヴァイ・グラーザ。フスタヴァイ」目を開けろ！　立て！　男の声がした――荒々しく、なじるような声だ。

わたしは薄目を開けて見上げた。鉄灰色の空を背に、怒れる顔が並んでいる。声の主は頭を剃りあげて骸骨めいた顔をした老人だった。その横に、幽霊のように青白い顔をして歯が変色している四十がらみの女性と、首にクモの巣のタトゥーを入れている若い男。ほかにも十人を超える人間がひしめきあっていた。全員、パーカにオーバーオールを着て作業用長靴をはいている。声は憤っていたが、ほとんどはまごついているだけのように見えた。

「トゥイ・クト？」おまえは誰だ？

わたしは答えなかった。ここのみんなはおそらく、ヴィラネルが望んでいたとおりに、わたしを頭がおかしいやつと考えるだろう。頭のなかの声に突き動かされて、不法侵入や破壊行為をおこなっているのだと。もしかしたら——どう見てもうまく運ぶ見込みはほとんどなさそうだが——誰かがわたしを病院に連れていくかもしれない、そうすればそこから英国大使館に連絡できるだろう。外傷性ストレスのせいで奇矯なふるまいをしてしまったようです、とすまなそうに弁解してみよう、しかもそれは真実から遠いというわけでもない。故郷に飛んで帰り、治療を受けながらゆっくり休もう。ニコはしばらくそれ見たことかと勝ち誇るだろうが、早晩わたしを連れ帰り、許してくれるだろう。それから、わたしは〈トゥエルヴ〉に殺されてジ・エンド。ちくしょう。

「トゥイ・クト？」

わたしは骸骨顔を見つめ返した。骸骨顔はあれこれと指示を出している。わたしはひっぱって立たされ、背中のバックパックを取り上げられた。それからふたりの女性に支えられて、片足跳びをしながら倉庫にもどる。首にタトゥーを入れた若い男が小声ながら切迫したようすで携帯電話にしゃべっている。まったくの無力な存在でなすすべがなくなった今、もはや恐怖心はなくなっていた。

ふたりの女性に助けられて段を上がり、内扉をくぐったところで、突然胃がひっくり返るような悪臭に襲われた。悪臭がすべてを覆い、鼻孔にも喉にも肺にも満ちあふれた。それは倉庫の奥に向かうにつれてどんどんひどくなった。

「ここ、くさい（ズジェス・ヴォニャイエット）」女性のひとりが言い、スカーフで鼻を覆った。まったくそのとおり。たしかにとてもくさい。

ファンヒーターの前にくると、あらゆるものにうんこの霧しぶきがまぶされていた。床はぬるぬるとすべりやすくなっていて、天井も照明器具も、十着以上のこの上なく美しいウェディングドレスも、もとは淡いピンク色や光沢を帯びた白やアイボリー色だったろうに、もれなく無粋な茶色の点々にまみれていた。

ヴィラネルが考えついた陽動作戦はとんでもなく効果的だったと判明した。ヴィラネルが仕掛けていたときは、緊張していたあまりたいして注意も払っていなかったが、今は彼女のねらいがわかる。〈プレクラスナーヤ・ネヴェスタ〉社の従業員たちが倉庫にやってきて最初にするのは、暖房を入れることだ。そう考えて、彼女はヒーターのなかに、うんこ入りの袋六つを詰めこんだのだ。まず袋が溶けて、残りはファンがやってくれる。問題のヒーターはすでにスイッチを切られていたが、まだスチームが出て、液を滴らせていた。

いかにもヴィラネルらしい。輝かしさと恐ろしさに満ちた署名入りの傑作、というところか。悪臭に吐き気を催しながらも、わたしは最初にヴィラネルを追わずにはいられなくなったあの直感を思いだした。そしてこの場面から、個人的なメッセージを読みとろうとした。もしも〝このあと一生めでたしめでたし〟を望んでいるなら、そんなのは忘れちまいな。そう彼女は言っているのだ。そんなのはみんなくそくらえだ、と。彼女は本気でそう思っているのだ、逃げたのだから。わたしを救うか、自分だけ助かるかの選択で、彼女は逃げ去ったのだ。

当然だ。彼女はサイコパスなのだから。

ふたりの女性はわたしを倉庫の中央に連れていった。骸骨顔がそこで待っていて、わたしのために椅子が置かれた。バックパックはわたしのすぐ横に置かれた。彼らの礼儀正しさと配慮に驚嘆した。

「トゥイ・クト？」再びそう訊かれ、わたしはまたぽかんとした顔で見つめ返した。

「クト・アナ・タカーヤ？」あの女は誰だ？　骸骨顔がヴィラネルの走り去った方向を指して訊く。わたしは質問の意味が理解できないというように眉をひそめた。誰のことを言っているのかわからない、というように。

「アナ・ボルナヤ・ナ・ゴロヴ」この女は精神が健全でないと、頭にスカーフを巻いた女性が言った。わたしは憐れっぽい目で彼女を見つめた。驚いたことに、自分がすすり泣いていることに気がついた。

いったん泣きはじめると、もう止まらなかった。わたしは椅子にすわったまま前のめりになって両手に顔を埋め、すすり泣いた。肩が震え、涙が指のあいだからこぼれ落ちる。わたしは夫を失い、家を失い、そしてどこからどう見ても、人生をも失っていた。ろくに知りもしない国でとらえられ、ほとんどしゃべれない言語を使うことを強いられ、誰かもわからない敵から逃げている。ニコはわたしが死んだと思っているだろうが、〈トゥエルヴ〉はそうやすやすとだまされはしないだろう。わたしが安全を確保できる唯一の道がヴィラネルだったが、今や彼女をも失ってしまったのだ。

どれだけのあいだ、こうした自己憐憫に浸っていたか定かではないが、ようやく顔を上げたとき、首にタトゥーを入れた男が携帯電話を下ろした。「ダーシャ・クヴァリアーニが来る」男はむっつりと言った。「もうすぐここに来る」

わたしは手の甲で涙をふき、周囲に居並ぶ顔を見渡した。ダーシャというのが誰であれ、彼女の到来はいい知らせではなさそうだった。

やってきたのは五人だった。男四人はいかにも悪党といった若者で、ビシッとキメた服装をしていた。四人ははいってくるなりぴたりと足を止め、鼻をつまんで、信じられないというように顔を見合わせた。女性は悪臭も集まっている従業員たちも無視してつかつかと倉庫の中央に歩いてくると、周囲を見まわした。彼女は掃き溜めにツルという風情だった。ジッパーを喉元まで閉めた黒いレザージャケット、冷ややかなグリーンの目、顎のところでボブカットにしたつややかな栗色の髪。

彼女は男たちに合図した。頭がくらくらするようなコロンのにおいをさせながら、ふたりの男がわたしに近寄ってきた。ひとりがわたしを立たせて、横柄な態度でボディチェックをした。ふたり目はバックパックの中身を床にぶちまけ、くしゃくしゃのセーターや汚れたソックスとショーツのなかからグロックと弾倉（マガジン）を拾いだした。女は拳銃にちらりと目を向けた。両手を膝にあてて前に身を乗り出し、考えこむようにわたしを見つめる。それから、わたしに平手打ちをくわせた。ガチで痛いやつを。

わたしは椅子からころげ落ちそうになった。心底ショックだったのは、殴られた強烈な痛みではなく、自分が殴ってもいい存在だと思われていることだった。呆然として彼女を見ると、彼女はまた平手でぶった。「で、おまえの名前は何だ、このくっさいくそアマ」ロシア人の罵り言葉は多彩だ。

わたしのなかで何かがガクンと動き、ヴィラネルの言葉が思い出された。もうちょっとあたしみたいになりなよと言われたことを。もうちょっとオクサナみたいに。彼女ならばしょんぼりと椅子にすわって涙にくれながら最悪の事態を待ち受けてはいないだろう。彼女なら恐怖など無視し、痛みに打ち勝ち、次の一手を画策するだろう。

生まれてこのかた、一度も人を殴ったことがない。だから椅子から身体を突き上げるようにしてダーシャ・クヴァリアーニのきれいに整った鼻を殴りつけたとき、彼女に負けず劣らず、わたし自身も驚いていた。ビスケットが砕けるような音がして鼻の穴から血が噴き出し、彼女はとっさに顔を横に向けて手をあてた。

全員が凍りつき、わたしの身体検査をしていたふたりの男がわたしの両腕をつかんだ。アドレナリンが噴き出していたわたしは何も感じなかった。足首ですら、麻痺したように感覚がなかった。クヴァリアーニは血と粘液にまみれた湿った声で、恨みがましく罵り散らした。すべてが聞き取れたわけではないが、次の言葉はわかった――〝オグロムナーヤ・ブリャト・オシブカ〟。〝最悪の大失策〟という意味だ。彼女は矢継ぎ早に命令を飛ばし、ふたりの従業員がそそくさと離れていった。ひとりは業務用の麻ひもの束を持って、もうひとりは高さのあるスチールの車輪つき衣裳ハンガーを押してもどってきた。

ふたりの男はわたしをハンガーの前に立たせ、わたしの両手首を背中にまわして麻ひもで縛った。いかにも慣れた手つきだ。わたしの自信が揺らいできて、傷めた足首がこれ以上わたしを支えていられるかどうか心もとなくなってきた。膝ががくがくと震えてきたとき、ふたりの男がわたしの両脇に手を入れて持ち上げ、床から三十センチほどのところにあるハンガーの脚部の横棒の上にわたしを立たせた。それから、両手首が強制的に上を向かされ、上の横棒に吊るされるのが感じられた。わたしはがくんと前に傾いた。両腕が縦にひっぱられ、首すじと肩にナイフで突かれるような痛みが走る。わたしは必死でバランスを失うまいとした。もし足がこのバーからすべり落ちたら、両腕が肩から抜けてしまうだろう。けれど、膝には力がはいらず、くじいた足首は火がついたように痛かった。

痛みはどんどんひどくなり、自分のあえぎとすすり泣きとの区別がつかなくなってきた。ダーシャ・クヴァリアーニが前に立ったが、見えるのは毛皮に縁取られたアンクルブーツだけだった。ブーツの横に水のはいったプラスチックのバケツが置かれた。彼女は両手でそれを持ち上げた。一瞬後、わたしは水びたしになり、氷のような冷たさにあえいでいた。激しく暴れ、身をよじったせいで、衣裳ハンガーが床のほうに傾いた。わたしの顔が床にぶつかる寸前、見えない手がハンガーをつかんでまっすぐにもどした。もう腕にも肩にも感覚はなくなっていた。呼吸をするにも、収縮した肺に空気を吸いこむのに苦労しなくてはならなかった。冷えきったあまり、何も考えられない。

ぎょっとするほど大きな銃声が響き、次いで照明が暗くなり、割れたガラスがばらばらと落ちる音がした。それからピシッという音と、どすんという音がした。

「ダーシャ・クヴァリアーニ。なかなか羽振りがよさそうだね、くそ女（スーチカ）」ヴィラネルの声だ。冷静きわまりない声。安堵のあまり泣きそうになった。わたしのためにもどってきてくれたのだ。

「ヴォロンツォヴァ？」クヴァリアーニの声は動揺でくぐもっていた。「オクサナ・ヴォロンツォヴァ？　死んだと思ってた」

「ちがうよ。今すぐ彼女をそこから下ろしな、くそ女（ビッチ）、じゃないと死ぬよ」

ひもがほどかれ、わたしは椅子にすわり、そのまましばらく、じっとしていた。水を滴らせ、寒さでがたがた震えながら。ヴィラネルは両足を大きく開いて立っていた。その足下に、わたしを衣裳ハンガーに縛りつけた男の片方が意識不明で倒れている。深刻そうな頭の傷から血が流れているが、それはおそらく、ヴィラネルのシグ・ザウエルの台尻で殴られたのだろう。同情は覚えなかった。それどころか、そのシグ・ザウエルがダーシャ・クヴァリアーニの眉間に向けられているのが見られてうれしかった。

「誰かに乾いた服を持ってこさせて」ヴィラネルがわたしを見ながら命じる。クヴァリアーニが青白い顔の女に身振りで指示し、女はあたふたと離れていった。彼女の長靴に踏まれて、電灯のガラスがジャリジャリと音をたてる。

「ここでいったい何をやってるのか、ぜひとも教えてもらいたいものね」クヴァリアーニがヴィラネルに訊いた。「それから、そのシグをしまってよ。同じドブリャンカ卒業生のよしみでさ」

ゆっくりと、ヴィラネルは拳銃を下ろした。

クヴァリアーニはわたしを指さした。「そいつはあんたの？」

「そうだよ」

「そいつを手荒くあつかったのは悪かったわ。でももう一回訊かなきゃならないね、ヴォロンツォヴァ。いったいどういうこと？　ここの会社は工場に何も問題が起きないように、わたしにお金を払ってる。で、さっき電話を受けたのよ、ふたりのイカれた女が工場を人糞まみれにして機械を損傷させ、何十万ルーブルもの商品をダメにした、ってね。わたしはどうすればいいと思う？」

青白い女がもどってきて、わたしの手を引いて薄汚い女性用トイレに連れていった。彼女が見つけてきたのは、Tシャツと薄汚れたピンク色のセーターと、〈プレクラスナーヤ・ネヴェスタ〉社の従業員が着古したかのような、色あせたオーバーオールだった。ドアの裏に、薄汚いハンドタオルが掛けられている。あいまいな仕草で服を指し、女は消えた。乾いた服に着替えて、足を引きずりながらもどっていくと、ヴィラネルとダーシャ・クヴァリアーニは笑いながらしゃべっていた。頭に傷を負った男が倒れていた場所には、今はただ細長い血のしみがあるだけだった。近づいていくと、ヴィラネルとダーシャは顔を上げた。

「なかなかかわいいよ」ヴィラネルは英語でわたしに言った。「プロレタリア風シックはあんたによく合ってる」

「そうね、おもしろい。ねえ、知ってるよね、ほんの五分前、そっちの新しい親友さんがわたしを拷問してたってことを？」

「ちょっと、彼女はあやまってるんだよ、本当に悪かったって言ってる。それから彼女はあたしの旧い友だちだよ、新しい友だちじゃない。あたしたちは拘置所で知り合ったんだ」

「世界は狭いわね」

「ああ、そうだよ。ダーシャはドブリャンカじゃ有名だった、みんなに〝首折り屋〟って呼ばれてた。ダーシャの親父さんは盗賊の世界(ヴォロフスコイ・ミール)じゃ尊敬を集めてるギャング・リーダーだった。サンクトペテルブルクで親父さんが権勢をふるってたから、検察官たちはダーシャの裁判を地元の法廷でやる勇気がなくて、千五百キロ離れたペルミに送ったんだよ。それでもダーシャの一家はどうにか手をまわしたんだ」

「すてきね」

「アングリチャンカ？」ダーシャがわたしに向かい、ちらりと歯を見せて笑った。「あんた、英国人？」

わたしは彼女を無視した。肩の筋肉がまだ痛くてたまらない。「で、彼女はどうして裁判にかけられたの？」ヴィラネルに英語でたずねる。「いったい何をやったの？」

「彼女はある晩、地下鉄に乗ったんだよ、大学から家に帰るためにね。列車は超混んでて、ある男が彼女をさわりはじめたんだ」

「わたしのお尻をね」ダーシャが言う。「それでわたしは……」その男の頭を両腕ではさみこみ、乱暴にぐいとねじるゼスチャーをした。「そいつの首は音をたてたよ……ポップコーンみたいな音だった」

「うっわー」

「ね、すごいよね」

「目撃者はいなかったの？」

「いたよ、でも父さんがそいつらと話をしたのよ」それから、彼女はロシア語に切り替えた。

「それが彼女の Me Too 体験だったって」ヴィラネルが通訳してくれた。

4

「これからあたしのことをオクサナって呼ぶほうがいいと思う」ちょっと残念そうに、ヴィラネルが言った。

「ヴィラネルって名前、好きだったけど」

「うん。カッコいい名前だよね。でも今使うのは危険すぎる」

「うーん。わかったわ……オクサナ」

　わたしたちは、ダーシャのアパートの古い琺瑯製の巨大なバスタブの両端につかって、足をのばしていた。縦に長い窓からは広いハイウェイが見晴らせ、そこを流れる車のゴロゴロ、シャーッという音がかすかに聞こえる。市電のガタンゴトンという音もうっすらと聞こえた。オクサナは言うまでもなく、バスタブのカランのないほうの側にいるが、コンテナに長らくこもっていたあとでは、お湯につかるのは至福だった。

　住居はアヴトヴォと呼ばれる地区のブロックいっぱいに建つ巨大なネオクラシカル建築の

アパートの三階にある。建物はかつては非常に華やかで、共産党の高級官僚が家族と住んでいたようなタイプの物件だが、数十年のあいだに明らかに落ちぶれていた。設備は使い古され、エレベーターはきしみ、配管はガンガンゴロゴロと音を立てている。

「このお湯の色を見なよ」わたしの足の指をもてあそびながら、オクサナは言った。

「うん、気色悪いよね。あんたがしょっちゅうおならをするのも、何の助けにもならない」

「助けになってるよ。おもしろいじゃん。ほら、見てて。お尻の穴をすぼめると、ちっちゃい泡が出る。穴をゆるめると、泡がでかくなる」

「すごいわね」

「ひとりきりで暮らしてると、こういうことがうまくなるんだよ」

「そうなんでしょうね。で、ダーシャとの取り引きはどうなったの？」

「どういう意味、取り引きって？」

「わたしたちは彼女のゲストなのか、囚人なのかってことだけど……？」

「ダーシャとあたしはドブリャンカ拘置所でいっしょだったんだよ。それから、裏社会の掟――ヴォロフスコイ・ザコン――においても、あたしたちは姉妹なんだよ。人殺し姉妹。ってことは、ダーシャはあたしを助けなくちゃならない。あたしは彼女に、ヨーロッパでトルピード――暗殺狙撃手――仕事をやって有力者一家を始末したせいですぐ脱出しなきゃならないって言ってある。今はまだ、それ以上のことを知らせる必要はないからね」

「それじゃわたしは？」

「あんたのことは訊かれなかった」

「わたしはただの、トルピードのガールフレンド?」

「MI6で働いてたって言ってほしかった? マジで? あたしがダーシャに話したのは、彼女に信頼してもらうために言わなきゃならないことだけだよ。だって今は彼女が必要だからね。あたしたちには新しい身分とかパスポートとか、そういったモノがいろいろ必要で、彼女はそれをこしらえられる。というか、少なくともそういうものをこしらえられる人たちに連絡をとってくれた。それでさ、あたしたちは必要なだけここにいられるし、ダーシャはあたしたちを助けてくれる。彼女があたしたちを放り出すことはないよ。でも彼女は、あたしがお返しに何かしてくれることを期待もしてる。何かでっかいことをさ。だからあたしたちは、しばらくじっとして、そのでっかいことが何なのか見てみなくちゃならない」

「で、わたしは何をすればいいの?」

「何もしなくていいよ。もっとお湯を入れてくれる? こっち側は冷めてきてる」

「これ以上お湯は出ないわよ。どういう意味なの、何もしなくていいって?」

「あんたはただ、ぶらぶらするとかしてればいいってことだよ。あんたがあたしの女だってことは、ダーシャもわかってる。だからあんたを犯罪に関わらせることはしないよ」

「うわ。それって……残念、どう言えばいいのか、よくわからない」

オクサナはわたしの足の親指を実験するかのように嚙んだ。「あんたはギャングになりたい、パプシック?」

「あんたのそばにいたいわ。こんなところまではるばるショッピングをしに来たわけじゃないのよ」

「あたしはショッピングに行きたいね。あんたが仰天する顔を見てみたい」

「わたしは本気で言ってるのよ、オクサナ。わたしはあんたのベイビーじゃないんだから」

「ちがうよ、あたしのベイビーだよ。あんたの足はエメンタール・チーズの味がするって知ってる？　でかい穴がぼこぼこあいてるやつだよ」

「あんたは真剣にガチで変人よ、知ってる？」

「あたしが変人だって？　あんたのほうこそ、サイコパスといっしょにお風呂につかってるじゃん」

　わたしはカランにあたる頭をなんとか心地よい位置に置こうと努力していた。「ダーシャが手がける犯罪ってどういうものなの？」

「ありふれたやつだよ。密輸とか、クレジットカード詐欺とか、みかじめ料とか、ドラッグとか……おそらく、ほとんどのドラッグをあつかってるね。ダーシャの父親のゲンナジーは〈クプチーノ・ブラトヴァ〉というギャング組織の小集団（ブリガディア）のリーダーで、サンクトペテルブルクのヘロインの取り引きを仕切ってた。そして引退したときに、ブリガディアの地位をダーシャに継がせたんだ。ギャング組織で女がそんな地位につくのはほぼ前例がないんだけど、ダーシャはすでにマフィアのメンバー（ヴォール）の入会儀式を完全にすませてて、みんなに尊敬されてるんだ」

「彼女はきっと、イカれたサディストなんでしょうね」

「イヴ、パプシック、今朝のことをあんまり根に持っちゃダメだよ。ダーシャの身になって考えてみなよ。あの〈プレクラスナーヤ・ネヴェスタ〉の倉庫は彼女にみかじめ料を払ってるんだよ、そしてあたしたちはあそこでやらかしちゃったんだ。ダーシャはあの惨状をきっちりコントロールしてるってとこを見せなきゃならなかったんだ」

「わたしを拷問する必要はなかったわよ」

「ちょっといたぶっただけだよ」

「あんたが来てくれなかったら、たっぷりいたぶってたわよ」

「ダーシャは自分の仕事をしただけだよ。女が職場で積極的に仕事をすると、どうしていつもくそ女（ビッチ）って言われるんだろうね？」

「それは大きな疑問よね」

「だよねえ。みんな、拷問して殺すのは男だって思いこみがあるから、女がそれをやると、男らしさを侵害してるみたいに見られちゃうんだよね。バカげてるよね」

「わかるわ、スウィーティー。人生って不公平なものよ」

「本当にね。そうそう、ちょっと言っとくけどさ」――オクサナはお湯を蹴ってわたしの顔にかけた――「今朝あんたを救ったことへのお礼の言葉があればうれしいけどね」

「ありがとう、わたしの押しつけがましいフェミニストのガールフレンドさん」

「あんたってホンット、最悪だよね」

ダーシャはわたしたちの面倒をとてもよく見てくれた。そう認めざるをえない。この住居は人間味の感じられないつくりで、わたしたちに割り当てられた部屋は風通しが悪く、ふだん使われている気配がなかった。厳重にロックされている窓ガラスは、防弾ガラス特有の緑色がかった分厚いものだ。だがベッドはじゅうぶんに快適で、クリスティナと名乗った若い女性が運んできた朝食をたいらげたあとは、ふたりしてまたぐっすりと眠りこんだ。

目を覚ますと正午近くになっていて、わたしたちはまたもや激しい空腹に襲われていた。ここにはクリスティナ以外は誰もいないようで、クリスティナは明らかに、わたしたちがちゃんと起きて動きだすのを待っていて、暖かなダウンジャケットをわたしたちに渡してくれた。わたしたちは彼女の案内で住居の外に出て、がたつくエレベーターに乗って下に降り、外の通りに出た。わたしの足首は腫れがいくぶん引いていて、まだ痛いものの、歩くことはできた。

直（じか）に陽射しを浴びるのはいいものだった。空はちょっと暗い瑠璃色で、朝降っていた雪が凍結して、陰気に立ち並ぶ黄土色の建物群にきらめく白い粉がまぶされたようになっていた。ランチはビッグマックとフライドポテトで、食べ終えたあと、クリスティナはスタチェック大通り（プロスペクト）を少し南に歩いて、映画館を改造した〈コミェタ〉内にある中古衣料品店に行った。観客席からは座席が取りはずされ、今はどの段にも衣服の陳列台がずらりと並んでいる。ここには、ゴスやパンク・ファッションから、昔の演劇用衣裳や軍隊・警察の正装服、フェティッシュ系ファッションウェアや手作りアクセサリーまで、なんでもあった。店全体にちょっとかびくさい、むっとするようなにおいが漂っていた——こういう店はどこでもそうなのだが。アールデコ調のシャンデリアの下の通路をぶらつき、他人の生活のボロボロな残骸を探し回るのは、奇妙に胸の痛む心地がした。

「ここの服を着てれば、ずっとサンクトペテルブルクに住んでるみたいに見えるわよ、サブカル系女子って感じにね」クリスティナが言った。長身で脚が長く、薄い黄褐色の髪と穏やかでためらいがちな物腰の彼女は、ギャング組織の一員とはとても思えなかった。よくしゃべるわけではないが、たまに彼女が口を開いたときは、とても静かな声を聞き取ろうと、耳をすましてしまう。

　オクサナはわたしのウエストをぎゅっと締めつけた。「自分を創り直すんだよ、パプシック。ハチャメチャになりなよ」

　この精神で、わたしはこれまでの人生では考えもしなかったものを選ぶことに主眼を置いた。ミッドナイトブルーのベルベットのコート——シルクの裏地はずたずたに破れ、ラベルがミハイロフスキー劇場の小道具だったと告げている。アナーキストのスローガンがペイントされている鋲(スタッド)つきジャケット。ハチのような黄色と黒の縞模様のモヘアのセーター。ふと気づくと、わたしは楽しんでいた。これまで服を買っていたときには感じたことのなかった気持ちだ。オクサナもとても楽しんでいるようだった。彼女は人生のほかのあらゆる局面とまったく同じように、ショッピングに対しても容赦がなく、わたしが手にしている服を自分が着たいと思えば、ためらうことなくひったくる。

それから近くのヘア&ネイルサロンを訪れ、わたしたちの変身は完成した。料金はすべて、クリスティナが丸めた紙幣の大きな束から支払った。おそらくダーシャのお金だろう。サロンでオクサナとわたしが髪と爪を整えてもらっているあいだ、クリスティナは静かにすわって虚空を見つめていた。美容師はわたしの髪を直線的なショートボブにし、オクサナの髪は毛先をつんつん立てたピクシーカットにした。わたしの爪はターコイズ色になり、オクサナの爪は黒くなった。わたしたちが仕上がると、クリスティナはめったに見せないシャイな笑みを浮かべた。「これで本物のロシア人らしくなったわ」そうわたしたちに言った。

そのあと、わたしたちはタクシーでアヴィアトロフ公園に行った。クリスティナがなぜわたしたちをここに連れていきたいと思ったのか、よくわからない。おそらくここがアフトヴォ地下鉄駅の近くにある手ごろな観光地だったのだろう。空は暗くなり、新たに降りはじめた雪がまわりを舞うなか、わたしたちはほとんど人のいない公園を突っ切って、葉を落として骸骨のように黒々とそそり立つ木々に囲まれた、凍りついた湖まで歩いた。向こう岸には、高台にソビエト時代のモニュメントが立っている。空に向かって飛び立とうとするミグ戦闘機の離陸の瞬間がとらえられていた。クリスティナはおざなりにそれを指さし、それからまた幽霊めいた足取りで、寒々しい湖畔の散歩道を歩きつづけた。このときになってようやく、わたしの頭に、ある考えが浮かんだ――彼女はわたしたちをできるかぎり長くアパートから引き離すように命じられているのではないか。ダーシャがわたしたちの持ち物を調べ、わたしたちの処遇を決める時間をかせぐために。その判断には、わたしたちを売り渡すかどうかもはいっているかもしれない。

そのことをオクサナに訊いてみたが、彼女は懐疑的だった。「あたしに――あたしたちに興味を持ってるのは〈トゥエルヴ〉だけ。彼らは〈クプチーノ・ブラトヴァ〉みたいな組織よりはるかに上のレベルで行動するよ」

「でもダーシャは〈トゥエルヴ〉の話を聞いてるかもしれない。彼女ならきっと、ありとあらゆるアンダーグラウンドの情報源に通じてるんでしょ」

「そりゃそうだけど、〈トゥエルヴ〉に結びつくことはないよ」

「彼女が実際に彼らに通じてるかもしれないって考えてみて。議論のための仮定の話として」

「ダーシャがどうやってやつらに接触するっていうの？　フェイスブックで？」

わたしはうなずいた。確信があるわけではなかったが。

「いい？　ダーシャがバカだったら、ブラトヴァのブリガディアにはなれてない。もし彼女がヴォールの掟を破ってあたしを〈トゥエルヴ〉とかほかの誰かに売ったら、彼女は二度と信頼されなくなるんだよ。それに、あたしが彼女を殺す。すぐじゃないかもしれないけど、いつか必ず彼女を襲う。彼女もそれがわかってる」

何日かたつと、力がついてきたように思えてきた。肩はまだ痛みがあり、特に朝は痛い。

それに長く歩くと足首が抗議の悲鳴をあげる。けれど、ダーシャが存分に食べさせてくれたおかげで、乏しい食料を頼りに餓死寸前だった日々の影響もしだいに消えつつあった。オクサナは毎日ランニングをしていた。ときには二、三時間も走ることがあり、さらに戻ってきてからも厳しいエクササイズをおこなっている。わたしはロシア語の能力を改善しようと、ダーシャが持っている〈ヴォーグ〉誌のバックナンバーを読み、ラジオの時事チャンネルに耳を傾けてすごした。

オクサナと共に寝るのは、ニコと寝るのとはまったくちがった。ニコの身体は起きていても寝ていてもわたしの一部に思えるほどよくなじんでいて、隅から隅までわかりきっていたのだが、オクサナの身体は謎めいていた。探れば探るほど、どんどん謎が深まるように思えた。かたいかと思えばやわらかく、従順かと思えば貪欲になる。彼女はわたしをどんどん深く惹きつけていく。誰にも踏みこめぬ沈黙にすべりこんでしまうときもあれば、何か侮辱されたように思うのか、怒りで身をこわばらせてわたしを突き放すときもあった。だがほとんどの場合、お茶目でやさしかった。彼女はネコのようだった——あくびをしてのびをし、ごろごろとのどを鳴らす。全身の筋肉が引き締まり、鋭い爪を隠している。眠るときは、彼女は外側に顔を向けいびきをかき、わたしはそんな彼女にぴったりとくっつく。

オクサナは英国から出てきたいきさつをあいまいにぼかして話し、ダーシャがそれを信じていると多少なりとも自信をもっていた。彼女はダーシャに、わたしたちのロシア国内パスポートと新しい身分証をつくってほしいと頼んでいた。それは金さえ積めば可能なことのようだ。

オクサナがまだダーシャに訊いていないことに、ララ・ファルマニャンツの件があった。彼女は現在、モスクワのブティルカ収容所にいる。わたしとしては、あのくそ女が永遠にそこで腐れてほしいと思う。彼女がオクサナの元恋人だったというだけでなく、わたしを殺そうともしたからだ。でもオクサナは彼女をブティルカから出してやりたいと考え、ダーシャのコネを使ってそれをするのは可能かどうか尋ねる気でいた。

わたしはララのことを考えても動揺するまいと努力していたが、恋人と比べられるとわたしが激しく傷つくことを知っていながら、オクサナはララの驚異的な身体、運動能力やセックスの話をことあるごとに漏らした。わたしの理性は、彼女が口で言うほどララを恋しがっているはずがないこと、おそらく日々のなかでララのことをそれほど考えているわけでもないことを知っている。でも愛とは理性的なものではなく、オクサナが何気なしに残酷な一面を見せるにもかかわらず、わたしは彼女に恋していないふりをするのをやめていた。

けれどこのことを彼女に打ち明けることは決してない。また、オクサナがわたしに愛していると告げることも決してないという確信もあった。なぜなら、彼女にとってそういう言葉はまったく意味を持たないからだ。責めるべきはわたし自身のみだとわかっている。わたしは彼女の無情な本性を自分の手腕でどうにかできるだろうと信じていた。でも冷静に考えると、そんなことはありえないとわかっている。とはいえ、サンクトペテルブルクの昼は短く、夜は長い。同じベッドのなかで闇と夢と彼女の身体のぬくもりとにおいに包まれていると、ふたたび信じる気持ちがよみがってくるのだ。

わたしたちがここに来てから一週間後、クリスティナはオクサナとわたしを写真撮影ブースのあるデパートに連れていった。わたしたちが出てくると、クリスティナはプリント写真を受け取り、一週間以内にロシア国内パスポートやその他の身分証明の書類ができると告げた。わたしたちふたり分で、締めて千五百米ドルで、オクサナはすぐに支払った。ダーシャが言うには、もっと安く手に入るものもあるが、すぐに偽造と見破られるということだった。お金が支払われるのを見て、わたしはほっとした。ヴォールの掟だろうがそうでなかろうが、そういう曖昧な理由でダーシャのもてなしを受けることに、落ち着かない気分を抱くようになっていたからだ。それに、だんだんオクサナの落ち着きがなくなってくることにも、わたしは気づいていた。それはランニングやエクササイズでは癒せないものだ。「あたしは仕事をしなくちゃ」檻のなかのヒョウのようにうろうろと室内を歩きまわりながら、オクサナは言った。「自分は生きてるって感じたい」

「わたしがいても生きてるって思えないの？」そうわたしは言ったが、そのとたんに後悔した。オクサナは憐れむような目をわたしに向けた。そして何も言わなかった。

書類代金をふところにおさめたあと、ダーシャは、今夜このアパートでディナー会を開くと告げた。そしてそこに、彼女のボス——アスマット・ザブラーティという名前の男——がやってくる、と。彼はパカーン、もしくはリーダーと呼ばれる男で、どうやらとんでもなく尊敬されている人物のようだ。伝統的な旧タイプのギャングのボスで、若いころは斧一丁でライバルどもを始末したことで知られている。このパカーンのギャング組織には三人のブリガディアがおり、ダーシャ自身は四人目のブリガディアになる。これは大事な機会だからね、とダーシャはわたしたちに強く念押しした。うまく行くかどうか気をもんでいるようだった。

クリスティナが適切な服を貸してくれることになった。

オクサナはとても機嫌が悪く、その申し出を無視して、クリスティナのワードローブを一瞥すると、サンローランのタキシードスーツをつかみ取り、自分の身体にあてて鏡をちらりと見て、無言で出ていった。

クリスティナは彼女が出ていくのを見守った。「大丈夫?」

「ああ……わかるでしょ」

クリスティナはうっすらと笑みを浮かべた。「たしかにわかってるわ」

「クリスティナ?」

「クリスでいいわ」

「クリス……あなた、ダーシャと暮らしてるのよね?」

「そうよ。ここ一年はね」

わたしはずらりと並んだドレスを見つめた。何からはじめればいいのか見当もつかなかった。「あなた、ダーシャを愛してるの?」衝動的にたずねていた。

「そうよ、彼女もわたしを愛してるわ。わたしたち、いつか都会を離れてカレリアの村に行くの。養女をもらうかも」

「幸運を祈るわ」

クリスティナはボラアクスのひらひらしたシルクのドレスをラックから取ってしげしげと眺め、顔をしかめた。「あなたとあなたのオクサナだけど。このあと一生めでたしめでたしで暮らす、そういうつもり？」

「まあ、そういうようなところよ」

クリスティナはドレスをわたしによこした。「オクサナは殺し屋よね？　それもプロの」

わたしは彼女の視線を受け止めた。自分の呼吸音に耳をすます。

「殺し屋は見ればすぐにわかるの。そういう見た目をしてるから。そうだ、エルヴィラっていう名前はどう？　ちっちゃい女の子にぴったりのかわいい名前だと思うけど」

アスマット・ザブラーティはわたしがこれまで見たなかでももっとも冴えない男のひとりだった。背が低く、髪が薄くなりつつあり、穏やかなウサギのような目をした男は、最後にやってきた。彼は目立たず静かにやってきたが、即座に注目の的となった。このパカーンの威光はぱっと目立つというわけではないが、ほかの者の態度から明らかになっていた。すりきれたオーバーコートを脱ぐのに手を貸す者があり、椅子に案内され、飲み物を出される。ほかの客たちは丁重この上ない物腰でダンスをするかのように動き、階層内の序列に従って彼のまわりに集まった。いちばん内側はダーシャとほかの三人のブリガディア、それからボディガードと戦闘員たちが警戒線を張り、最後が妻たちと女性の友人たちだった。オクサナはこうしたグループのあいだをサメのように動きまわり、けっしてどこにも落ち着こうとしなかった。いっぽうわたしは、いちばん外側の、香水をぷんぷんさせて悩殺ドレスに身を包んだ女性たちのあいだをうろついて、にこやかに会話に耳を傾け、同意の相槌だけではすまされないという雰囲気になると、よそに移っていた。

　わたしたちがいるのはこの住居でいちばん大きい部屋で、重厚で華やかな家具がしつらえられている。スモーキングジャケットを着たダーシャが葉巻を手に、ゆったりと安楽椅子にすわってスポットライトを浴びている肖像画がでかでかと飾られていた。肖像画の向かい側には、スタチェック大通り（プロスペクト）を見晴らす背の高い窓が並び、その窓と窓のあいだのサイドボードの上で、クマに乗っているロシア大統領の氷の彫刻が水を滴らせていた。部屋の向こう端には膨大なストックを誇るバーがあり、白いジャケットを着て頭に包帯を巻いたバーテンがドリンクを出していた。遅まきながら、それはオクサナが倉庫であっさりぶちのめしたギャングだと気づいた。そいつはドリンクを取りにきた仲間たちからバカにしたように頬をはたかれ、女に病院送りにされたマヌケと笑われていた。

　陰気な目でわたしを見つめる包帯バーテンからピンク色のラトビア産シャンパンのグラスを受け取り、オクサナを探した。オクサナはダーシャと話しこんでいた。話の内容は聞こえなかったが、オクサナの目の狡猾なきらめきとダーシャの共犯者めいたにんまりした笑みは見てとれた。そのふたりがわたしに目を向け、笑った。グラスを投げつけてやりたかったが、それはせずに、氷のように冷たい甘やかなシャンパンを口にした。

　クリスがわたしの横にあらわれた。グレーのシフォンのドレスを着てエレガントに見えたが、きらびやかに着飾った〈クプチーノ・ブラトヴァ〉の女性たちのなかにいると、ホタルに囲まれた蛾のように場違いに見えた。「あの人たちってほんとに退屈」クリスはひそひそとわたしに言った。「あの人たちと知的な会話をするなんて無理よ。あの人たちの話題は三つしかないの。服と子どもと、自分の男がほかの女とヤリまくるのをどうやって止めるか」

「うわ、助けて」

「そのとおりよ。うわ、助けて！　あの人たちはね、いつまでもくどくどと愚痴るのよ、子守り娘（ナニー）がひどい怠け者で、仕事時間中ずっと冷蔵庫の食べ物を腹に詰めこむか、友だちとワッツアップでしゃべるばっかりで、小さなディマだかナースチャだかの世話をまったくしない、ってね。それから、今はっと思い出したというように憐れみの目でわたしを見て、こう言うのよ。『でももちろん、あなたにはお子さんはいらっしゃらないのよね？　いい男と出会えたら何人かつくってみようっていう気はあるのかしら？』もちろんわたしは礼儀正しさを貫いて適当に受け流すわよ、だってあの人たちに無作法な態度をとったらダーシャが金切り声で怒りまくるもの。でもこう言ってやりたいわ。『あんたに何がわかるっていうのよ、くそ女？　〝いい男〟なんていやしないわよ、そんなものくそくらえだわ』ってさ」

　ふだんのクリスから考えると、これは演説といっていいくらいの長広舌だった。

「あなたは本当に、この盗賊の世界（ヴォロフスコイ・ミール）が自分に向いてると思ってるの？」

クリスはうんざりしたような笑みを向けた。「わたしはダーシャを愛してる。ここが彼女の世界なんだから、わたしにも向いてるはずだって思ってる。あなたとオクサナはどういうふうに知り合ったの？」

わたしは警戒した。彼女はダーシャから、わたしたちについての情報を探るように命じられているのだろうか？　わたしはシャンパンを飲み干し、クリスティナの目を見つめた。彼女はまったく含みのない表情をしていた。わたしは切実に仲間を必要としていたので、もう少しで本当のことを打ち明けそうになった。

でも、そうしなかった。

ダーシャが手を叩いてディナーの用意ができたと知らせ、パカーンをエスコートして部屋から連れ出した。わたしたち残りの者はふたりのあとに続いて静かに、飾り立てられたダイニングルームに移った。そこには細長いテーブルに二十人分のセッティングがされていた。クリスタルのシャンデリアから虹色の光の矢が放たれ、室内にはユリの香が濃厚にたちこめている。そしてテーブルの中央には、金のカトラリーとグラスに縁どられて、一匹のつややかなチョウザメが死体のように置かれていた。座席札がすわるべき場所を示しており、序列は厳格だった。パカーンは最賓客席にすわり、その両脇をダーシャともうひとりのブリガディアがかため、その両側に戦闘員たちが配されている。女性たちはテーブルの両端にかためられていた。

タキシードスーツを着てとんでもなくイカして見えるオクサナは、戦闘員ふたりにはさまれてすわっていたが、その目は怒りに満ちて細められていた。自分が〈クプチーノ・ブラトヴァ〉のエリート席に入れてもらえていないことに気づいているからだ。これまでの苦い経験を通して、敬われていないと感じたときにオクサナがどんなにひどい反応をするか、よく知っている。彼女の内部で何かがはじけるのだ。状況をコントロールするのは自分だと主張しなければならないという考えに取り憑かれると、彼女は相手をずたずたに切り裂くほど凶悪になれる。男たちのひとりがオクサナと話をしようとして、冷たく無視されるのを、わたしは見ていた。その男に、気にするなと言ってやりたかった。こんなふうになると、オクサナはどうにも手に負えないのだ。

「で、あなたの殿方はどの方？」ロシアの伝統的パンケーキ（ブリニ）とサラダとキャビアの取り合わせが、ウォッカと共にテーブルに運ばれてきたときに、わたしの左側にすわっている女性が訊いてきた。彼女の座席札をちらりと見て、アンゲリナという名だとわかった。気弱そうな目と焦がしキャラメル色の髪をしている。

「わたしはオクサナの連れなの」わたしは言った。「あそこよ、黒いスーツを着てる」

アンゲリナはしばらく、不安そうにわたしを見た。「パヴェルよ」そう言って、オクサナがわざとらしく無視していた男たちのひとりのほうに頭を傾けてみせた。「わたしの夫。戦闘員（ボエヴィク）よ。ダーシャの仲間のひとり」

「それじゃ、彼は女のために働くことについて、どう思ってるのかしらね？」

「気にならないって言ってるわよ、ダーシャは男みたいに頭がいいからって」

「それで、あなたは何をしてるの？」ブリニの上にキャビアを盛りながら、わたしは言った。

「どういう意味？」

「あなたがしてる仕事、とか……？」

「わたしはパヴェルや彼の大法螺だの何だの全部に耐えてるの、だから働く必要はないのよ」アンゲリナは目を伏せて、自分の大きく開いた胸元を見やった。そこには小さな金ラメの星がたくさんちりばめられていた。「こういうブラトヴァの男と結婚する理由って、それでしょ。こういう男たちはリッチなのよ。〈フォーブス〉の長者番付みたいのじゃないけど、まあほら、そこそこね。ねえ、あなたはどこの出身なの？　あなたのロシア語って、その、すっごく変」

「ロンドン出身よ。話せば長くなるわ」

「それでそのオクサナだけど、あなたたちは友だちなの、それとも……」

「パートナーよ」

「ビジネス・パートナーってこと？」

「人生のパートナーよ」

一瞬、アンゲリナの顔からぽかんと表情が消えた。それからぱっと明るくなった。「そのドレス、本当にきれいね。どこで買ったの？」

この質問には答えなくてすんだ。ダーシャが立ち上がってグラスを掲げ、パカーンのために乾杯を提案したからだ。「われらがブラトヴァの父のご長寿と健康を願って」ダーシャは乾杯の口上を述べた。「われらが敵どもに死を。われらが祖国に力と栄誉を」

パカーンは目をぱちぱちさせ、おどおどした笑みを浮かべて、ショットグラスを唇に軽くつけた。

「それから、わたしの姉妹オクサナを歓迎したい」ダーシャは続けた。「わたしたちはドブリャンカで――ウラル一すてきなリゾートで――共にバカンスをすごした仲で、いいですか、友人がた、彼女は実にタフな女なんです。独房で首つり自殺したって聞かされてたけど、ほおらここにいる。ぴんぴんしてね」

オクサナはお辞儀をしてにやりと笑い、グラスをダーシャに向けて掲げた。「実にタフな女から、もうひとりのタフな女に、ありがとう(スパシーボ)」

このとき、ダーシャはわたしにも会話を振るべきだと考えたようだ。「あんたとオクサナはけっこうな長旅をしてきたんだよね？　バルト海コンテナ船ルートはさぞかし寒かったと思うけど？」

食卓に礼儀正しい沈黙が垂れこめ、十九の顔がわたしのほうを向いた。わたしは無理やり笑みを浮かべ、突然自信を失ったロシア語で、オクサナと共にまる一週間がたがた震えてすごしたことを説明しようとした。

ダーシャの目が驚いたように丸くなり、それから彼女は笑いだした。ほかのみんなもそれに加わった。パカーンさえも。男たちはたがいに顔を見合わせながらわたしの言った言葉を繰り返して吹き出した。ダーシャは両頬に涙を伝わせている。笑い声はいつまでも続き、わたしはすっかりうろたえて人々の顔を見渡した。クリスすら笑みを浮かべていた。「心配しなくていいぞ」ブリガディアのひとりがナプキンで目をぬぐいながら言った。「ここにいるのは味方だけだ。あんたの秘密はよそには漏れない」ただひとりだけおもしろがっていないのはオクサナで、氷のように冷たく濃厚な憎悪のこもった目でわたしをにらみつけていた。

食事は永遠に続くかに思えた。スープ、焼いた肉、灰に埋めて炭火で焼いたビーツ、ポルチーニ茸を添えたチョウザメ、ペリメニ〔ロシアの水餃子〕、ペストリーと、延々と料理が出てきた。そしてウォッカ。小さなグラスが次から次へと出てきた。シトラス・ウォッカ、カルダモン・ウォッカ、ラズベリー・ウォッカ、ペッパー・ウォッカ、バイソングラス・ウォッカ。二、三分おきに誰かが乾杯の音頭をとる。仲間に、忠誠に、名誉に、ヴォール人生に、美しい女性たちに、ここにいない友人たちに、そして死に捧げて。わたしはぐいぐい飲んだわけでもなく、控えめになめる程度にしていたが、ほどなく絶望的に、こっぴどく酔っぱらってしまった。時間の進み方がひどくのろくなり、チクタクいう音が停止した。話し声や笑い声が高くなったり低くなったりし、室内の情景が視界に迫ってきては遠のいていく。アンゲリナやほかの人々がわたしと会話をしようとこころみたが、わたしはろれつが回っておらず、ごく単純な返事しかできないことを知ってあきらめた。ときおりちらりとオクサナのほうを見やったが、オクサナはわたしの視線には無視を決めこみ、周囲にいる人々と活発に、ちょっと浮ついた調子で会話をしていた。この夕べのあいだ、ごく一瞬の共謀者めいた笑みや同情的な眼差しを向けられていたが、何も起きはしなかった。オクサナの目は、まるでわたしなどそこにいないかのように、わたしの上を素通りしていた。

そしてついに、ありがたいことに、最後の乾杯が飲み干された。ナ・ポソショック——道のために乾杯。それから全員が立ち上がり、パカーンがボディガードたちにエスコートされてダイニングルームから出ていった。わたしはドアの横に立ち、客たちがぞろぞろと出ていくのを見守った。何人かはわたしに笑みを向け、何人かは握手をしてきた。ひとりふたりの女性は、明らかにわたしと同じくらい酔っぱらっていて、まるで旧友にするようにわたしをハグした。わたしの前を通っていくオクサナは、石のように無表情だった。

アパートから客が消え、ダーシャとクリスとオクサナは氷の彫刻のガラスめいた溶け残りの前に立っていた。「ベッドに行きな」わたしが寄っていくと、オクサナは命じた。「あたしはダーシャと話がある」

「また拷問ごっこの計画?」わたしが言うと、ダーシャはとても上品に不愉快そうな顔をした。「最高にすばらしい夕べだったと言わせてもらうわ。食事はとってもすてきだったし、あなたの友だちは感じがよかったし。特にパカーンが気に入ったわ。彼、すっごく愉快だった」

「イヴ、頼むからやめて」オクサナが小声で言う。「今夜はもうじゅうぶんに恥をさらしたんじゃない? 頼むから引っ込んでくれ」

わたしはそれに従い、重苦しい沈黙のなかを慎重に歩いて、寝室に向かった。部屋にはいると、ベッドの縁に十分ほど腰掛け、体内を静かに駆け巡るウォッカのせいでどくどくと打つ脈の音に耳を傾けた。カーテンを開け、市電が律儀に路面を進んでいくのを見守る。上に張られた架線からときおり火花が滝のように散る。引き出しの並ぶチェストのところに行き、二番目の引き出しを開けて、ハチみたいな縞模様のセーターの下からグロックを出した。このセーターを着る機会がなかったのは残念だが、そろそろ自分の人生は終わったという事実を直視するころあいだ。これまでたくさん、決断の失敗を重ねてきた。その最たるものは、自分の人生を心の健全さに問題のある殺人犯にゆだねてしまったことだ。彼女がわたしに向ける関心は、よく言っても一時的なはかないものでしかないというのに。彼女はわたしに、ほかにどこにも隠れ場所はない、あんたが生き延びる唯一のチャンスはあたしなんだよと言って説き伏せ、わたしはわたしで、そのとおりだと自分に言い聞かせたのだ。

まったくもって痛ましい話だが、今となってはそこはもはや問題ではない。わたしは逃げ道になる橋をすべて焼き払ってしまったのだ。故国も愛も失ったわたしは、ただひとりぼっちなのだ。

自分を撃ったら、痛いだろうか？　最期に感じるのは想像もつかない痛さとなるのだろうか？　それともよく言われるように、自分を殺す弾丸は、感じるどころかその音も聞こえないのだろうか？　死ぬのはただ……明かりが消えるようなものなのだろうか？

頭を撃つという考えには、とても耐えられそうにない。頭の半分が吹っ飛び、ベッドの絹張りのヘッドボードやダマスク織りのカーテンに脳みそが飛び散っている姿で発見されたくはない。特にダーシャが好きというわけではないが、彼女に内装をやり直す労を負わせたくもなかった。

ならば、心臓を撃つか。いろんな意味でそのほうがふさわしいと言えるだろう。死ぬのに何秒かよけいにかかるかもしれないが、姿かたちは損なわずにすむ。わたしは眼鏡をはずし、ベッドサイド・テーブルに置いた。それから靴を蹴り捨ててベッドに上がり、枕ふたつで上体を支えて横になった。さあ、やろう。これでおびえるのも心配するのも、何もかも終わりになる。

枕の上に楽に身を落ち着けて、グロックにマガジンを入れ、スライドを引いて放す。これで準備ができたが、自分の心臓を撃つためには銃の向きを変えて、銃口を胸に押しつけなくてはならない。そして親指の腹をトリガーガードに沿わせてすべらせる。酔っぱらっているときにはむずかしい動作だ。グロック拳銃はダブルトリガーになっていて、両方のトリガーを引かなくてはならないので、親指の位置を調整していると、かすかな物音がわたしの意識にはいりこんできた。

オクサナだった。たった今、ドアのわきに立っていたかと思うと、次の瞬間にはわたしに馬乗りになり、わたしの手からグロックをもぎ取っていた。わたしは彼女を見上げた。彼女はわめいていたが、口の動きが言葉と合っていない。オクサナはベッドから飛び降りて窓のほうに歩いていき、カーテンを引き開け、わたしに背を向けて立った。グロックのマガジンをはずし薬室の弾薬を抜く、金属が擦れてカチリと鳴る音がした。

「どういうつもり?」オクサナの声は低く、ほどんど聞き取れないほどだった。

「どういうふうに見えた？」

「あんたはそんなバカじゃないはずだ」

「バカなまねじゃないわ。わたしがこんなことを続けるべきっていう理由を教えてよ」

オクサナは眉をひそめた。「あたしたちだよ」

「あたしたち？　オクサナ、わたしはあんたを怒らせるだけでしょ。あんたはわたしに何をするつもりかまったく教えてくれないし、わたしに話をするときはまるで憎んでるみたいよ。わたしたちなんて言える仲じゃないわ」

「イヴ、お願いだから」

「ほら、それのことを言ってるのよ。その声の調子。わたしはあんたをいらだたせてるのよ」

「だから自殺しようとしたの？」

「もっといい考えがある？」

オクサナはベッドまでもどってきた。「ほんとにバカだよ、イヴ。ホンットにくそバカだ」

「本当はそうじゃない。わたし、頭はかなりいいのよ。バカなのはあんたよ」

オクサナはベッドに腰掛け、手をのばしてわたしの頬にふれた。わたしはその手を払いのけ、両足をベッドのわきから床に下ろし、怒りに震えながら背すじをのばした。

「そのドレスを着てると、すっごくセクシーに見える」

わたしは彼女を無視して立ち上がり、ドアのほうに歩きはじめた。だが、どこに向かうのか、具体的には何も考えていなかった。オクサナはベッドの反対側の端からさっと立つと、部屋をつっきってわたしの行く手をふさいだ。わたしはスピードをゆるめず、片腕を前に突き出して彼女の喉をつかみ、壁に強く押しつけた。そのまま彼女を押さえつける。オクサナはあえいで目を大きく見開いたが、抵抗はしなかった。

「ちょっとはやさしさを見せてほしいの」オクサナの顔に言葉を吐き散らした。「あんたにはむずかしいことでも、かまやしない。そろそろあんたも人間らしさってのを学ぶころあいよ」

「わかってる」わたしの手の先で、オクサナの首がアナコンダのようにわなないている。

「ううん、わかっちゃいない。だってあんたはあまりに無精者だからね。サイコパスってレッテルの向こうに隠れてるのは、そうしてれば面倒から解放されるからだよね。でもあんたは歩く精神異常者なんかじゃない、そしてちゃんとそれをわかってる」

「それじゃあたしは何なのさ?」オクサナはせせら笑った。「あたしの首を絞め終えたら言ってよ。ちなみに、あたしはそれも楽しんでるけどね」

「あんたは――すぐ手の届くところに、あんたのために何もかもをなげうった生身の本物の人間がいて、あんたを頼ってるっていう事実を受け入れられない人間よ」

ほとんどだしぬけに、オクサナはわたしがのばしていた肘にげんこつをたたきこんだ。電撃のような痛みが指先まで走って、思わず彼女の首を放した。オクサナは片手でわたしの耳を、もう一方の手で髪の毛をつかみ、わたしの顔をぐいと引き寄せた。わたしたちの目と目、鼻と鼻、口と口がふれあわんばかりになった。「それじゃお返しに何をしてほしい、イヴ？」オクサナがささやく。

わたしはオクサナの下唇を歯にはさみ、ぐっと嚙みしめた。オクサナは静かに息を吐きだし、わたしは彼女の血の味を感じた。「わたしはあんたがほしい。わたしはあんたのものになりたい、そしてあんたをわたしのものにしたい」

わたしたちはしばらくそのまま立っていた。どちらも身動きせず、ただ息だけしていた。

「これからずっと？」オクサナが訊く。

「これからずっと」

オクサナは頭をうしろに引いてわたしの顔を見られるようにし、ゆっくりと人差し指でわたしの顔をなぞった。わたしの眉をなぞり、頬骨を伝って下り、唇の合わせ目をたどる。そこは彼女の血で貼りついていて、血は急速に乾きつつあった。

「わかった」オクサナは言った。「わかったよ」ベッドサイド・テーブルから眼鏡を取り、慎重にわたしの顔にかける。「ほら、これでちゃんとあたしの顔が見えるよね」

「あんたはやっぱりくそ女だわ」わたしはささやき、彼女の両手を握った。

「知ってるよ、パプシック。あたしが悪かった」オクサナは真顔になってわたしを見た。

「明日、ゆっくりプランを練ろう。いっしょに。あたしたちのパスポートとお金はダーシャに手配してもらってるけど、お返しに何かしなきゃならない。あたしたちはお返しに何かしなきゃならない」

「何かって、何？」

「その話は明日でいい？」オクサナはわたしを抱き寄せた。「だって今はほかにやりたいことがあるから」

「本当に？　どんなこと？」

「別に……いろいろだよ」

「わたし、すっかり酔っぱらってるけど」

「知ってるよ。あたしもくらくらしてる。でもウォッカのせいじゃない」


一時間後、ほとんど眠りかけていたとき、あることを思いだした。「スウィーティー？」

「ん？」

「ディナーのとき、どうしてみんなわたしのことを笑ってたの？　まる一週間、震えながらすごしたって言ったとき。何がそんなにおかしかったの？　あそこにいた全員、ほら、げらげら笑ってたけど」

「あんたのロシア語のせいだよ。震えるってのはドロージュっていうんだけど、あんたはドローチって言ったんだ」

「ドローチってどういう意味なの？」

「マスターベーション」

「スウィーティー？」

「イヴ、頼むよ。そのうっとうしい口を閉じて眠らせてよ」

「ダーシャはあんたに何をしろって言ったの？」

「本当に、今この瞬間知りたい？」

「そうよ、知りたい」

「あのパカーンを殺せって」

5

それからの二週間は足早にすぎ去り、ロンドンを出てからはじめて、オクサナは落ち着いて集中しているように見えた。本質的に無口で、典型的な一匹狼タイプの彼女にとって、暗殺の計画をわたしといっしょに立てるのはたやすいことではなかった。まあ、それを言うなら、わたしにとってもたやすいことではない。なんと言っても、殺人は殺人なのだ――たとえその標的がパカーンのような恐ろしい人物であってもだ。けれども、わたしたちは進み続けた。オクサナは考えをわたしに打ち明けるようになったし、わたしはオクサナに〝一般人の罪悪感〟と軽蔑したように言われてもどうにか無視して、実践の手順や調整に意識を集中した。わたしはずっと、そういうことが得意だったのだ。

オクサナが懸命にわたしと協力して仕事をしようとしていること、そしてそれ以上に、わたしとの関係をうまく築こうとしていることに、わたしは感動した。オクサナは、ここでは衝動に突き動かされることはなかった。彼女はわたしを興奮させるやり方も操り方も、傷つけ方もよく知っていたが、このほとんどひと月のあいだ、常に寄り添って暮らしていたにもかかわらず、いまだにわたしの感情を読めずにいた。ときおり、彼女がそのグレーの目でわたしをじっと見つめ、感情を推しはかろうとしているのに気づくことがあり、胸を引き裂かれるような気がした。自分とほかの人々とを隔てているガラスにずっと鼻を押しつけて生きるのがどれほど孤独なことか、わたしには想像もできない。永遠に外の冷たい世界にいて、なかをのぞこうとする、その孤独さ。

いつかきっと、彼女にわたしの愛を感じさせてみせる。たとえそのためにわたしが死ぬことになっても。

アスマット・ザブラーティ——パカーン——は六十九歳、地下鉄クプチーノ駅の近くの、マラヤ・バルカンスカヤ通り（ウーリツァ）に面した重厚な灰色の十七階建てのアパートに住んでいる。この建物内にいくつもの住居区画を所有しており、そこに——よりにもよって——四人のボディガードと元妻のエレナ、妹のルシャーナとその夫を住まわせている。また、そこから車でちょっと行ったところにあるフルゼンスキー・デパートの裏にも小さなアパートを借りていて、そこに彼の〝シュガー・ベイビー〟——ゾーヤという名前の二十四歳のウクライナ人女性——を囲っている。紹介業者を通じて知り合った女性だ。パカーンの家族とエレナはこの関係を快く思っておらず、ゾーヤを承認してはいない。だからゾーヤはマラヤ・バルカンスカヤ通りの住居を訪ねたことがない。

パカーンがよく立ち寄るのは、ゾーヤのアパートと、ネフスキー大通り（プロスペクト）にある美容クリニック——そこでゾーヤはボトックス注射を、彼は若返りの注射を射っている——そしてプロレタルスカヤ通り（ウーリツァ）にあるエリザローヴァ浴場。〈クプチーノ・ブラトヴァ〉のブリガディアたちとの会合は、〈ザリーナ〉というオセチア料理レストラン——パカーンと彼が呼ぶ客たちのために個室が予約される——か、浴場でおこなわれる。ザブラーティは自宅でもよくもてなしをする。ルシャーナにホステス役をさせ、ギャングたちとその家族をもてなすのだ。また、彼はときおり市の中心部にある心臓専門の個人医院を訪れる。心房細動と思われる持病を抱えており、ジゴキシンの錠剤を服用している。

こうした情報はダーシャからもたらされ、オクサナが指揮する監視活動でその裏づけが取られた。わたしもそのいくつかに参加したが、いつも遠くからだった。たいていの場合は、スタチェック大通り（プロスペクト）のアパートにひとりでとどまり、情報の照合や解析にいそしんでいた。オクサナといっしょに外に出たかったが、オクサナはわたしが迷子になったり、何かで向こうの注意を惹いたりするのではないかと恐れていた。おそらく彼女は正しい。わたしはものすごい方向音痴で、ＭＩ５の監視部門であるＡ４チームとの合同研修に送られたときには、恥ずかしいほど悪戦苦闘して、基本的なことすら満足にできなかったくらいだ。

そういうわけでオクサナはひとりで出かけたし、彼女もそのほうがいいようだった。そして二度ほど、二十四時間以上姿を消し、凍えて腹をすかせ、くたくたに疲れて帰ってきた。そういうときは、彼女に話しかけるような愚かなまねはしない。そのかわりにお風呂に入れ、チーズとキュウリのサンドウィッチと紅茶を持たせて、ベッドに入れる。

わたしたちは入手した情報をすべてファイルにまとめ、継続的に調べて、くりかえしあらわれるパターンはないか探しているが、これまでのところ、何も見つかっていない。旧タイプのリーダーらしからず、パカーンはキツネのように用心深く、オクサナに言わせると、監視への対抗措置を熟知していた。手配や予約は常にぎりぎりで決められ、おとりの車が使われ、パカーンの車の運転手はいつも異なるルートを通る。わたしたちが調べたかぎりでは、公共交通機関を使うことはない。

こうした表面のどこかにひび割れがないか、わたしたちは探していた。わたしたちがつけこめるもろい割れ目を。わたしはこの作戦を知的なエクササイズだと思うことにした。MＩ5時代、自分の活動をよくそういうふうに見ていたときのように。オクサナを追いかけていたとき、わたしはその距離感を見失ってしまい、過剰に関与してしまっていた。今回の作戦では、客観性をとりもどそうと決意していた。

「お風呂にはいったらどう？」オクサナに声をかける。「お湯を張るね。いっしょにはいってもいいよ」

「解決法を思いつくまではいらない」

「いいいい、あたしたちがそれを思いつくまで、ね」

「なんだっていいよ」

寝室で、わたしたちは埃っぽい別珍張りの安楽椅子にすわって、殺人のシナリオを練っていた。問題解決に取り組んでいる最中のオクサナは、衛生面に関する行為をすべて一時停止しているように思える。そして今朝の彼女はとりわけ汚かった。髪の毛は脂ぎった釘の王冠のように外側に突き立ち、ジーンズはずたずたに破れ、〈プレクラスナーヤ・ネヴェスタ〉の倉庫で手に入れた、薄汚れたピンク色のセーター——オクサナはこれをわたしから取り上げ、この一週間、ずっと着ている——は死にそうな悪臭を放っていた。

「ダーシャはどうしてパカーンを排除したいのか、理由を言った?」オクサナに訊いた。

「そんなこと、聞く必要はないよ」

「ダーシャはブラトヴァを率いたいの?」

「ダーシャはパカーンの力が弱まっていると見てるんだ。年老いて、支配力がどんどん弱まっている。だから彼女が行動を起こさなきゃならない。彼女がやらなかったら、ほかの誰かがやるだけだからね。そういうものなんだよ」

「そのあとはどうなるの?」

「パカーンが死んだらすぐに、ダーシャはほかのブリガディアたちを召集して、自分が跡目を継ぐと宣言する。彼女がパカーンを殺したとは誰も口に出しては言わない、でもみんなそれを知ってる。そして、もしダーシャを怒らせたら自分も排除されるということもね」

「ダーシャが女性だってことが問題になるの?」

「本当はそれじゃだめなんだけど、そうなるだろうね。ロシアの犯罪組織の世界じゃ女はひどく見下されてるからね。ダーシャに統計データを教えてもらったけど、ぞっとするような数字だった」

「それじゃ、わたしたちは――」

「そうだよ、パプシック、あたしたちはここで、いいことをしてるんだ」

それを鵜呑みにはできない。でも、現状ではやるしかないのだ。オクサナが言ったように、わたしたちがザブラーティを消さなければ、ほかの誰かがやるだろう。だからわたしたちはこの殺しの依頼を引き受け、身分証明と現金を受け取って姿を消すのがいちばんなのだ。それに、あまりここに長居していると、わたしたちのうわさが何かのはずみで〈トゥエルヴ〉に届いてしまうかもしれない。

「選択肢を点検してみよう」わたしは提案した。「彼の住む建物にはいれないっていうのはたしかなんだよね？」

「はいれないことはないけど、かなりむずかしい。こういうブロックいっぱいに建ってて狭い廊下をめぐらせてるソビエト式のでっかい集合住宅は、全員の監視が簡単にできるように設計されてるから。建物にエレベーターは二台あるけど、どっちもすごくのろいし、通りに面した扉の前と、パカーンと関係者たちが暮らしてる九階の扉の前には常に戦闘員（ボエヴィク）がひとり立ってる。それに、ザブラーティが住居のなかでひとりきりになることは絶対にない。常にボディガードがひとりついている。加えて家族や子どもたちも……まあ、不可能じゃないよ、不可能なことなんてないんだから。でも、もっと楽な選択肢があるはず」

「わかった。ゾーヤの家はどう？」

「あるかも。ザブラーティは週に二回か三回、ゾーヤの家に行く。たいてい、夕方前にね。ボディガードは彼をゾーヤの部屋まで連れていって、彼がゾーヤと何かしらやってるあいだずっと、外で待ってる。それから彼を車まで連れてもどる」

「なんかすっごくいやらしいよね。ザブラーティって何なの？　ゾーヤより四十五歳も年とってるよね？」

「いやらしいのは貧困だよ、イヴ。あたしはどっぷり貧困に浸ってたからわかる。ゾーヤはおそらくあの住居だけじゃなく、相当な手当も受け取ってる。月に何千ドルっていう額をね。ウクライナの場末のクラブでホステスとか掃除婦をして働くかわりに、エステサロンに行ったり上等な服を買ったりしてすごしてるんだよ」

「そうよね。でも、あのいやらしいウサギ顔じじいがセックスしたい気分になったときには応じなきゃならないんだよね。あのじじいがどんなセックスをしたがるかなんて、考えるのも恐ろしいわ」

「ザブラーティにあんまり濃厚なことができるとは思えないね。心臓病があるしさ。それにゾーヤがちゃんと賢けりゃ、彼を操れてるだろう。大学時代に、激甘の金持ちパパに面倒見てもらってる子がいてさ。そいつは彼女に何でも与えてやってたよ、お金も服も、休暇もね……そして彼女に指一本ふれなかった。彼女はそいつに見られながら、大人のおもちゃを使う、それだけ。彼女はこう言ってたよ、どうせそういうモノは使ってたんだからって」

「いっそういやらしい」

「バイセクシュアルに目覚めた女が言うことかね」

「わたしがそうだって言うの？」

「ちがう？　結局あたしたちはどっちも、男ともセックスしてたんだし」

「でもあんたは自分がそれだって思ってるの？　バイセクシュアルだって？」

「あたしは自分が何かだなんて思うことはないけど、そうだね、厳密に言えばそうだと思う」

「それはどういう意味？　あんたは今でも男とセックスしたいと思ってるってこと？」

オクサナは肩をすくめた。「もっとひどい衝動もあるよ」

「最低！　本っ当に最低」

「それじゃあんたはもう二度と男とセックスしたいとは思わない？　永遠に？」

「あんた以外の誰ともセックスしたくない」

「おもしろいね」

もちろんわたしの負けだ。わたしが彼女にぞっこんなのを彼女は知っているのだから。

「あんたって、たまには、一度くらい、やさしいことが言えないの？」

オクサナはちらりとわたしを見た。「いじめるほうがずっとおもしろいからだよ、どう見たってね。あたしがダーシャに、ララのことを調べてほしいって頼んだの、知ってるよね？」

　わたしは答えなかった。ララについてわたしが知りたい唯一の情報は、彼女が死んだということだけだ。

「あたしも一応調べたんだよ。どうやらララは証拠不十分でブティルカから釈放されたらしい。彼女の一件が法廷に出されることはもうない」

「あら、ロシアの腐敗に侵されてない司法制度に万歳ね。それで、彼女に連絡するつもりなの？」

「いいや。そんなことをすると思う？」

「いつもララ、ララって言ってるから」

「それはあんたを妬かせたいからだよ、バカだね。ララはセックスはうまいけど、ほんとにバカだった。ヴェネツィアのホテルでディナーをとったときのことを思い出すよ。あたしはロブスター・リゾットを頼んだんだ。当ホテルの名物（スペシャリタ・デッラ・カサ）だったからね。で、ソムリエがどのワインにするか訊いてきた。で、ララはベイリーズのアイリッシュ・クリームって言ったんだ。本当に残念だけど、とにかくあれはヒドかった。あとでキスしたときにララの舌にあの味が残ってたよ」

「細かいところまで話してくれてありがとう。あんたと彼女がヴェネツィアにいたこと、考えないようにしてたのに」

　オクサナは肩をすくめた。「まあ、事実だからね。ついでに、あたしはピザにパイナップルを載せるのが好きだってことも事実」

「それ、ほんとにぞっとする」

「そのうちパリの〈ハンクス〉って店に連れていくよ。ほんとに超おいしいんだから」

「全然食べてみたいとは思わない、たとえパリのお店でも」

「うっわー、頭固い。あたしはどうやってあんたをベッドに連れこんだんだろう」

「あんたがベッドに〝連れこんだ〟んじゃないわ」

「へえ、そう？」

「わたしが飛びこんだのよ。無理やりされたんじゃない」

「本当に？」

「本当に。それから、わたしは絶対にパイナップル・ピザは食べない」

「まあ、そのとき次第ってことで。ゾーヤの家の話にもどるよ。パカーンがいるときに住居内にはいるのはむずかしい。ドアは強化されてるし、高精細度のセキュリティ・カメラがあるしね。ザブラーティがゾーヤに他人を入れさせることはありえない。やつとボディガードを撃つのは、建物内の共用部分でするほうがずっと楽だろうね。理想的には、やつらが部屋から出てエレベーターに歩いていくとき」

「どうやって建物にはいる？」

「二階に住んでる独身男を見つけたよ。大学で教えてて、女子学生が定期的に訪ねてきてるんだ。どっちの名前も知ってるから、女子学生の友だちが彼に大至急のメッセージを持ってきたってふりができる。それで建物内にはいれるよね。それから教師の男を動けないようにして、そこから必要なものを調達する。理想的とはいえないけど、可能」

「レストランは？」

「それもあるね。ふつうにはいっていって、パカーンの顔を撃って、ボディガードふたりが反応する前に始末して、とっととズラかればいい。でも〈ザリーナ〉みたいな大きな人気レストランとなると、よろしくない。混みあってるし、照明も明るいし、店内の防犯カメラもある。大騒ぎになるだろうし、目撃者もたくさん出る」

「目撃者が出るのは、決定的によくないね」

「そのとおり。あたしたちはボディガードやほかの戦闘員を殺さずにすむ解決法を見つけださなきゃならない。ダーシャだって、仲間を殺させたと知られたら、ギャングたちの信頼を得ることはできないだろうし。基本的には、パカーンをひとりきりにして、誰にも見られずに始末しなきゃならない」

「蒸し風呂（バーニャ）ならひとりきりになるでしょ。それに無防備にも」

「で、どうやってあたしが、というかあたしたちが浴場にはいるつもり？　彼が行く日は男性専用になってるよ」

「きっと何か手があるはず」

　オクサナは顔をしかめた。「女性専用の日に行って何時間かすごしたから浴場内の配置はわかってる。戸棚とか天井裏の空洞とか、換気ダクトとか、そういったものは全部調べてみたけど、文字どおり隠れ場所なんてどこにもない。浴場は築百年以上たつ帝政時代のもので、床はモザイク張りで、クラシカルな彫像がたくさん立ってる。それに、いたるところに客がいる」

「腰にタオルを巻いた裸の男たちよね」

「まあ、あたしが行った日は女性専用だったけどね。でも、そのとおり」

「それじゃ、銃は持ちこめないね」

「浴場に銃を隠して持ちこむのはほぼ不可能だね」

「もう一回手順を話して」

「どうして？」

「オクサナ、お願い。とにかく話して」

「わかった。通りに面した入口からはいって、切符売り場でお金を払う。それからロッカーのある大きな更衣室にはいって服を脱いで、タオルを借りる。それから、スチーム室を通る。スチーム室は箱の形の熱源装置があって、なかに熱い石を置いた巨大なオーブンみたいなところで、周囲の壁にぐるりとつけられた木のベンチにすわるんだ。バケツがあって、それに水道の水を入れて穴から熱源装置に注ぐんだよ。すると蒸気が発生して温度を上げるんだ」

「サウナみたいに？」

「まったく同じ。ただ、何もかもがはるかに大きい。それにヨーロッパのサウナはみんな黙ってすわってるだけだけど、こっちははるかに社交的でにぎやか。それから、冷却室がある。スチールの円柱が並んでて大理石の板が敷かれてて、そこでマッサージを受けられる。

みんなで白樺の枝でたがいをたたきあうんだ、そうすると血のめぐりがよくなるって言われてる」オクサナは腕を組んだ。「イヴ、こんなことは全部知ってるはずだよ。前にも説明したから」

「それはわかってる。でももう一回話してよ。何か見つかるかもしれない」

「わかったよ、それから小さくて深いプールの部屋もある」

「それはお湯、それとも冷水？」

「冷水。スチーム室からそこに行って冷水を浴びる」

「そこの大きさは？」

「ちょうどひとり分だね。深さは一メートル半ぐらい」

「その浴場に、ほかには何かある？」

「サモワールでお茶が出るティールームがあるよ。ケーキとかブリニとかが食べられる」

「質はいい？」

「極上だよ」

「あんたは何を食べたの？」

「ナポレオン・ケーキをひと切れ」

「ひと切れだけ？」

「わかったよ、ふた切れ」

「それじゃ、もう一回行ってもいいよね？　わたしを連れて？」

「うん。でも男性専用の日に行けるわけじゃないんだよ。行く意味がわからない」

「わたしを連れていって。いいわね？　考えがあるの」

「聞かせて」

そこでわたしは彼女に話した。そのあと、彼女はまるまる一分、身動きせずにすわっていた。それから、ゆっくりと、だが興奮したようすで、手であおぐような仕草をしながら窓のところに歩いていった。

「どう思う？」

オクサナは振り向いた。「うまくいきそう。必要なものをすべてダーシャが調達できれば、絶対に成功する。でも……」

「でも？」

「でも、これはあたしたちふたりがかりでやらなきゃならない。あんたも参加しないといけない。だから……」

「だから？」

「あんたにその覚悟はある？　殺しっていうのは一方通行のドアだよ。もう二度と元にはもどれない」

「覚悟はできてる」

オクサナは心臓の鼓動一拍分、わたしを見つめ、それからうなずいた。「わかった」

「オクサナ？」

「うん？」
「あんまり厳しいことは言わないで。わたしたち、いいチームになれるわよ」
「そうだね。お風呂を入れよう」

プランが仕上がって手配がすむと、不意に暇になった。わたしたちはいっしょに長い散歩をした。特にクプチーノ――ダーシャのギャング組織の名前のもとになった、中心部から離れた地域を歩きまわった。劣化したコンクリート製の集合住宅が並ぶブロックが高速道路の高架橋や凍てついた運河と交わっている荒れた地域で、なかなかにすさんでいる。北に向けて伸び広がる工業地区によって都市部から分断された、風が吹きすさぶ街路はすたれた月面コロニーを思わせるものの、警察官が配備されていることを示す小さな看板や防犯カメラのおかげで、ここも安全だと感じられる。ここがダーシャの支配する地であり、立ち並ぶ巨大集合住宅の灰色の輪郭が日没時のバラ色の夕焼けに染まってやわらぐさまは、ほとんど美しいとすら思えた。

わたしたちは散歩中、ほとんどのあいだ黙っていた。ときには一時間ほども無言で、電線と市電のケーブルが交差する寒々しい空の下を並んでただ歩くこともあった。ときどきオクサナを見やると、彼女は完全にふつうの状態で歩いていることもあれば、うつろな目をして自分だけの世界にはいりこんでいることもあった。とはいえ、オクサナは懸命に意識を集中しようとしていた――かなり努力が必要だとしても。そして不意に足を止め、手袋をはめた手でわたしの顔からそっと雪をぬぐったり、やさしげにちょっと奇妙なことを訊いたりする——わたしは幸せか、とか、お茶を飲みたくないか、とか。そういうとき、彼女の目に浮かぶ、決意をみなぎらせながらもかすかに当惑しているような表情を見ると、思わず抱きしめたくなる。でもそれをすると、人前で注意を惹くまねはしないという彼女の掟に背くことになる。だから心の底から彼女に言う。わたしは幸せよ、と。この先にある人殺しについては考えない。わたしが考えるのは今についてで、わたしたちふたりについて、そしてちらちらと揺れるとらえどころのない光の点のような彼女のやさしさについてだ。

九日後の月曜日、パカーンが運転手に、マラヤ・バルカンスカヤ通りのアパートからまっすぐエリザローヴァ浴場（バーニャ）に行くように命じたという情報がダーシャにはいった。オクサナとわたしには好都合だった。必要なものはすべてしかるべき場所に設置してあり、午後からはすでに雪が激しく降っている——おかげで、浴場の周囲の街路にある防犯カメラの効果はかなり薄れるだろう。

わたしたちは正午にアパートを出てクプチーノ駅に向かい、北に向かう地下鉄にふた駅乗ってモスコフスカヤに行った。アルファ銀行の前に、打ち合わせどおりに車が待ち受けていた。ほぼ十年もののガゼルの救急車で、内部の備品はすべてはぎとられているが、緊急灯とサイレンだけはそのままついている。ダーシャの話では、こういう〝救急車タクシー〟は、サンクトペテルブルクの交通渋滞をすり抜けて会議に時間どおり到着したい富裕層のビジネスマンに常習的に雇われているという。サイレンをがならせ、緊急灯を光らせて、最悪の渋滞のなかをすり抜けてゆくのだ。

わたしたちはラテックスの手袋をはめ、後輪の上に載せてあった鍵束を取って、ガゼルのドアを開けた。装備を点検したあと、救急隊員の正規の青い制服に着替え、ウィッグをつけてコットンキャップをかぶった。オクサナのウィッグは派手派手しいヘナ染めの赤で、わたしのは過酸化水素で脱色した金髪だ。運転はオクサナがした。時間はたっぷりあったので、混みあっている路線は冷静に迂回し、東に向かう自動車道の低速車線を走った。オクサナは冷静そのもので、その瞳には期待しか浮かんでいない。わたしはといえば、すっかり取り乱していた。たった今、ものすごく意識を集中し、周囲が震えて針先のように鋭くなったように感じられたかと思うと、次の瞬間には、何もかもがのっぺりした平面のようになり、まるで自分の人生を他人が生きているかのように、あらゆるできごとがひどく遠く感じられた。

所定の位置についたのは一時四十五分だった。エリザローヴァ浴場(バーニャ)に沿ってのびている狭い通りの、入口から三十メートルほどのところに車を停め、ダッシュボードに両足を載せて、わたしたちはパカーンの到着を待った。心臓がどくどくと激しく打ち、重さがなくなったような浮遊感に気分が悪くなった。パカーンは二時二分前に到着し、黒のベンツのSUVから降りた。わたしはスマホの電源を入れ、三日前に浴場内に仕掛けたマイクロカメラを操作するアプリを立ち上げた。可動式カメラは親指の爪ほどの大きさで、サクランボの種大に丸めたチューインガムで貼りつけてある。

ぎょっとしたことに、スマホからバッテリー切れ寸前の警告音が鳴った。バッテリーの残量三パーセント。まずい。がっくりとしてオクサナにそれを告げたが、オクサナは充電し忘れたことを怒って時間をむだにするようなことはせず、ただうなずいただけだ。完全に集中している。毎秒、毎分、じりじりするのろさで時間が這い進む。バッテリー残量が二パーセントになった。カメラを仕掛けてあるプールにパカーンがやってくるのは、スチーム室をすべて通り抜けてからだ。アプリのアイコンにタッチすると、スマホのスクリーンいっぱいに粒子の粗い映像があらわれた。プールには大きな男がはいっていて、クジラのようにごろごろしている。はっきりと、パカーンではないとわかる。男はのたのたとプールから出て、消えた。入れ替わりにふたりの老人が梯子を一段ずつ降りてきて、ちょっとだけつかって、出ていった。

バッテリーは残り一パーセントになり、プールは空だ。もうあと数分で、完全に切れるだろう。恐怖のあまり吐き気がしてきた。オクサナを失望させてしまうという恐怖のあまり、ここにいる本当の目的のことを考えるどころではなかった。わたしたちは小さなスクリーンを凝視する。オクサナの呼吸は平静だった。彼女のウィッグが、大昔の汗のにおいをさせながら、わたしの頰をくすぐる。マイクロカメラの視野に人影がはいってきたと同時に、スクリーンが真っ暗になった。

「行くよ」オクサナが言い、救急セットのパックと医薬品バッグをつかんだ。「さあ、急ごう」

わたしは除細動器キットのがっちりした持ち手をつかんだ。ＡＥＤは単相性で、少なくとも二十年前の製品だ。そして重い。オクサナがガゼルのサイドドアを開け、わたしたちは舗道の上を走った。そして数秒後、バーニャの入口から駆けこんだ。受付デスクには折りたたんだタオルが低く積まれており、その向こうに男性スタッフがふたりいた。わたしたちを見て、ふたりは立ち上がりかけたが、そのまま動くなとオクサナがどなった。ふたりは不安げな顔になったが、わたしたちの制服を見てそのまま従った。

オクサナが先に立ち、きびきびした足取りで更衣室にはいり、わたしたちを見て仰天して凍りついている半裸の人々を無視して通り抜け、床が濡れているスチーム室にはいった。ここでもまた、全員が目をむき、誰も動かなかった。むせるような熱気で頭から汗が流れ、眼鏡が曇って自分の進む先が見えない。オクサナがわたしの腕をぐいとつかみ、あの小さいプールに向かう。わたしはシャツで眼鏡をぬぐった。パカーンがいた。ひとりきりで裸で、小さな大理石のプールに胸までつかっている。身体にはたくさんの色あせたタトゥーがあった――首にナイフ、両鎖骨に八芒星、両肩に肩章のタトゥー、というように。

「大丈夫ですか？」わたしは息を切らせて、パカーンに訊いた。「一一二番通報がありましたが」

彼は呆然とわたしを見つめた。状況も、そしておそらくわたしの怪しいロシア語もわからないようだ。一方オクサナは持ってきた荷物をすべて下に置き、ＡＥＤの準備をした。

「大丈夫だ」パカーンは笑みを浮かべた。「何かの間違いだろう」

「どうもすみません」オクサナはぼそぼそと言い、ＡＥＤのパドルを水面に接触させた。パカーンの身体ががくがくと震え、目を大きく見開いて横にすべり、仰向けになった。両脚が水中でだらりと揺れる。パカーンの顔はうっすらと灰褐色に、唇は青ざめた灰色になっている。指がひくひくと痙攣し、弱々しく水をつかんでいた。大勢の人々を斧で殺してきた男にしては小さな手だ、とわたしは思った。

「もうちょっとかな？」わたしは言った。

「さがって」オクサナは言い、もう一発、電気を流した。

　ザブラーティはまだ死ななかった。だが口を開けたまま、水を枕にして仰向けに横たわり、悲しげな目でわたしを見ていた。まるで、わたしのウィッグ選びに失望した、とでもいうように。わたしは膝をつき、オクサナの手首を片手で握って身体を支え、もう一方の手でパカーンの頭を水中に沈め、泡が出てこなくなるまでそのまま押さえた。たいして時間はかからなかった。強く押しつける必要すらなかった。

　プラスチック・サンダルの湿った音をたてて受付のふたりがやってきたときもまだ、わたしは膝をついたままだった。「心臓発作を起こされたようです」オクサナが説明する。「この方を運び出すところです。お手伝い願えますか？」

　男の片方が梯子を降りて水にはいり、ふたりがかりでパカーンの全裸の身体をタイル張りの床に運び上げた。ふたりがそれをやっているあいだ、オクサナは目立たないように手をのばし、ドアの枠の上からマイクロカメラを回収した。わたしはパカーンの濡れた身体のわきに膝をつき、心肺蘇生術を施した。誰も驚かなかったが、当然ながら効き目はなかった。

一時間後、オクサナとわたしは、モスコフスカヤのアルファ銀行の前——最初に車を置いてあった場所だ——に停めた救急車から、遠ざかった。ふたりとも自分の服に着替えており、救急隊員の制服とウィッグと医療関連の装備は市のゴミ収集トラックのうしろに投げこんである。今ごろは埋立地に向かっているところだ。

「スマホのこと、本当にごめん……」わたしは言いかけたが、オクサナはほとんど浮ついていると言ってもいいくらいやさしかった。わたしは革ジャケットの下に黒と黄色の縞のセーターを着ていて、オクサナはわたしのことをシェルカ——わたしのハチちゃん——と呼んでいる。「あんたはすごくよくやったよ」オクサナはわたしの腕に腕をかけ、踊るような足取りでモスコフスキー大通りを地下鉄駅に向かう。「ほんとによくやってくれたよ。あたしはあんたを超絶誇りに思うよ」

それから空腹に気づいて、オクサナは半分ほどしか客がいないマクドナルドにはいり、わたしたちはハッピーセットを注文した。「みんなさ、生と死のあいだには揺るぎない境界線があるって思ってるけどさ」フライドポテトを口に押しこみながら、オクサナは言った。「全然そんなことじゃないんだよ。生と死のあいだにはたっぷりした中間地帯があるんだよ。なかなか魅力的なところが」

わたしはハンバーガーの包みを開けた。わたしたちはごく間近に顔を寄せ合っていた。

「身分証明とお金はいつくれるって、ダーシャは言ってた?」

「うん。今週だって」

「で、何か計画はあるの?」

「うん、あるよ」

「どういう計画?」

「あたしを信じなよ、シェルカ」

「ダメよ、あんたがわたしを信じてくれなくちゃいけないのよ、覚えてる?」

「ああそうだ、そうするよ。わかったよ、それじゃ……その話は今夜でいい?」

「どうして今じゃダメなの?」

わたしのセーターの下に手がすべりこんできて、わき腹がつねられた。

「それは答えになってない。それから、わたしのぜい肉をつねるのはやめて」

「あんたのぜい肉、大好きだよ」

「ぜい肉以外のところは?」

「ええと……」オクサナは椅子を半回転させた。「ちょっと、その顔は何? ちょっとからかっただけじゃん」

「変な子ね。で、わたしたちはこれからどうするの?」

オクサナの手は探索を続けている。指の先がへそをつつくのを感じた。「アパートにもどろうよ」

「どうして?」

「わかってるくせに」

わたしはハンバーガーをかじった。オクサナとのあいだに脂っぽいにおいが漂う。「でも本当はわたしのためってわけじゃないよね? バーニャであんなことをやったから、セックスしたくなってるだけでしょ」

「正直に言おうか? その両方だよ」オクサナは紙ナプキンでわたしの顎をぬぐった。

「ねえ、あのいやらしいじいさんを殺したことの何があんたをそんなに興奮させてるの? だってさ、あれはすごくエグかったじゃない」

「このハンバーガーもすごくエグいよ、パプシック。でもまさにそのエグさがほしいときってあるんだよ。いつもいつもベルーガ・キャビアばっかり食べて生きるってわけにはいかないしさ」

「それで」

「パカーンみたいなやつらを殺すと、強大な力を手にしたような気がするんだ。コンスタンティンはいつもこう言ってたよ、『おまえは運命の道具だ』ってね。あたしはそれがすごく気に入ってた。あたしが歴史を変えたとか、もしあたしがいなかったら世界はちがう場所になってたとかって思うのが大好きなんだ。だって結局はそれが、あたしたちみんながやりたいって夢見てることだよね? 重要な変化をつくることが?」

青い制服を着た警察官が六人、偉そうな態度ではいってきて、店内をぞんざいに見渡し、それからカウンターにいる女性店員たちを見上げた。「見ちゃダメ」オクサナはこそこそとわたしのセーターの下から手を引き抜いた。わたしは誰かがテーブルの上に残していった〈イズベスチヤ〉紙に目を向けた。トップ記事は、ロシアとアメリカ合衆国の両大統領による、来る新年の首脳会談についてだった。

警官のひとりがこちらにやってきた。「午後の仕事は休みかね？」見るからに意地悪そうなタイプで、剃刀負けがひどかった。

「観光です」オクサナが英語で言う。「わたしたちはロシア語を話せません（ニェ・ガヴァリム・パ・ルスキー）」滑稽なほど仰々しいアクセントだ。

「あんたはアメリカ人か？（トゥイ・アメリカーンカ）」

「英国人です」

「パスポートは？」

「ホテルにあります。フォーシーズンズ・ホテルです。ソジャレユー。ごめんなさい」

警官はうなずき、仲間のところにもどっていった。

「最悪」オクサナはつぶやいた。「こんな店にはいるんじゃなかった。あいつらは観光客って信じたとは思うけど、もっとまずい目に遭ってたかもしれない。もっと慎重にならなきゃ」

ロシア人警官たちは数分間うろつきまわり、女性店員に漫然とふざけた口をきこうとこころみ、それぞれがスマホを出して自撮りをしてから出ていった。

「あいつら、ここで何をやってたんだろ？」オクサナがつぶやく。「いったい全体、なんで自撮り？　ねえ、食べ物を何も買わなかったんだよ？　飲み物すら頼んでない」

「ちょっとのあいだ寒さから逃れて、女の子をチェックしてただけじゃないかな？」

「かもね。だといいけど」

「わたしが本当は何をしたいか、知ってるよね？」わたしは言った。「市の中心部に行ってみたいの。サンクトペテルブルクは世界でもっとも美しい都市のひとつだっていうし、ずっと前から訪ねてみたいって夢見てたの。特に冬に行きたいって。宮殿とか美術館とか……ただ通りを歩いて、凍りついたネヴァ川を見るだけでも。きっと魔法みたいにすてきな世界よ」

「わかってる。あたしだってそういうことをしたいのはやまやまだよ。いつかそれをやろう。でも今は、中心部は危険すぎる。いたるところに監視装置がある――防犯カメラとか顔認識スキャナーとか、そういったものがいっぱいだよ――それを〈トゥエルヴ〉が監視して、あたしたちを探してるって想定しとかなくちゃならない。おまけにそれは世界じゅうの大都市すべてに言えることなんだよ。今のところは、都心から離れた場所にずっとへばりついてなきゃならない」

「いつかきっとまたここに来て、いっしょに街を見てまわろうね、約束して。わたしにそう約束して」

「わかった」

「ちゃんと言って。約束しますって……」

「約束します、いつかまたサンクトペテルブルクにやってきて、いっしょにネヴァ川のほとりを歩いたり――」

「冬よ、雪が積もってるとき」

「うん、冬に。雪が積もってるときに」

「本当に、本当に約束よ？」

「本当に、本当に約束する。でもあんたにも、あたしに約束してもらわなきゃならないことがある」

「何？」

「あたしを信頼してもらわなきゃならない。本当にあたしを信頼するってことだよ、たとえあたしが……」

「サイコパスってこと？」

「そう、それでも。たとえ本当にまずい事態になったとしても」

「ヴィラネ……オクサナ、恐ろしいことを言うわね。どういう意味なの？」

「あたしを信頼しろって言ってるんだ。それだけだよ」

「すごく怖くなってきた」

「怖がることはないよ。一時間前にやってたはずのことをしよう。アパートに帰ってセックスしよう」

「あんたは銀の舌を持つガールフレンドよ」

「あたしの舌が何だって?」

「英語の慣用表現よ。すごく口がうまいってこと。女をベッドに誘いこむやり方をよく心得てるのね」

「そのとおりだよ」

「で、わたしがいやだって言ってたらどうしてた? いっしょに逃げたり何やかやしたあげくに、それはいやだって言ってたら」

「何がいやって?」

「あんたと寝るのが。セックスするのが。あんたのガールフレンドになるのが」

「あんたがそういうことを全部やるのは、ずっと前からわかってたよ」

「どうしてよ? だってほら、わたしは結婚してたのよ、夫がいたのよ。女の人をそういう目で見たことなんて一度も……」

「あんたはあたしを見た。で、あたしは見つめ返した」

「それで何を見たの?」

「あんただよ、シェルカ」

6

午後五時、アスマット・ザブラーティの家族はパクロフスカヤ病院の職員から、遺体を引き取りにきてほしいという連絡を受けた。パカーンの死に病死以外の原因が疑われるという指摘はなかったようだが、彼が致命的な心臓発作に襲われた浴場に救急チームが二チームきていたという事実が多少の混乱を引き起こしていた。とはいえ、ここはロシアで、そういう間違いはよく起きることだ。パクロフスカヤ病院は忙しい公立病院で、ザブラーティがエリザローヴァ浴場（バーニャ）から運びこまれたときに死亡を確認し、死亡診断書を出した当直医は、検視を要請する理由があるとは考えなかった。何よりも、死体安置所が満杯だったようだ。こういったことはすべて、涙にくれる元妻エレナからの長くややこしそうな電話での会話のあと、ダーシャからわたしたちに伝えられた。それからダーシャは〈クプチーノ・ブラトヴァ〉のほかの三人のブリガディアに緊急会合を呼びかけ、一時間以内に全員が集まった。

クリスとオクサナとわたしはキッチンでディナーをとった。午後じゅうずっとネコのようにわたしにまとわりつき、文字どおりわたしをベッドに引きずりこんだオクサナは、今はふつふつと怒りをたぎらせていた。食事の席についたときに、ダーシャのヴィンテージのリースリングワインを口にふくんで、石油みたいな味がすると言い放ち、勝手に冷蔵庫からシャンパンを出していた。わたしはどうしてそんなに怒っているのかと訊くようなバカではないが、原因はダーシャが召集したギャングの会合に招かれなかったことにあると確信していた。とはいえ、どうして自分が招かれるはずだと思っているのか、わたしには見当もつかない。わたしとクリスが不安な眼差しを交わしあうなか、オクサナはサワーチェリーを添えたボルシチを黙々と口に運び、スープをパンでぬぐって食べると、流しにスプーンを放り投げ、無言で出ていった。

「ごめんね」わたしは言った。「いつものことだけど」

クリスはうなずいた。「ダーシャから聞かされてないことはいろいろあるけど、わたしはそんなにバカじゃないわ。あなたとオクサナが今日のできごとに関わってることは知ってる。あなたにあれこれ訊くつもりはないけど、わたしが知ってるってことは知っておいてほしいの」

「わかったわ。ありがとう」

「あなたは大丈夫？　オクサナは見るからにそういうことに慣れてるようだけど――」

「大丈夫だと思う。よくわからないけど」

「すごかった？」

「それほどでもなかった。正直に言うと」

クリスはバナナの皮をむいた。「彼女はあなたを愛してるわ。あなたもそれはわかってるでしょ？」

「どうかな。そうかもしれないと思うときもあるけど、わたしを好きですらないように思えることもあるの」

「イヴ、あなたはオクサナにとって、彼女がたしかに存在する証（あかし）なのよ。彼女が自分自身の外側に認められる唯一の現実があなたなのよ。それほどに根本的な存在なの」

「オクサナの不安定さはそこまで根深いものだと思うの？」

「ええ、そうよ。あなたたちはもうすぐ行っちゃうんでしょ？」

「たぶんね」

「わかってる。わたしたちの部屋に、あなたたちのパスポートと現金があるわ。二日前からね。あなたたちがいなくなるのは残念だわ」

「わたしもあなたと会えなくなるのは残念よ、クリス。ダーシャがパカーンになることについては、どう思ってるの？」

クリスは線の細い肩をすくめてみせた。「それがダーシャの望みなのよ。でもどうしてなのか、わたしにはわからない。本当よ、くそ。あのブラトヴァの男たち。あいつら、ジャッカルよ。あいつらからちょっとでも目を離したら、引き裂かれちゃうわ」目をそらす。「いろいろと感謝してるわ、イヴ。本当よ。それにゾーヤとちがって、わたしは生きていくためにおぞましいじいさんと寝たりする必要はないしね。でも、心配してる。いつも心配してる」

「何を?」

「この暮らしのことを。盗賊の世界(ヴォロフスコイ・ミール)のことを、ギャングの首領たちって、老人になることはないのよ」クリスはバナナの皮を指に巻きつけながら、言う。「わたしはダーシャを愛してる。彼女が死ぬのを見たくないの」

「彼女はじゅうぶん自分の身を守ることはできるわよ、動いてるとこを見たから言うけど」

「それは工場でのことを言ってるの?」

「ごめんなさい、あの件を蒸し返すつもりはなかったの。たしかにわたしたちはくさいものをまき散らしたわ。それについちゃ、本当に悪いと思ってる」

「いいのよ。あの工場は今週のはじめにまるごと焼け落ちたわ。文字どおり何ひとつ残らなかった、だから保険金の請求額はすごいものになるわ。とにかくグラスを持ってきてちょうだい。あなたに見せたいものがあるの」

　クリスはダーシャと使っている寝室にわたしを連れていった。それまではいったことがなかったので、わたしは驚嘆して室内を見まわした。四柱式のベッドに紫色のダマスク織りの垂れ幕がかかり、どの壁にもアマゾネスが恐竜や巨大トンボに乗っている額入りポスターが飾られている。棚には別珍のユニコーンやビーニーベイビーズの動物たち、マーベルコミックのヒロインたちのフィギュアが並んでいる。

「これって、ダーシャよりあなたの好みでしょ?」

「ダーシャはほしいだけ買っていいって言ったのよ。どう思う?」

「カッコいいわ。わたしが思うに、ベッドのあなたの側は銃のないほうでしょ」

クリスはセルジュコフオートマティック拳銃を枕の下に押し込んだ。「あなたの推測は正しいわ。わたしは枕の下に置くのはいやなんだけど、ダーシャが言い張るの。それがなきゃ、この部屋が大好きなのに。何もかもがしんどくなったときに来るのがここなの」ベッドの上でくつろぐように手振りでわたしに告げ、クリスは照明を落として棚からDVDを一枚とり、プレイヤーに入れた。それはとても古めかしいアニメで、ハリネズミが友だちの子グマに会いにいき、いっしょに空の星の数を数えようと誘うというものだった。ハリネズミは美しい白い馬を見たように思い、それを追いかけようとして夜に迷いこんでしまう。

アニメは短く、十分ほどで終わった。終わったとき、クリスの目は涙で濡れていた。「どう思った?」わたしに訊く。

「いい話ね」

「わたしは大好き。いつもああいう気分を感じるの。霧のなかで迷ってて、見えるものは怪物の輪郭だけ。でも最後には幸せになるの。ハリネズミは救われて友だちを見つけ、いっしょに星を数えるの——ずっとそうしていたとおりに。実をいうとね、わたしがしたいのもそれだけなの。ダーシャといっしょに星を数えたい」

なんと返せばいいかわからず、わたしは彼女の手を握った。「きっとそうなるわ」

わたしたちの寝室では、オクサナがわたしのTシャツを着て眠っていた。カーテンは開いていて、外の大通りには街灯の下に新しく積もった雪がきらめいている。オクサナの顔は窓のほうを向いており、夢を見ているのかまつげが震えている。彼女の頭のなかではどんな話が創りだされているのだろう？　そこにわたしはいるのだろうか？

オクサナに上掛けを掛ける。彼女の目は開かないが、手がのびてわたしの手首をつかむ。鋼鉄のようにがっちりと。「おやすみ、ビッチ」そうつぶやき、彼女はいびきをかきはじめる。

翌日、ダーシャがわたしたちの朝食に同席した。「あなたたちにいてもらえて本当によかった」ダーシャは言った。「それに、わたしの前任者の件での助力に感謝する。でも、あなたたちには今日、サンクトペテルブルクを出てもらわなくちゃならない。わたしは今や〈クプチーノ・ブラトヴァ〉のパカーン代理なの、だから……」

ダーシャはみなまで言う必要はなかった。わたしたち全員、彼女の言わんとするところはわかっていた。彼女はわたしたちに対し、務めを果たしたのだ、わたしたちが彼女にそうしたように。そして今が立ち去るころあいだ、わたしたちの存在が彼女の人生を混乱させてしまう前に。「あなたたちのパスポートよ」ダーシャはオクサナに封筒を渡した。

「ありがとう。あんたがしてくれたことは忘れないよ」

ダーシャはわたしに、おなじみの笑みをちらりと見せた。「あなたをハンガーに吊るしたことはあやまるわ。さぞかし居心地が悪かったことでしょう」

「こっちもあなたの鼻を殴ったしね」

「そうだったわね、たしかに」

部屋にもどってから、オクサナとわたしはバックパックに荷物を詰め、パスポートをチェックした。どちらも新しくつくられたもののようで、名義はマリア・ボゴモローヴァとガリーナ・タガエヴァになっていた。わたしがタガエヴァの方だ。

出ていく準備をする時間はあまりに少なかった。わたしたちはとりあえず列車に乗って、黒海のほとりにある現代的な都市ソチへ行き、安いゲストハウスを見つけて、今後の選択肢を考えるつもりだった。クリスに別れを告げるのは悲しかった。ここに滞在しているあいだ、彼女とはいい友人になっていた。わたしはミハイロフスキー劇場の青いベルベットのコートを彼女にあげることにした。クリスは大感激というほど喜んだ――〈コミェタ〉のヴィンテージショップで先にこれと出会っていたら絶対買っていたと彼女が思っているのを、わたしは知っていた――そして即座にコートをはおり、キメのポーズをとってみせた。アパートの玄関ホールまで、ダーシャはわたしたちについてきた。わたしは礼儀作法がよくわからずに彼女と握手をしたが、オクサナはダーシャと一瞬だけのハグをした。ベルベットのコートを着て、『アンナ・カレーニナ』のわき役のように見えるクリスは、正面玄関の外まで出てきた。地下鉄駅までわたしたちといっしょに歩くつもりだったのだ。この日の朝は雪がいっさい降っておらず、クリスはちょっとのあいだ、玄関ドアの前で足を止めてたたずんだ。

ほっそりした姿は、もの思いに沈んでいるように見えた。風が吹いてほつれ毛が顔にかかり、彼女は片手をあげて髪をはらいのけようとした。そのとき、ピシッという音が——それほど大きくはなかった——して、彼女の身体が舗道から浮き上がり、開いた戸口の内側まで、風にあおられた落ち葉のように吹っ飛んで、ダーシャとわたしのあいだに横向きに倒れ落ちた。

「なかにはいれ」オクサナがわたしを強引に入口から引き離した。「ダーシャ、逃げろ」けれどもダーシャは膝をつき、クリスの驚いたような目とひくひくと痙攣する身体を凝視していた。アパート内の階段を目指して走っているときに、クリスの左肩の下にこぶし大の穴があき、血と骨とベルベットがぐちゃぐちゃに混じっているのが見えた。

「ダーシャ」わたしの声は震えていた。

それでも、ダーシャは動かなかった。死にゆく恋人の膝の下に片腕をさしこみ、もう一方の腕を肩の下に入れて、広がっていく血の海から彼女を抱き上げた——眠っている子どもを抱くように。

「上に上がれ」オクサナが命じる。その手にはシグ・ザウエルが握られていて、目はヘビのようで、無表情だ。

ダーシャの姿が見えなくなると、オクサナとわたしはバックパックをつかんで明かりのついていない廊下を走り、建物の裏手側に向かった。重厚なガラス張りのドアの向こうには、雪に覆われた駐車場とゴミ集積場が見えた。オクサナは警戒の目でそこを一瞥し、わたしをぐいと引きもどした。

「やつらは裏も見張ってる。部屋までもどらないと。非常用の階段を使おう」

「〝やつら〟って誰？」わたしはオクサナに訊いたが、彼女はじっとわたしを見ただけだった。わたしたちのどちらも、それが誰なのかわかっている。

〈トゥエルヴ〉がわたしたちを見つけたのだ。


上の階に着いたときには、クリスは死んでいた。ダーシャは彼女の身体を寝室に運びこみ、出てきたときには石のような無表情になっていた。完全にビジネスモードになっていた。スマホを取ると、建物内のいろんな住居から戦闘員を呼び集め、命令を発した。オクサナは、表側に面した窓の前にうずくまり、双眼鏡で通りを見ている。わたしは自分のグロックを何度もチェックし、ほかのふたりの邪魔にならないように気を使っていた。ショックのあまり、頭がおかしくなりそうだった。クリスのコートのことを考えずにいられなかった。この二週間というもの、少なくとも一日おきにあのコートを着ていたのだ。彼女にあげたあのコートを。

「黒のベンツに男が三人乗ってる」二分ほどして、オクサナが言った。「絶対あいつらだ……うん、三人とも武装してる。車から出てくる。今はこっちに向かってきてる」

そう言い終えた瞬間、建物の正面ドアのあたりで性急な話し声が聞こえた。それはダーシャの部下、三人の戦闘員（ボエヴィク）の声だった。ダーシャがマカロフ拳銃を手に、三人を急いではいらせ、矢継ぎ早に命令を出した。戦闘員のうちふたりが正面ドアからもどってきて階段と外側の踊り場に陣取った。三人目は住居の玄関ホールで、テーブルや重い家具を立てはじめる。一方、オクサナは走りまわってあちこちの電灯を消し、カーテンを閉めていった。銃撃戦においては、暗闇は地勢を知っているほうに利するからだ。

「向こうのねらいはわたしよ」ダーシャにそう言ったとたん、自分の言葉に確信が持てた。「クリスが撃たれたのはわたしのコートを着てたから。わたしをやつらに渡してちょうだい。お願い、もう誰の生命も危険にさらしたくない」

ダーシャは注意をそがれ、顔をしかめた。「わたしの寝室に行ってて。そこから出ないで」

「そうするんだ、イヴ」オクサナも言い、わたしは従った。まるで夢遊病者になったような気分だった。足をもう一方の足の前に出すという作業すら、もはや自分の意志ではないように思える。

寝室で、アマゾネスのポスターやユニコーンのぬいぐるみに囲まれて横たわるクリスを見て、わたしは泣きはじめた。すっかり途方に暮れ、何の役にも立てず、罪深い気分にとらわれていた。オクサナもダーシャもボディガードたちも、やるべきことをちゃんと心得ており、自分など邪魔になるだけだとわかってはいたが、この無力感はすさまじかった。クリスが死んだのはわたしのせいなのだ。それに、ダーシャ。彼女に好意はもてないが、オクサナとわたしは、とんでもない暴力沙汰と〈トゥエルヴ〉の報復を彼女にもたらしてしまった。そして今、ダーシャは命がけでわたしたちを守ろうとしている。

はるか下の通りから、かすかな割れるような音がした。襲撃者たちが建物の正面ドアを蹴破り、押し入ってきたのだ。続いて、パンパンというまばらな音がした。最初は遠くからだったが、まもなく音量が大きくなった。戦闘員(ボエヴィク)たちが襲撃者に応戦しているのだ。本来なら恐ろしいと感じるはずなのだが、そうは感じなかった。ベッドにすわって拳銃にマガジンを入れながらも、平板な悲しみ以外、何も感じない。住居の向こう端から、めきめきと割れる音がした。玄関ドアが壊されたのだ。複数人のわめき声と銃声、そして誰かの悲鳴がした。オクサナの声ではないとわかってはいたが、彼女を失うかもしれないと考えると、恐怖のあまり全身の力が脱けた。悲鳴は薄れ、断続的なうめき声に変わった。

助けないと。せめて、やるだけはやってみなければ。

ポケットに手をふれて、グロックの予備のマガジンがはいっていることをたしかめ、ドアのところに行って、震える指で鍵をまわす。外の廊下は真っ暗なレセプション室に続いている。今は亡きパカーンとのディナーの前にみなで集まっていた大きな部屋だ。

廊下に足を踏み出したとき、頬の上で涙は乾きつつあり、耳に痛いほどの沈黙が降りていた。玄関ホールから銃声がして、狭い空間のなかでぎょっとするほど増幅され、ふたたび沈黙が降りた。レセプション室にはいると壁にぴたりと身を寄せ、びくびくしながらじわじわと、開いた戸口とその向こうの玄関ホールのほうに進んでいった。ここも真っ暗だったが、主要な家具の配置は判別できた。前方数メートルのところに、大理石の天板のテーブルが横倒しにされ、載っていた重厚なオニキスのランプふたつが床にころがっている。そして天板の向こうに、男がふたりうずくまっている輪郭が見えた。どちらもサブマシンガンで武装している。そのふたりの向こうで、第三の男が飛びこみの途中で静止したかのように、垂直に立てられた天板の上から身を乗り出していた。玄関ホールの向こう端でこちらを向いているのが誰かはわからなかったが、そのなかにオクサナがいますようにと祈った。

闇のなかに沈み、発砲による煙の刺激臭がする空気を吸いながら、現況の点検に努めた。いちばん近くにいる男は知らない男だ。ダーシャの戦闘員のひとりだろう。だがそのとき、男のコンバットブーツの底に青白い雪のかたまりが見えた。男は通りからはいってきたところなのだ。襲撃者だ。そいつを殺そうと思った。少なくともやってみようと。『……もし生きのびたけりゃ、あんたはもうちょっとあたしみたいにならないと』きわめてゆっくりと、わたしはグロックを持ち上げた。照星、照門と合わせていき、男の耳にねらいを定める。

で、ふたりめは？　まるで耳元でオクサナがささやいているかのようだ。そいつはこの次に始末するわ。そう彼女に約束し、グロックの引き金を引いた。殺せなかった。九ミリ弾は男の後頭部から髪の毛と骨を散らしたが、男はサブマシンガンを抱えてくるりとまわり、わたしと向き合った。そのとき、部屋の遠いほうの側にオクサナがあらわれ、すばやい連射で二発撃った。二発とも男の喉を貫き、男はむせるような音をたてながら床に沈んだ。

ふたりめの男が撃ち返したが、オクサナはすでに消えていた。男がこちらを向くと同時に、わたしは引き金を引いた。弾丸は男の頬を引き裂き、顔から片耳をちぎり取った。男の銃口がオレンジ色の火を噴き、背中が炎で鞭打たれたように感じられた。ぼんやりと三つめの武器——ダーシャのマカロフだ——の銃声を意識しながら、男の膝が折れ、頭の側面から大量の脳みそが噴き出るのを無感情に見つめる。

ダーシャとオクサナが立ち上がり、オクサナがわたしの倒れているところに走ってきた。「このバカ！」叫んでいる。「このくそバカ女」

「背中。撃たれちゃった」

「身体を起こして。見せて」オクサナはレセプション室の電灯をつけ、わたしの革ジャケットを引きはがし、ぐっしょりと血に濡れたセーターを頭から脱がせた。わたしの前にのびている暗い廊下には、ほんの数メートル先に襲撃者三人がねじくれたようなグロテスクな姿となって倒れている。ふたり目の襲撃者はまだ生きており、ダーシャを目で追っていた。ダーシャはそちらに歩いていき、拳銃に新しいマガジンをたたきこむと、男の鼻のつけ根に一発撃ちこんだ。それから、玄関ドアのほうに向かう。「階段を見てくる。こっちの人間でまだ生きてるのがいるかどうか見てくる」

「わかった」オクサナが言う。

わたしは吐き気を催すほどの罪悪感のあまり、返事をするどころかダーシャの顔を見ることすらできなかった。彼女の寝室で生命を失って横たわっているクリスのことが頭に浮かぶ。

オクサナがわたしから離れていき、軍隊用の救急箱と濡らしたバスタオルを持ってもどってきた。タオルはひどく冷たく、オクサナに背中をふかれているあいだ、すさまじい痛みの波に次々と襲われた。「運がよかったよ」オクサナはぼそぼそと言った。「あと一センチ深かったら、神経が麻痺してた。ダーシャのおかげで命拾いしたんだよ。いったい何を考えてたんだ？　言ったよね、絶対に――」

「たしかに言われたけど。助けたかったのよ」

「たしかに助けたんだろうね。でもね、ちくしょう、イヴ」

「わかってる。何もかも台なしにしちゃった」

「とにかく動かないで」オクサナはわたしの背中にタオルをぐっときつく押し当てた。「あんたを失ったかと思ったよ、このくそバカ女」

「ごめんなさい」わたしは繰り返した。

「あんたはこれからかわいそうなことになるよ、これからあんたを縫うからね」オクサナはわたしのかたわらに膝をつき、縫合針の準備をはじめた。とても痛かったが、その痛みを喜んで迎えた。何も考えずにすんだからだ。

「こういうこと、前にもやったことがあるの？」小声で訊く。

「いいや、でも学校で縫い物はやったよ。ワニをつくったんだ。歯とか全部そろってるやつ」

ダーシャが住居内にもどってきた。その顔からはいっさいの表情が消えていた。続いてふたりの男とひとりの女性がはいってくる。ダーシャはもはやマカロフを持ってはいなかった。拳銃は今や、強靭な体格の若い女性の右手に握られていた。女性は金髪を短く刈りこみ、幅の広い顔に濃い藍鼠色（スレート）の目をしている。

瞬時に、グージ・ストリートのオフィスで見た防犯カメラ画像に出ていた女だとわかった。ララ・ファルマニャンツ。オクサナの元恋人で殺人の相棒、最近ブティルカ収容所から釈放された女。ララの横でサブマシンガンをかまえているのは、わたしがアントンという名で知っている男、もとE部隊の司令官で、今は〈トゥエルヴ〉の〝ハウスキーピング〟部門、すなわち暗殺部門のトップをしている人物だ。もうひとりの男はリチャード・エドワーズ、ＭＩ6のわたしの元上司であり、長年にわたる〈トゥエルヴ〉の協力者だ。

傷の痛みが麻痺したような絶望に吸いこまれていく。終わった。

三人はわたしたちの武装を解除したあと、周囲を見まわし、ひっくりかえった家具や死体、血が飛び散った壁や、あちこちでかたまりつつある血だまりに目を向けていった。三人とも、こんな殺戮現場でも完全にくつろいでいるように見えた。

「そうか」オクサナがわたしの背中を縫い続けながら言った。「あんたか」

「そうだよ」ララが答える。

イタリアの警察から送られてきた防犯カメラの画像では、彼女はオクサナとヴェネツィアのヴァラレッソ通りを、ウィンドウショッピングしながら歩いていた。麦わらのカウボーイハットを小粋に傾けてかぶっていたララは、ファッションショーのモデルのように見えたが、最新式のスナイパーライフルを肩掛けし、ダーシャのマカロフを手に持つ生身の彼女は、はるかに危険そうに見えた。

「クリスティナを殺したのは彼女なの?」ダーシャの声は、ほとんど聞き取れないほど低かった。

「殺したのはアイツなの、だよ」ララが訂正する。「ワタシの代名詞は今や、男女の区別をしない〝ワタシ〟とか〝アイツ〟なんだよ。でもまあ、そうだよ、殺したのはワタシだ。悪いね」

ダーシャは顔をしかめた。本当はわめいてララに飛びかかり、すさまじい暴力を加えたがっているにちがいない。でも彼女はパカーンだ。だから抑えている。「知っておきたかっただけ」ダーシャはララに言った。「いつかあんたを殺す。約束するよ」

「きみはすでにわれわれの兵隊を三人殺した」リチャードが言った。「田舎のブラトヴァにしちゃ、なかなかやるじゃないか」

ダーシャはオクサナのほうを向き、緑色の目で見据えた。「こいつらはあんたの仲間?」

「今はちがう」オクサナが最後のひと針を引き抜いてしっかりと結ぶのが感じられた。

「〈ドゥヴィナッツァーチ〉のことを聞いたことはあるかね?」リチャードが言う。「〈トゥエルヴ〉のことを?」

「聞いたことはある」ダーシャは言った。「それが?」

「それで、きみはわれわれと問題を起こしているふたりを歓待していたというわけだ、ミス・クヴァリアーニ。ここにいるミセス・ポラストリはわたしの、けっして有能ではない元部下だ。それと、彼女のいくぶん不安定なガールフレンドだよ」わたしたちのほうを顎で指す。

「で、そんな理由であんたたちは何の罪もない若い女性を殺して、武装してわたしの建物に押し入って、わたしを守ろうとした男ふたりに重傷を負わせて、三人目を殺したって？　くそったれだよ、あんたもあんたの〈トゥエルヴ〉とやらも」

「あのお嬢さんを失ったのには、お悔やみを申し上げるよ。あれは意図したことじゃなかった」リチャードはララを見た。「彼女がイヴと間違えたんだ」

「アイツがイヴと間違えた、だよ」ララが言う。

「お悔やみを申し上げるって？」わたしの声は震えていた。「彼女と同じ年ごろの娘がいるわよね、リチャード。誰かがクロエを撃って、それからあんたのほうを向いて『意図したことじゃなかった』って言ったら、どう思う？　あんたは最低の怪物よ」

リチャードはわたしを無視して、ダーシャに向かってしゃべりつづけた。「われわれがほしいのはヴィラネルだ」

「ヴィラネルって誰よ？」ダーシャが訊く。

「前のあたしだよ」オクサナが言った。「話せば長くなる」

「彼女はわれわれのものだ」リチャードが言った。「われわれが買って、金を払った」

「ちがうよ、バーカ」オクサナが言う。「そういう日々はもう終わったんだ」

リチャードはちらりと彼女に笑みを向け、それからわたしに目を向けた。彼はベルベット襟のオーバーコートを着て、その下には、黒地に淡いブルーのストライプ模様のパブリック・スクール・タイ〔名門校の卒業生が学歴を示すためにつけるネクタイ〕をつけている。

「かの有名なキム・フィルビーもイートン出身だったの？」わたしはリチャードに訊いた。

「ちがう。ウェストミンスターだ。少しばかりうすのろだったんだよ、われらがキムは。そしてもちろん裏切り者だった。わたしはちがうがね」

「じゃ、どうしてあんたは裏切り者じゃないのか、訊いてもいいかしら？」

「大きな絵をきみに見せてやることができれば、わかってもらえるだろうがな、イヴ。今はわれわれのどちらにもそんな時間はない」彼はわたしから離れ、床に倒れている三人の死体を検分した。「きみの死を偽装する目論見がまるまる二十四時間、われわれを遅らせたと聞けばうれしいだろうな。なかなか説得力のある作品だった。きみの夫に写真を見せたよ、彼はすっかり動転していた。だが今回は、それが本物になる。アントン、任せても？」

アントンはポケットからオクサナのシグ・ザウエルを出し、両手で持って重みをたしかめた。「いいや、それよりもっといい考えがある」シグ・ザウエルのマガジンをはずし、弾薬をひとつだけ残し、拳銃をオクサナに渡した。

「ヴィラネル、イヴの頭を撃て。手早く頼む」

頭が真っ白になった。でも、少なくとも、彼女に殺してもらえる。

「さっさとやれ」アントンが言う。

オクサナは動かなかった。落ち着いていて、呼吸も平静だ。彼女は顔をしかめ、シグ・ザウエルを見つめていた。

「ぼくが自分でやらなきゃならないのか?」アントンが言う。「喜んでそうするがね。ただ、こうするほうがもっとロマンティックかと思ったんだが」嫌悪のこもった目でわたしたちを見る。「知ってるよ、きみたちふたりがおたがいに……好きあってることをね」

「もし誰かがイヴに危害を加えたら、あたしは自分を撃つ」オクサナはシグ・ザウエルを持ち上げて、自分のこめかみに銃口を押しつけた。「あたしは本気だよ。脳みそを部屋じゅうに飛び散らせてやる」

リチャードはごくかすかな笑みを彼女に向けた。「ヴィラネル、きみのために仕事を用意してある。ほかのみんなが準備してきた仕事だ」

「いやだと言ったら?」

「きみはいやとは言わない。これはきみのキャリアにおける最大の挑戦となる大仕事だ。それがすめば、きみは自由の身になれる。一生かかっても使いきれないほどの大金を手にしてね」

「そう。本当にあたしを自由の身にしてくれるんだ?」

「確かだ。世界は変わったんだ」

「イヴは?」

「彼女は知りすぎてしまった。彼女を殺せ、そして進むんだ」

「だめだよ。イヴはあたしといっしょに行く」

リチャードは忍耐強くオクサナを見つめた。「ヴィラネル、女はほかにもたくさんいる。この女はまったくもって平凡すぎる。きみの足手まといになるぞ」

凍てつくような灰色の目をして、オクサナはシグ・ザウエルの銃口をふたたびこめかみにあてた。「イヴは殺さない。同意しな、でないと撃つ」

アントンはしばらくのあいだ、まったくの無表情で彼女を見ていた。「イヴを生かせば、仕事を請け負うんだな」

「ターゲットは誰？」

「それはそのうち教える。だが、びっくりすること請け合いだ」

「で、あたしがいやって言ったら？」

「その仕事を断ったら、そのときはきみときみの……ガールフレンドは」——その言葉をアントンは吐き気を催すという顔で口にした——「われわれが始末をつけなきゃならなくなるな。本当にそうするよ。死の偽装だの、土壇場で脱出だのはいっさいなし。ただ、名もない死体がふたつ、埋立地に埋まるだけだ」アントンは何もしようとするなと警告するように、サブマシンガンの銃口をオクサナに向け、シグ・ザウエルを取りもどした。「だが時間をむだにさせないでくれ。きみはこの仕事を断りはしない。それから、本当に心温まる知らせだが、きみはもう一度ララといっしょに働くことになる。彼女は待ちきれないようだ」

「アイツは待ちきれない、だよ」ララが言った。

7

　そのあと、全員で黒のベンツに乗り、はるばるモスクワまで走った。アントンが運転して、リチャードは助手席にすわり、ララとオクサナとわたしは後部座席にすわった。実にひねくれた状況だ。背中が死ぬほど痛かった。ごくわずかなでこぼこの揺れや振動で、縫い目が裂けそうだった。オクサナは無言で窓の外を見つめ、ララは退屈そうな顔をしている。そのふたりのあいだで、雪が吹きすさぶ起伏のない風景を眺めていた。オクサナのシグ・ザウエルとわたしのグロックはアントンのポケットにはいっている。

『……イヴの頭を撃て』

　ときおりわたしはしくしく泣いたり、どうしようもなくがたがた震えたりした。そういうふうになると、オクサナは不安そうに顔をしかめてわたしを見た。何を言えばいいのか、どうすればいいのかわからないのだ。折にふれ、彼女はわたしの手をとったり、ティッシュでわたしの目をぬぐったり、わたしの身体に腕をまわしてぎこちなくわたしの頭を自分の肩に押しつけたりした。ララはわざとらしく無視していた。

『彼女を殺せ、そして進むんだ』

わたしはオクサナのそういう仕草にもいっさい反応しなかった。できなかった。わたしの心は今朝起きたことにがんじがらめにされていた。不意に体重を失ったかのように高速度狙撃弾でうしろに飛ばされたクリス、そして玄関前の大理石の床に倒れたときの彼女のやわらかなしなり。銃弾が衣服と肉を貫く音。わたしの背中を弾丸がえぐったときに見えたオレンジ色の小さな火花、痛みのあとに音がしたような、あの感じ。あそこを去るときに目にしたダーシャの部下たちの姿。ひとりは階段に大の字に横たわり、かたまりかけた自分の血で貼りつけられているように見えた。あとのふたりは階段の途中の踊り場にすわりこんでいた。負傷してはいるが生きており、そのうちのひとり――以前オクサナにシグ・ザウエルで頭を殴られたやつ――は、わきを通っていくわたしたちに残念そうに片手をあげて別れを告げた。

『……イヴの頭を撃て』

ガッチナ、トスノ、キリシ。高速道路の出口が次々とすぎていく。

『手早く頼む』

ノヴゴロド、ボロヴィチ。

『彼女を殺せ、そして進むんだ』

オクサナがわたしの頭を両手ではさみ、やさしくまわして目と目を合わせた。「よく聞いて」わたしにしか聞こえないようにひどく静かな声で言う。「これからひとつ話をする。あたしの母親の話。名前はナデジダ、ノヴォジブコフっていう街から数キロ離れたところにある農場で育った。でも母の一族はもともとはチュヴァシ共和国の出だった。母はひたいが高く出てて、黒っぽい髪を長くのばして、すごい美人だった——チュヴァシ人の観点ではね。彼女の目のあたり——おそらくは眉の線だろうけど——が表情豊かに見せていた。彼女が十五歳のとき、百五十キロ離れたチェルノブイリ原発でメルトダウンが起きた。風のせいで北東のノヴォジブコフ地方が放射能に汚染され、母の村は全員が立ち退きをさせられた。その後、その地域は立ち入り禁止地区になった。

母がどうしてペルミにやってきたのかは、あたしは知らない。おそらく親戚のところに送られたんだと思う。母は二十二歳のときにあたしの父と結婚して、一年後にあたしが生まれた。あたしはすごく頭のいい子どもだったんだよ、なんでかはわからないけどさ。でも母は病気で、そう遠くないうちに死ぬだろうってことはずっとわかってた。だから母が嫌いだった。だってそんな悲しみをあたしに押しつけてるんだからね。そしてときどき夜中に夢を見た。そうやって待つ時間がついに終わって、母がもう死んでるっていう夢をね。母は本当に無力な、はかない存在のように見えた。それでまたあたしは腹が立った。だって本当はこんなはずじゃないってわかってたからね。母は本当ならあたしのめんどうを見てくれたはずなんだ。あたしが知っておかなきゃならないことを全部あたしに教えてくれたはずなんだ。

母は一日じゅう床についてることもたびたびあった。そういうときは父が家にいてあたしの食事をつくらなきゃならない。父は軍隊の教官で、幼い女の子のあつかいかたなんてまったく知らなかった。だから部下に教えてることをあたしに教えたんだ。戦闘のやり方と生き抜く方法を。父とのいちばんいい思い出は、真冬に森のなかに行って、罠でウサギをとらえたことだよ。あたしは六歳ぐらいだった。父はあたしに自分でウサギを殺させて、皮をはがさせた。それから雪のなかで焚火をして調理したんだ。あたしはそれがすごく誇らしかった。

それからほどなくして、母が今日はとても気分がいいと言って、クングルの氷の洞窟へ日帰りで連れていってくれた。それは本当に特別な、すばらしい一日だった。外に出かけること自体がめったになかったこともあるけど、まる一日母をひとり占めできたからね。新しいコートも買ってもらえたんだよ。ナイロン製のピンク色のキルトコートでフードがついてて、ジッパーで前を開けるコートだった。

あたしたちはペルミの中央駅からバスに乗った。片道二時間ぐらいかかって、クングルのカフェでランチをとった。ハンバーガーにポテトチップスとコカ・コーラ、すごいごちそうだった。あたしは洞窟にいったい何があるのか、見当もつかなかった。洞窟ってどういうものなのかも知らなかったし、氷って聞いてもそれほど興味深いとは思わなかった、一年の半分は氷と共に暮らしてたからね。だから本当に何の心構えもなしに地中に降りていったんだけど、石で舗装された通路があって、まるで秘密の妖精の国みたいだった。天井からはクリスタルの槍みたいにつららが垂れさがってて、氷の柱や滝がきらきら光ってて、岩の平らなところはガラスみたいに透きとおってた。何もかもが色のついたライトで照らされてた。『これって魔法?』あたしは母に訊いて、母はそうよって。あとで、帰りのバスのなかで、あたしは訊いたんだ、あの魔法はママの病気も治してくれるのって。そしたら母は言った——もしかしたら、本当にもしかしたらだけど、そうかもって。

それから二、三週間後に母は死んだ。何年ものあいだ、あの小旅行はただの空想だったのか、夢だったのだろうかって、あたしは思ってた。あれはあたしの人生のほかのどんなものともまったくちがってたからね。あたしにわかったのは、魔法が効くのはある種の人々——映画スターとかモデルとか、そういった人たち——だけで、あたしの家族みたいな一般人には効かないってことだった。母が死んだとき、あたしは泣かなかった。泣けなかった」

オクサナは心臓の鼓動ひとつかふたつ分、黙りこんだ。「この話はほかの誰にもしたことがない」

「本当に？」

「うん。そうだと思う。もうずっと前の話だしね。さあ、今は頭をあたしの肩にあずけて眠って。モスクワまでまだ三時間はかかる」

「昨日」わたしはささやいた。「わたしのために死ぬ覚悟をしてた？」

「眠りな、パプシック」

目を覚ましたときにはもう真っ暗で、わたしたちは工業地区の交通渋滞のなかをのろのろと進んでいるところだった。高速道路の路面には、ぐしゃぐしゃになった半解けの雪があふれていた。アントンはラメンキと書いてある出口に車を進めた。

「ましになった？」オクサナが訊いた。

「よくわからないけど、たぶん」

「よかった。ちゃんと食べなきゃならないからね」オクサナは運転席のうしろを蹴った。「よう、バカさんたち、お腹がぺこぺこ。ディナーはどうする？」

リチャードとアントンは顔を見合わせた。

「アントン、このヒキガエル顔のディルド野郎、あんたに言ってるんだよ。どこのレストランに連れてってもらえるわけ？　くそすっごい高級なとこがいいな」

「この女はいつもこんな態度なのか？」リチャードがアントンに訊く。

「ずっと退廃的な変質者だったかっていう意味なら、そうだ。だが、もうちょっと礼儀を心得ている時期もあった」

「うるさいバカ。そういう時期は終わったんだよ。どこへ行くつもりなのか言いなよ」

「われわれが面と向かいあって、文明的に話しあえるところだ」リチャードが言った。「われわれはここで共に仕事をする。人間性の齟齬などでこの仕事に支障をきたすわけにはいかない。すごく重要な仕事だからな」

郊外の曲がりくねった道を抜けていくあいだ、わたしたちは無言ですわっていた。また雪が降っていて、フロントガラスのワイパーがたてる静かな音と、タイヤに踏まれたぬかるみの音が聞こえる。都心の交通はどこも同じで混迷をきわめていて、モスクワ大学を通りすぎて川を渡ると、這うようなのろい進み方になった。最後の数百メートルを進むのに半時間近くかかったものの、ようやく一ブロックを占めている巨大なスターリン様式の建物の前に止まった。ところどころアーチ門になっている灰色の正面（ファサード）が、街路の長さいっぱいに続いている。

わたしたちは車から降り、縮こまった手足をのばした。この建物の壮大な非人間性に、わたしは恐怖で満たされた。何本も立つ塔は夜空に吸いこまれて見えなくなるほどの高さだ。

わたしはオクサナの横に立っていた。ずきずきと背中が痛む。氷の粒が風に舞い、きらめく雪粒が顔に当たっている。オクサナはわたしの腕をつかみ、アーチの下に引いていった。

「何を――」

「つららが落ちてくる」オクサナが言った。眼鏡をふくと、あちこちに氷のかたまりが落ちているのが見えた。赤ん坊の頭ほどの大きさのものもある。

「うわ、ヒドい」

「そうだよ。あんたも気をつけなきゃ」

ララがにやにや笑いながらベンツから出てきた。「またニアミス?」

わたしは返事をしなかった。できなかった。空から氷の槍が降ってくるというのは、今この瞬間は、まったく意外とも思えなかった。

アントンが運転席から出て、オクサナとわたしをいらだたしげに見張りながら、ベンツをロックした。

「荷物を持ってララについていけ」わたしたちに命じる。「バカなまねはするなよ。知ってるだろう、彼女は何かと口実を見つけて人を撃つのが大好きだからな」
「アイツは何かと口実を見つけるのが大好き、だよ」

わたしたちはララについて、薄暗い照明に照らされた巨大な大広間にはいっていった。そこから何本もの通路が放射状にのびている。大理石の円柱や、国際列車の駅に見られるようなクラシックな装飾があるが、全体的には陰気な印象だ。何人かが出入りしていたが、みな寒い冬の天気に対抗して着ぶくれており、ララがスナイパーライフルとオートマティック拳銃を携帯しているのを見ても、うろたえもしなかった。手近のエレベーターに向かうブーツの跡がついていたが、ララはそちらには行かず、壁から奥まった小さなスペースにわたしたちを連れていき、壁のパネルに暗証番号を打ちこんだ。ドアがスライドして、ガラスとスチール製のエレベーターがあらわれ、胸の悪くなるような速さでわたしたちを二十階に運んでいった。

エレベーターを出ると、やんわりした照明に照らされた空間で、暑くも寒くもない。強化ガラスの窓が並んでいて、サルバドール・ダリの巨大なトラの絵が飾られている。左にも右にもドアがあり、この建物の空調設備か、はるか遠くの機械音のような不吉なぶんぶんいう音がかすかに聞こえる。窓の向こうには、はるか下のほうに、雪に埋もれた公園のあいだをくねくねと流れるモスクワ川の黒々とした姿と、風の吹きすさぶ土手が見える。

ララが右手側のドアのわきのボタンにふれると、民間軍事会社の制服を着た若い男がわたしたちを出迎え、アイボリー、緋色、朱色を使った抽象画が掛けられている通路を案内していく。壁に掛かっている絵画のななめに切り裂くようなタッチはまさしくナイフの切り傷のようで、背中の縫い目がずきずきと痛んだ。廊下では何人ものビジネススーツを着た男女とすれちがった。ララはオクサナを部屋に入れ、つっけんどんにわたしを別の部屋に案内した。部屋は紫がかった灰色に塗られ、クルミ材のサイドテーブルに載っているブロンズのヒョウの彫像以外には何も飾りはなかった。

「残念ながらガウンとかスリッパみたいなアメニティはないよ」ララはそっけなく言った。「あんたがまだ生きてることになるとは思ってなかった。一時間後にディナーに呼びにくる」

わたしはベッドに腰を下ろした。背中が悲鳴をあげていた。「医者を呼んでくれない？」わたしはララに訊いた。

「痛い？」

「ええ」

「見せて」

セーターを頭から脱いでTシャツをまくりあげ、ララに背中を向けた。

「うん、痛そうだね」ララは言葉を切った。「どうしてあんたをそんなに好きなんだろう？」

「オクサナ？　本当はわたしもよくわからない」

「いつも、ベッドにはいってるときでも、彼女はイヴ、イヴ、イヴって感じだった。ほんとにウザかったよ。ワタシはこれまでに二回あんたを殺そうとした」

「知ってる」

「『ダイ・アナザー・デイ』って映画、見たことある?」

「いいえ」

「ロザムンド・パイクが超キュートでさ。ピアース・ブロスナンはそれほどでもなかった。ねえ、ワタシはジェームズ・ボンド映画に出られると思う?」

「絶対イケるわ。ベリーショートヘアででっかい銃を持ってるイカれたロシア人って、いつでも出てるしね」

ララはちょっと信じかねるという顔でわたしを見た。「まあいいや。誰か見つけてくる」

きっかり十分後に、医者がやってきた。ロシア海軍医の制服を着た、きびきびした若い女性で、道具の詰まったケースを持っている。傷の縫い目をつつき、リンパ節を触診して、抗生物質の錠剤の箱と鎮痛剤の箱をくれた。明らかに銃創とわかる傷ができた理由については何も訊かなかったが、縫い目のほうには興味を示した。「こんなのは見たことがないわ。ブランケットステッチ縫合とでも言うのかしら。でも丁寧ないい仕事だわ」

「わたしのガールフレンドが縫ったの」わたしは説明した。「学校を出てから縫い物には縁がなかったようだけど」

「それから、あなたの首にあるあざ。噛まれたみたいに見えるけど」

「そうよ」

「それもあなたのガールフレンド?」

「え、まあ」

「いいわ、あなたは自分のやってることをちゃんとわかってるようだから。でも気をつけてね」

わたしはオクサナの部屋のドアをノックした。出てきた彼女はシャワーを浴びて湿り気のある身体を白いバスローブでくるんでいた。つんつん立った髪と湿り気を帯びたピンク色の肌、ほとんど子どものように見せていた。

「この場所について、何か知ってる？」わたしは訊いた。「コンスタンティンか誰かから、ここのことを聞いたことはある？」

「ない」

ベッドサイドの電話が鳴った。オクサナが出て、二十秒ほど耳を傾けてから切った。「リチャードからだった。今日は全員にとってストレスフルな一日だったってさ、笑えるよね。で、あたしたちを堅苦しくない静かなディナーに招待したいんだって。あたしたちみんな、おたがいにもっとよく知り合うべきだと思うってさ、今朝の不運なできごとは水に流して先に進めるように」

「先に進めるように」わたしは言った。「本気で言ってるのかな？　完全にイカれた異常者ね」

「ま、あたしはお腹がぺこぺこだから、それでかまわないよ。十五分後にララが迎えにくる。あのハチのセーターを着なよ。あんたがあれを着てるの、好きなんだ」

十二階は、没個性的なチェーンのホテルと思えばまだ贅沢だったが、わたしたちは疑う余地のない囚人なのだ。三重ガラスをはめた窓は開けることができず、エレベーターに通じる出口のドアは暗証番号が必要だ。油断のない目つきの若い男女が——武器を携帯している者もいる——廊下をパトロールしたり、番号だけのついたオフィスのあいだを歩いたりしている。わたしたちがオクサナの部屋を出たときには、ふだんからそうなのだろうが、せわしない雰囲気だった。彼らの仕事は——それが何であれ——昼夜を問わず続いているのだ。

ディナーは川を見晴らすスイートでおこなわれた。内装は新たな趣向を凝らしたネオクラシック雰囲気で、はっきりと民間軍事会社の人間という雰囲気をまとったスーツ姿のウェイターがわたしたちを席に案内した。わたしはララとアントンのあいだの席にすわった。これは会話におけるなかなか興味深い冒険とみられる。一方オクサナはわたしの向かい側にすわり、となりはリチャードだった。オクサナもわたしもふだん着以下といえる格好で、この場にはとうていそぐわなかったが、わたしたちがここに来たいと頼んだわけではない。

「こういうのって、まったくもって奇妙よね」わたしはアントンに言い、彼は肩をすくめた。

「ここはロシアだからな」アントンは言った。「脚本が毎日書き換えられる劇場みたいなものだ。そして出演している俳優たちは演技のさなかに配役を変更される」

「それじゃ、今はどういう役をやってるの?」

「小さいが必要な役だ。槍持ちさ。で、きみはどうなんだ、ミセス・ポラストリ?」

「これまでにわたしを三回殺させようとしたことを考えたら、イヴって呼んでもいいんじゃない？」

「そうだな」アントンはウェイターがグラスにワインを注ぐあいだ、口をつぐんでいた。「それじゃイヴ、たずねてもいいかな？　ウサギでなく猟犬と一緒に逃げるのは、どういう気分なのかな？」

「正直に言うと、そもそも狩りなんて参加したくなかったわ」

「手遅れだよ。その選択肢はきみらがアスマット・ザブラーティを殺したときに消えてしまったんだ」にんまりと笑う。「そうだよ、われわれはその件もすべて知っている」

「わかってるわ」背中の縫い目がずきずきと痛む。ぎざぎざした傷口がむきだしになっているように感じられる。

「きみは、自分はわれわれとはちがうと思っているだろう、イヴ。でもそれは間違っている」アントンは検査でもするようにワインを口にふくんだ。「これは本当にいいワインだ。飲んでみてくれ」

「悪いけど、一滴でも飲んだら気絶しちゃいそうだわ。今日はわたしの人生で最大のトラウマを抱えた日だったのよ、ララがわたしと間違えてクリスティナを撃ち殺したあの瞬間からね」

「それこそまさに、きみにこの極上のルーマニア産シャルドネが必要な理由だよ」

わたしは礼儀のためだけに重みのあるクリスタルのグラスを口につけ、冷たい白ワインをひと口飲んだ。アントンの言ったとおり、おいしかった。

「ぼくはずっと兵士だったわけじゃない」アントンは続けた。「ぼくが最初に愛したのは文学、特にシェイクスピアだった。だからモラルのジレンマは尊重する。ぼくはそこにいるきみの女性の友人（レディフレンド）とはちがって、感情や思考が欠けているわけじゃない」

「あなたには彼女がわかってないのよ」わたしは言い、鎮痛剤を二錠、こっそりワインで飲み下した。

「いやいや、わかってるよ、イヴ。彼女のことはちゃんとわかってる。それから、彼女がどうやって動いているかも具体的に知っている。彼女は何度でも分解しては組み立て直せるゼンマイ仕掛けのおもちゃみたいなものだ。彼女の行動は完全に予測可能だ、だからものすごく役に立つんだ。好きなだけ彼女を楽しむといいさ、だが彼女を人間だと思うなんて間違いは犯すな」

　コース料理の最初のひと品が出て、わたしは返事をせずにすんだ。「オホーツク海で獲れたホタテガイです」ウェイターが小声で言った。

「うわあッ」ララが声をあげ、自分のホタテに櫛形切りのレモンを絞った。勢いがよかったために、果汁がわたしの目に飛んだ。「うわ、まずった。くそ」ララはナプキンをわたしの顔に当てた。「今朝いちばんがあの娘で、今度はこれかよ。今日はワタシがツイてる日とは言えないんじゃないかな？」

「ねえ、いつからその、ノンバイナリージェンダー〔性自認が男性、女性のいずれかにも当てはまらない、もしくは当てはめたくないという考え方〕になったの?」わたしは訊いた。

ララの顔がぱっと明るくなった。「二、三か月前、英国にいたときからだよ。チッピング・ノートンに行ったことある?」

「ないわ。さぞかしすばらしいところなんでしょうね、きっと」

「そこのある家族のところで語学研修をしてたんだ。ウィードル=スマイスっていう家でね。ワタシはそこの娘のめんどうを見てた。十五歳の双子だよ」

「で、どうなったの?」

「なかなかよかったよ。父親は週末だけここの家に帰るんだ。赤ら顔の保守党の下院議員で、ほとんどの時間はロンドンにいる。そっちに愛人がいるんだよ、売春婦みたいなものだと思うけど、彼の奥さんは気にしてなかった。そのおかげで夜通しのんびりネットフリックスを見てすごせるってことだからね。それにシーリアとエマはホントにかわいかった。よく夜にふたりを連れて出かけてやってたよ。地元のパブに行って飲んで、それから闘犬を見に行ってた」

「マジで?」

「そうだよ、ものすごく伝統的な上流階級家庭だった。ロシアにボーイフレンドはいたかって双子に訊かれて、当然、ノーと答えた。そして説明したんだ、自分はまったくの男性優位(マッチョな)の世界で仕事をしてる——本当のところは何をやってるかよくわからないけど——そして自分のことを女の子とか女性とか思ったことがないし、そういうふうにあつかわれるのも好きじゃないって。そしたら双子が、代名詞を変えたらどうって言ったんだ。英語力を磨くためにここに来たんだからイケてることをしたら、って。だからそうした」

「それはご夫婦には通用した？」

「母親のほうは、『あなたたち、どうしてララのことを〝あいつ〟なんて言うの？　下品な言い方はしないで』って感じだった。父親のほうはあきれたって感じで目をぐるりとまわして、『ポリコレ警察』とか何とか言ってたね。で、それから突然モスクワに呼びもどされちゃって……」そこで、ララははっと口に手を当てた。「ちっ、どうせ信じちゃもらえないだろうけどさ。どっかの女を撃つために呼びもどされたって言おうとしたんだけど、その女があんただったことを思い出したんだ」

「世の中って狭いわよね。で、あんたはミスをした」

「あんたがかがんだからだよ」

「うまくかわしたでしょ？」

「あんたってほんとにおもしろいよね。オクサナはいつも、ワタシにはユーモアのセンスがかけらもないって言ってたけど」

「あんたにはもっと別のすばらしい特技があるんでしょ」ララがホタテを嚙むのを見ていると、オクサナがララの顎について言っていたことが思い出された。

「そうだよ、たくさんね。でもこれでおあいこ。だよね？　ワタシはあんたを撃とうとした――」

「二回も」

「そう、二回。でもあんたはワタシのガールフレンドを奪った」

「オクサナはあんたのものだったことはないわ、ララ。ずっとわたしのものだった」

「それはちがうね」

「ううん、そうよ。ジェンダーの話をもっとして」

「ああ、われわれにも話してくれ」アントンが横から口を出した。この会話を聞いていたのだ。「それはいったいどういうことなんだ？　つまりだ、きみは男の仕事をしてる、そしてそれについては誰も問題にはしない。そのどこが問題なんだ？」

「光学式照準眼鏡(スコープ)とライフルで人を撃つのがどうして男の仕事なのさ？」ララはもうひとつホタテをフォークで刺した。「誰だって学ぶことができるよ。女狙撃手(スナイパー)って呼ばれるのにはもううんざりなんだ。ワタシはただの狙撃手(スナイパー)だ。殺し屋(トルピード)だ。ワタシを女だと考えてるやつらと組むなんてバカげたことはやりたくないんだ」

「特権は？」

「特権って何さ？　男たちにおっぱいをじっと見られて、バカあつかいされること？」

「誰もきみをバカあつかいなんかしちゃいないよ」リチャードが言った。やはりこのやりとりを聞いていたのだ。「みんな、きみは頭がいいと思ってるよ、きみはどちらの世界でも最高のものを備えてるからね。きみはエリート殺し屋として尊敬をこめて遇されてるし、とてもすてきな若い女性としても賛美されてるんだ」ぞっとするようないんぎんさでララに向けてグラスを掲げる。

　ララはうさんくさそうにリチャードを見やった。「言いたいことを言えばいいけどさ、ワタシのことを言うときにはワタシの代名詞を使って。ちゃんと使わなかったら、誰も撃ってやらないよ。そのうち名前も変えるつもりだしね」

「ベジタリアンになるつもりじゃないよな？」アントンが言う。

「バカにするな」

　ウェイターが二品目を出すと宣言した。大きめの哺乳類となると、わたしのロシア語の語彙はかなり乏しいが、出てきたのはヘラジカかトナカイのようなものだった。かつてはりっぱな枝角を有していたその生き物は、今は血のしたたるような黒ずんだステーキとなって、赤いベリーのソースのなかに浮かんでいる。グラスが大きめのものに取り換えられ、とても飲みやすいジョージア産のワインが注がれた。わたしはほとんどすぐにおかわりを所望した。テーブルの向かい側では、オクサナが今朝の殺戮で活性化したようで、生気を取りもどしていた。リチャードの殊勝ながらも軽薄な態度を受け流し、アントンをわざとらしく無視して、挑発的な目でララを見つめ、ちらちらとやさしげな眼差しをわたしに向ける。だがそれは学習の成果を実行しているにすぎない。機会を得て、これまでに学習した反応のレパートリーをおさらいしているのだ。

　わたしが十代だったころ、両親がネコを飼いはじめた。スミレ（ヴァイオレット）という名前の美しい凶悪な生き物で、暴力的（ヴァイオレント）という名前のほうがふさわしいと思えるほど、毎日のように血にまみれて死にかけている野ネズミやハツカネズミや小鳥を両親にプレゼントしていた。わたしはそうした痛ましい小さな献上品を見るのがいやでたまらず、ヴァイオレットに鈴をつけるか、家で出すキャットフードをもっと増やしてやってと両親に頼んだが、両親は何もしてくれなかった。「ネコってそういうものなんだよ」そうわたしに言った。「本能なんだよ。ヴァイオレットは狩りをする必要があるんだ」ヴァイオレットの死に方は、生き方と同じく凄絶だった。夜中にスピードを出していた車に轢かれたのだ。そしてヴァイオレットがわたしたちとすごしていた何年かを振り返ると、両親はネコの残忍な行為を大目に見ていただけでなく、ひそかに喜んでもいたように思える。ヴァイオレットの行動はある意味で本物で、両親はそれを擁護することで、自然のもつ暗い現実から目をそらしがちな都会人への優越感を抱いていたのかもしれない。今なら、両親のことがもっとよく理解できる。オクサナは――牙と爪を真っ赤に染めた、わたしのヴァイオレットだ。彼女は、わたしたちがまばたきもせず、たじろぎもせずに見つめたときの世界そのものだ。彼女は狩りをしなければならない。

リチャードがナイフでグラスをたたき、わたしははっと目を開けた。わたしは疲れていた。完全に疲労困憊していて、テーブルの下にずり落ちないようにするのが精いっぱいだった。

「全員、ちょっと立ち上がって窓まで歩いてみないか?」リチャードが言った。

ララはわたしが立ち上がるのを助けてくれた。今やわたしまで仲間だと思っているようだ。

リチャードはネクタイをゆるめながら、歩きはじめた。腕をのばしてさっと薙ぐように動かし、眼下に広がる光り輝く都会の夜景を示した。サンクトペテルブルクの荒廃した壮麗さを見たあとでは、モスクワは一体式構造の要塞のようだった。堂々としてりっぱだが、あまりに人間味がなさすぎて美しいとは言えない。わたしは身体が揺れているのを感じた。ララがわたしの腕に手を当てて支えてくれていた。

「今きみたちの前に見えているものはみな、死んでいるか死につつあるかだ」リチャードが言う。「何ひとつうまくいっているものはない。大きな政治的構想もなければ偉大なリーダーもおらず、人々に希望を与えてくれるものは何もない。わたしが話しているのは単にロシアだけのことじゃないが、ロシアはわたしが言っていることの完璧な戯画だ。人々が大事にしているもの、誇りに思っているものはすべて過去の遺物だ。共産主義というシステムには欠陥があったが、かつてそこには理想があった。大志があった。みんな、たとえ完全ではなくても自分は何かの一部だとわかっていた。だが今は何もない。ただ、ひとりの強欲で独りよがりなエリートによるシステムを利用した国家資産の強奪があるだけだ」

リチャードの弁舌には、頻繁に使っていることを思わせるなめらかさがあった。これまでにもこういうことをしゃべっているのだ。それも何度となく。オクサナは顔をかすかにしかめてじっと聞いていた。アントンは無表情、ララはわたしの腕から手を離し、爪をじっと見入っていた。

わたしの視線を感じて、ララはわたしのほうに顔を寄せた。「チャーリーって名前、どう思う?」ひそひそと言う。「すごく気に入ってるんだけど。オデーサでの仕事のとき、オクサナのコードネームがチャーリーでさ、それが超うらやましかったんだ」

「いいわね。あんたに似合ってる」

「で、〈トゥエルヴ〉のもくろみはどういうことだと思うかね？」リチャードは窓に背を向けて、わたしたちのほうを向いた。「われわれの計画や戦略はすべて、どこに通じていると思う？　新しい世界だよ、まさしく。腐敗した旧いやつらを安楽死させてやり、われわれが再建するんだ」

「あいつはしゃべるのが好きなんだね？」ララがささやく。

「まあね」

「チャーリーって名前、ワタシに合ってるって本当に思う？」

「ええ、まあ」

「旧いものは死に、新しいものが生まれる。そうやって歴史は動いていく。黄金時代が訪れ――繁栄をきわめる高貴さと英知の時代だ――その後数千年かけてすべてが衰退して、あの黄金時代はただの昔話の記憶、もはや完全には理解できない物語でしかなくなり、とうに失われてしまったものへの漠然としたあこがれだけが残る。われわれが今いるのはそこなんだ。闇のなかを手探りで進んでいるようなものだ」

「アレックスじゃだめなの？」

「だめ。チャーリーが完璧なんだ」

「そのとおりね。アレックスは誰だってなれそうだものね」

「だがわれわれはふたたび見つけることができるんだ、その黄金時代を。なぜなら、歴史は必要なのはごく数人の善き人々だ。男女を問わず、旧弊を滅ぼして新しいものに道をゆずらせなくてはならないことが理解できるだけの明察を備え、それを実行する勇気がある人々だ」

リチャードは流れるような弁舌を続けた。イートン校の学生は〝潤滑油さし〟と呼ばれる技能を学ぶと、どこかで読んだことがある。それは礼儀正しいながらも確実に相手を説得してこちらの意見に同調させるという技術だ。リチャードは今、わたしたちにオイリングをしているのだが、彼の言葉はほとばしるように流れはじめていた。わたしは椅子を引いて、クッションの効いた座面に腰を下ろした。オクサナがいらだった目をちらりとわたしに向けた。わたしは酔っぱらっているわけではないが、手足が重く、うまく動かすことができなかった。テーブルの下に倒れこんで目を閉じないようにするのが関の山だった。

「そうだ、わが友よ、われわれはそこにやってきたのだ」リチャードは言う。「われわれは新しい時代の先駆けとなる前衛なのだ。そしてわれわれは孤独ではない。世界じゅうにわれわれのような人々が、魂の貴族たる人々がいて、打って出るそのときを待ち受けているのだ。だが、われわれの今回の仕事はおそらくもっとも困難でもっとも危険なものだ。決定的な一撃で、われわれがすべての歯車を動かしはじめるのだ。きみたち全員に問う——ヴィラネル、イヴ、ララ、そしてもちろんきみ、旧友たるアントンよ——きみたちはわれわれの側についているか？　歴史に名を残す覚悟はあるか？」

オクサナはうなずいた。

アントンは淡い色の目をすっと細めた。「とことんやろう」

「もちろん」ララが言う。「でも今からワタシの名前はチャーリーだよ。ララって名前は死んだ」

リチャードはララにごくかすかに会釈をしてみせた。「よくわかった、チャーリーだな。イヴ、きみはどうも……心が決まっていないようだが」

「今日は長い一日だった。でも、ひとつはっきりさせてちょうだい。今朝、あんたはわたしの生命を終わらせようとやっきになってたようだけど、今はチームに加わってほしいって言うの？」

「だめかね？　きみの情報力はわれわれの役に立つ。それに、もし間違っていたら正してほしいが、きみは新しい世界の秩序をつくるという困難な挑戦を歓迎するはずだと思うがね。結局のところ、旧い世界はきみにとってたいしたことをしてくれなかっただろう」

「あんたはわたしが……今朝、なんて言ったんだっけ？　平凡すぎる、だっけ？　そう思ってるんじゃないの？」

「イヴ、われわれはみな、今朝はまったくちがう場所にいたんだ。きみは非常に優秀だとわたしは思ってるよ」

わたしは肩をすくめた。「わかったわ」

まるで、わたしにわずかでも選択の余地があったかのように。

どうにかディナーは終わってお開きになり、オクサナはわたしを自分の部屋に連れていった。わたしは足を交互に出すこともままならなかった。二分もたたないうちにオクサナはいびきをかいていた——両腕を投げ出し、口を大きく開けて。けれどもわたしはあまりに疲れすぎていて眠ることができなかった。縫い傷の痛みのせいもあった。鎮痛剤とワインが効き目をあらわし、痛みはずきずきと脈打つ熱くにぶい苦痛に変わっていたが、急に動いたりすると警告するような痛みがずきりと走る。

いったいわたしは何を承諾したのだろう？　わたしたちのどちらかでも、生きて抜け出すことができるのだろうか？　リチャードの終末の予言めいたもの言いや任務の危険さを語る口調から考えると、できそうにないと思う。どのみち、下っ端の歩兵に生きのびられる者はいないのだ。もちろん、リチャード本人となると、話は別だ。ひとつたしかなことがあるとすれば、煙が晴れたときに彼は変わらずそこに立っているだろう。イートン卒業生のネクタイを締め、すました笑みを浮かべて。

だが、それでもわたしはイエスと言った。どういう計画があるにせよ、少なくともひとりは著名な人物が殺されるにちがいない。リチャードがわたしをチームに入れたがっているのは奇妙に思える。わたしを盤上に置くのは、おそらくオクサナを喜ばせておくためか、オクサナをコントロールする手段としてだろう。

奇妙なことだ。一方では、リチャードのスピーチはやかましく繰り返されるたわごとだとわかっている。黄金時代だの霊的に生まれ変わるだのといった話はすべて、疑う余地なく、さもしい政治的クーデターにすぎないとのちに判明するものを隠しているだけなのだ。だが他方では、オクサナと共に陰謀に引きこまれたことに、ちょっとひねくれたわくわく感を覚えている。恐ろしくはあるが、ここはオクサナの世界だ。わたし自身の世界を捨てたときには、ちゃんとそれがわかっていた。リチャードの言う破壊と再建というのは、本当にばかげたたわごとなのだろうか？　わたし自身、まったく同じことをしたのではなかったか？　わたしの旧い人生を打ち壊して、より真正のダークなわたし自身に道を譲らせたのではなかったか？

ベッドの上でオクサナと同時に寝返りを打ってしまい、ふたりの手足がぶつかった。

「眠りなよ、バカ」半分眠っているような声でオクサナがつぶやいた。

「ちょっと怖いの」わたしは言った。「それに背中が痛いし」

「わかってる」

「彼らはわたしたちを殺すつもりよ。ただその前に最後のひと仕事をさせようとしてるだけ」

「たぶんね」

「どういう意味よ、たぶんっていうのは？」

上掛けが動いた。オクサナが片肘をついて上半身を起こしたのだ。「あんたは今このときに生きなきゃならないって言ってるんだよ、シェルカ。前にも言ったよね。今現在、あたしたちは無事で、眠らなきゃならないんだ。特にあんたはね。明日、頭がすっきりしたら、計画を立てよう」

「あんたは怖くないの?」

「どういう意味?　怖いって何が?」

「起きるかもしれない何もかもが」

「ないね。怖くはないよ。じきにやつらがあたしたちに何をさせたいのかわかるだろうから、それがわかれば次の一手を見出せる。今のところ、やつらはあたしたちを必要としてる、大事なのはそれだけ」

わたしは暗闇のなかで手をのばし、彼女の顔をさわった。頬のライン、彼女の口。彼女の唇をさわっていると、彼女はわたしの指を噛んだ。「あんたはこれを楽しんでるよね」わたしは言う。「わたしたちは正気の沙汰じゃない死のジェットコースターに乗ってて、まったくコントロールがきかなくなってる、それなのに……」

彼女が肩をすくめるのが感じられた。「あんたはあたしがどういう人間か知ってるよね。精神医学の教科書を読みなよ。あたしのような人間は脅威を処理するのが不得手だって書いてあるよ」

「それは本当なの?」

「いいや、そんなのはたわごとだ。本当のところは、あたしたちはひどくうろたえたりしない。冷静を保って意識を集中しつづける。ちゃんと睡眠をとって、いつか戦う日のために備えるんだ」

「すると、あんたは精神医学の教科書を読んだのね?」

「もちろんだよ。重要だと言われてるものは全部ね。どれも笑えたよ。気持ち悪いやつらが必死になってあたしたちを理解しようとしてるんだ。知ってる？　どの症例もみんな男だってことを？　女のサイコパスもまったく同じように動くってやつらは考えてるんだ」

「それは間違ってるの？」

「完全にね」

「例をあげて」

オクサナはあくびをした。「たとえば、まず、サイコパスは恋愛するのは不可能だって書いてある」

「本当は？」

「もちろんできるよ。だってほら、あたしはあんたを愛してるよ、シェルカ」

わたしは口をきくことができなかった。オクサナが手をのばし、彼女の手がわたしの心臓の上に感じられた。「本当だよ」オクサナは言った。「ぶんぶんぶん。あんたはほんとにかわいいよ」

「どうして言ってくれなかったの？」

「いいいい、あんたこそ言ってくれなかったよね、まぬけさん？　あんたはあたしを愛してるよね？」

「わたしは……そうよ、もちろん愛してるわ」

「それなら、それでいいじゃん。さあ、あっち向きなよ、そしたら重ねたスプーンみたいにあんたにくっついて眠れる」

朝食は、暗黙の了解によってほとんど無言でおこなわれた。ダイニングルームには、ウェイターがぎょっとするほど濃いコーヒーを注ぐ音が流れるだけだった。わたしたちは昨夜とまったく同じ席にすわっていた。窓の外では、この建物を取り巻く乱気流につかまった雪が舞い飛んでいる。スクランブルエッグとイクラを皿に盛りながら窓の外に目を向けたが、地面はほとんど見えなかった。ハイウェイの黒い曲線と灰緑色の川の曲線が見えるだけだ。

オクサナはわたしと同じメニューを選び、食べるあいだじっと前を見据えていた。彼女は剣呑な空気をまとっていた。今朝目を覚ましたとき、わたしたちの身体はからまりあっていたが、彼女は不意に嫌悪感をむきだしにして身を離し、それから激しく燃え狂う怒りに包まれた。まるでわたしを見たくもない、わたしの前で裸でいるのは耐えられないとでもいうようだった。わたしにできるのはただ、彼女の視界にはいらないようにし、どこかよそに行きたいと願うことだけだった。

どういうことなのかはわかっていた。わたしを愛していると言ってしまったことをやりすぎたと思い、わたしを嫌うことで発言を撤回しようとしているのだ。そしてそれは功を奏していた。チャーリーは話をしたそうな顔でこちらを見ていたが、わたしたちの表情を目にすると顔をそむけ、慎重な手つきでアプリコットジャムを塗った四角いトーストを次々と前に並べはじめた。その横で、アントンがさくさくしたやわらかなペストリーを平らげていく。

リチャードがやってきたころには、全員、食べ終えていた。彼は食べ物には目もくれず、自分でコーヒーを注ぐと、席に着いた。

「実行まで十日ある」そう宣言する。「斬新かつ卓越した技能を必要とする作戦の準備期間が十日間だ。もし成功すれば——成功した暁には——われわれは歴史の道すじを変えることになる」リチャードは両手を広げ、わたしたちをひとりずつ順に見ていった。「きみたち全員にスヴォーロフ大元帥の言葉を覚えてもらいたい。それはきみの元いた連隊でもたいそう重んじられていたと思うがね、アントン？」

「たしかにそのとおり」アントンが言う。「『訓練は厳しく、戦うときはリラックス』司令官のドアに書かれていたよ」

「明日の正午、ここを出る」リチャードは続ける。「目的地はおいおい知らされる。今日は必要物資の補給と書類作成にあててくれ。これから服と装備のために採寸をしてもらう。それから、パスポートや何やかやのために写真を撮る。スケジュールはタイトだが、われわれのスタッフは時間と競争して働くことに慣れている。きみたちの書類や服や手荷物は二十四時間後に届けられる。武器は訓練地できみたちを待っている」

聞いているうちに、信じられないという思いが募ってきた。何であれリチャードと〈トゥエルヴ〉がもくろんでいることに参加するのをわたしが同意したのは、オクサナのためであり、そうするしかなかったからだ。わたしについていろいろ知っているリチャードとアントンが、ほんの端役以外の役割をわたしに与えるほどの破滅的な無分別だとはとても思えない。ブリントン村郊外にある研究所の射撃訓練所で数日間すごしたからといって、本当のトレーニングを受けたとはとても言えない。官給品のグロックを発砲することや、分解し掃除することはできるが、そこまでだ。わたしは仕事人生のほとんどをデスクワークですごしてきた。しかも視力も悪く、眼鏡をかけている。〝斬新かつ卓越した技能〟が必要とされる作戦の、いったいどこにハマるというのだ。障害にしかならないし、それ以外のことを考えられるはずがない。だがリチャードははっきりと、この概要説明にわたしまで呼んでいる。

その日はのろのろと、みじめにすぎていった。オクサナは近寄りがたく、わたしを見ようとすらしなかった。そのかわりに、わたしに見られていることは承知の上でチャーリーとうわべだけいちゃついてみせたり、窓の外をじっと見つめたりしていた。温度調節されたよどんだ空気のせいで、アパート内はうっとうしい雰囲気だった。誰もかれもがぴりぴりしていた。雪は終日降りつづけ、外の街路は凍えるほど寒そうだったが、出ていけるなら何でもするという気分だった。外の澄んだ冷たい空気を吸えるなら。もちろん、不可能だ。わたしたちは窓を開けることすらできなかった。

ディナーはまたもや極上品だったが、まったく食欲がなかった。レアステーキ肉と血がしたたるような肉汁のにおいで胃がむかむかした。そのかわり、その晩はシャトー・ペトリュスのボトルのほとんどをわたしが飲んだ。これまで味を見ることなど考えたこともなかった高価なワインだ。わたしのグラスに五杯目が注がれるのを見て、リチャードは鷹揚にわたしを見やった。「ペトリュスは〈トゥエルヴ〉の非公式なハウスワインでね。まさしくきみにぴったりだ」

「こういうモノをたっくさん飲める日がくるのを楽しみにしてるわ」ろれつがあやしくなっているのが自分でもわかった。「まあ、生きてもどれたらだけど」

「おお、そうなるとも」リチャードが答える。「きみを殺すのは非常にむずかしい。そこがきみについていちばん気に入ってるところだがね」

「あんたはわたしのどんなところも気に入ってないでしょ」言いながら、わたしは激しく揺れて彼のほうに傾き、ダマスク織りのテーブルクロスに深紅色のワインをまき散らした。「あんたがわたしを必要としてるのは、わたしのガールフレンドが必要だからっていうだけでしょ。かんぱーい」

リチャードはにやりとした。「だが彼女のほうは？　きみのガールフレンドのことだよ。彼女はララと、いや、最近彼女が自称してる誰だっけかととてもよろしくやってるようじゃないか」

彼の言わんとするところはよくわかった。テーブルの向かい側で、オクサナはチャーリーと見つめあいながら手を握り、指先を歯のあいだにはさんでもてあそんでいた。

「あれが彼女の引き金を引く指だったら、心配になるがね」リチャードは言っていたが、わたしはすでに椅子から立ち上がり、よろめきながらテーブルを回りこんでいた。

「話があるの」わたしはオクサナに言った。

「彼女は忙しいんじゃないかな」

「うるさい、チャーリー。オクサナ、聞こえたよね」

オクサナはわたしについてきた。思うに、ほかでもない好奇心からだろう。

寝室のドアを手荒く閉めてから、わたしはオクサナの顔に猛烈な平手打ちをくわせた。あまりの強烈さに、オクサナは一瞬、大きく目を見開いて動きを止めた。「もうたくさんよ、いい？　あんたがバカみたいにふてくされるのも、チャーリーとくそいちゃつくのも、あんたが完全無欠の最低女なのも、もうたくさん」

手がひりひりと痛み、背中の縫い目が裂けて開いたような気がした。オクサナは気を取り直して、口の端をゆがめた笑みを見せた。「あたしといるとどういうことになるか、わかってたはずだよね。あんたはほかの誰よりもよくわかってたはずだよ」

「うるさいわね、オクサナ。あんなのってヒドすぎる。あたしはあたしで、それだけだなんて言って、一生それで通せるわけないでしょ。あんたはそんなものよりずっと価値があるのよ。わたしたちはそんなものよりずっと価値があるのよ」

「本当に？　そうだよ、たぶんあたしはこういう自分が好きなんだ。たぶんあたしは、あんたが望むようなあたしになりたくない。そういう考えがあんたの頭によぎったことはない？」

「毎日よぎってるわよ。毎日毎日、あのときから――」

「あたしといっしょになるためにすべてを捨てたときから？　またその話をひっぱりだす？　言ってるよね、ポラストリ、そういうのはあんまりイカしてないんだよ、いい？」

「なんだっていいわ。本当にもうどうでもいい」

「うわ、泣きだすの、ビッチ」

わたしは窓のところに歩いていき、眼下の歩道で吹き荒れる雪に負けじと踏んばっている人々を見下ろした。「ねえ、聞いて」オクサナに言う。「わたしがここにいるのは、そもそもわたしがまだ生きてるのは、わたしの身に起きることをあんたが気にかけるとリチャードとアントンが思ってるからなのよ。あのふたりはあんたが必要だから、わたしをそばに置いてる。でもね、それは間違ってるってあいつらに言ってやってもいいのよ、あんたはわたしのことなんて本当はどうでもいいのよって。そしたらあいつらはわたしの後頭部に弾丸をぶちこんで、それで一巻の終わり。もうたくさん」

「イヴ、あたしはあんたがどうなったっていいなんて言ったことはないよ。ゆうべは――」

「ゆうべは何よ？」

「あたしが言ったことを聞いてたよね」

「わたしを愛してるって言ったわ」

「本気でそう思ってるよ」

「でもそれから、あんたはパニクった。わたしに何か、力のようなものを与えてしまって、わたしがその力をあんたに向けて使うと思ったんでしょ。わたしがあんたをちゃんと愛し返すってことが信じられなくて、わたしに食ってかかるようになったのよ、いつもみたいに」

「そんなことを考えてたの？　全部勝手な憶測じゃん。あんたに何がわかるっていうの？　そんなことをしたって愛される相手にはなれないよ。あたしが子どものころからあたしの心をつきまわしてきた最低野郎たちの長い列の最後尾のやつになるだけだよ」

「わたしはただ、あんたを理解しようとしてるだけよ」

「やめて。あんたはあたしに会う前のほうが、もっとよくあたしを理解してた。あたしが、あんたが想像するしかない最低のくそ人間にすぎなかったころのほうがね。あんたが追いつめなきゃならない怪物だったころのほうが。あのころみたいにあたしのことを考えてくれれば、そんなに間違ったほうには行かないよ」

わたしはくるりと向きを変え、オクサナと向き合った。「オクサナ」

「何？」

「ここでもうひと晩すごすのよね。多くてもふた晩。それから先のことは誰にもわからない」わたしは彼女のほうに歩いていき、両手を彼女の腕にのせた。薄手のセーターごしに彼女の筋肉がかたくなるのがわかり、彼女の底知れないグレーの目がわたしの目をとらえる。人差し指で彼女の唇のわずかに盛り上がった傷痕にふれると、彼女の吐息がかすかに震えるのが聞こえた。「あんたが言ったように、あるのは今だけ、今がすべて。そしてわたしにあるのはあんただけ、わたしがほしいのもあんただけよ」

オクサナは、何か遠い記憶を思い出そうとするかのように、顔をしかめた。「あたしはほかの人たちが感じるようなことは感じない。そういうのはまねしなきゃならない。でも、あたしなりの愛し方ってのはちゃんとあるんだよ。たぶん、同じじゃないだろうけど……」かすかに肩をすくめる。「でも、本物だよ」

「わかってる」

オクサナは顔をそむけた。涙が光るのが見えた。彼女にキスしたときに、その味がした。

「ごめん」オクサナは言った。「あたしはまともじゃないんだ。ただファックしてよ、いいよね？」

8

翌朝、服が届いた。全天候性ジャケットとパーカ、冬用の防寒帽、ズボン、保温下着とブーツの箱が並ぶ。目立つような派手なものはひとつもないが、すべてデザイナーズブランドの見るからに高価なものだった。それから、めいめいに機内持ち込みサイズのスーツケースと、使用形跡のあるロシアの国内パスポートと免許証、クレジットカードやその他の身分証明用書類——すべて同じ名義だ——がはいっているフォルダー。

「これからどこへ行くと思う?」チャーリーがわたしに訊いた。

「ハワイとか?」

わたしたちは正午に出発した。デザイナーズブランドの服に包まれてエレベーターから降り、リチャードのあとについて建物の無数のロビーを次々と通り抜ける。そのあいだ、わたしたちを二度見する人はひとりもいなかった。わたしたちは上層階級のツアーグループか休暇旅行に出かける裕福なロシア人に見えているだろう。外は恐ろしく寒かった。わたしはしばし風上のほうを向き、舞いしきる雪を顔で受け止めた。それからポルシェのＳＵＶに乗りこんだ。アントンが運転し、リチャードが助手席にすわる。わたしはオクサナとチャーリーにはさまれてすわった。

車は北西に走り、シェレメーチェヴォ空港に向かう標識のところで曲がった。視界は限られており、路面はすべりやすく危険だった。ときおり、故障した車の輪郭とハザードランプの点滅が見てとれた。不安でいっぱいだったが、オクサナがすぐ横にいてくれるのがうれしかった。そしてある種ひねくれた意味で、チャーリーがここにいることもうれしかった。

外周道路を横切ったときに、警察車が青いライトを閃かせながらわたしたちの前にすべりこんできた。「くそっ」アントンがつぶやき、ぬかるみのなかでポルシェを止めた。「何なんだ？」

助手席側の窓に強めのノックがあり、リチャードが窓を下げた。外にいる制服姿の人物はヘルメットとフェイスマスクのせいで顔がはっきりと見えなかったが、肩のパッチからロシア連邦保安庁（FSB）の職員だとわかる。前方には、わたしたちの車に似た車が何台も止まっていた。何人ものドライバーと乗客たちが車から出るよう命じられ、身分を証明する書類を手にして、ハイウェイのわきに停まっている、ＦＳＢのマークのついた鉄格子窓の装甲車のほうに連れられていた。

「何があったんでしょう、中尉どの？」リチャードが士官に訊く。風と雪がポルシェのなかに吹きこんでいた。

「保安検査です。パスポートを見せてもらえますか？」

わたしたちのパスポートを渡すと、男は慎重にそれらをチェックして、助手席側の窓ごしにひとりずつ顔を見ていった。それからわたし以外のパスポートをすべてもどした。「出てください」わたしに言い、手袋をはめた手で装甲車のほうを指した。

外は凍えるように寒く、わたしはパーカのフードを頭にかぶって、装甲車の外にできている列に加わった。「きっと誰か重要人物を探してるんでしょうね」わたしは前にいる、ピンク色のウールのスカーフで頭を包んでいるおばあさんのような体形の女性に言った。

女性は冷ややかに肩をすくめ、雪のなか、ブーツの足で足踏みをした。「あの人たちはいつだって誰かを探してるのよ。手当たりしだいに車を止めてるだけ」

ようやくわたしの番になった。踏み段を上がって装甲車に上がり、なかに立って数秒間、目を細めた。雪のまぶしさに慣れた目には、なかは暗かった。わたしと向かいあう金属製ベンチにふたりの士官がすわっていて、左側の暗がりにひとりがいた。暗がりにいる男から合図を受け、あとのふたりは出ていった。

「ミセス・ポラストリ。イヴ。きみが死んだという報告が正しくなかったのはうれしいかぎりだ」

その声には聞き覚えがあった。男が鉄格子窓からはいってくる光のすじの前に出てくると、誰なのかがわかった。軍用の厚地の外套のせいでいっそう広く見える肩、クルーカットの銀髪、皮肉っぽい笑み。

「ミスター・ティホミロフ。びっくりしました。それから、そうです、生きてるっていいことです」

「写真を見たよ。よくできてた。ほとんどの人はだませただろう。だが……何と言うんだったかな？　うそつき相手にうそをつくな、だよ。われわれの世界では、きみも知ってのとおり、見かけどおりのものは何ひとつない、生や死でさえもね。あらゆるものがうわべだけの見せかけなんだ」

ヴァディム・ティホミロフはFSBの上層部職員だ。実際、大将なのだが、階級をひけらかすような男ではない。彼とはじめて会ったのは、チャーリーが——というか、その当時はララだったが——モスクワのプロスペクト・ミーラ地下鉄駅でわたしを撃とうとして失敗したあとの、ややこしい状況下だった。そのときにティホミロフはわたしをロシアから送り出しただけでなく、さりげなく、わたしの上司のリチャード・エドワーズが〈トゥエルヴ〉のスパイだと警告してくれたのだ。

ティホミロフは情け容赦がなく妥協もしない組織の上品な一面だ。彼自身が何に忠誠を誓っているかは、わたしにはわからない。彼は、見かけどおりにロシア国家の献身的な従僕なのだろうか、そしてもしそうなら、これから先はどうなるのだろう？　クレムリンの下す過酷な命令に無条件に従うのだろうか、それともいっそう長く曖昧なゲームに参加しつづけるのだろうか？

ティホミロフはベンチにすわったまま、わたしのほうに身を乗り出した。「イヴ、あまり時間がないんだ。さっさと終わらせないと、外にいるきみの友人たちが疑いをもつだろうからね。まず第一に、〈トゥエルヴ〉の作戦にもぐりこむとはすばらしい手腕だ」

わたしはまじまじと彼を見つめた。彼は本当に、わたしがここにいるのはそのためだと思っているのだろうか？　わたしがまだＭＩ６で働いていると？

「どうしてわたしが知っているかって？　われわれにはサンクトペテルブルクに共通の友人がいるとだけ言っておこうか。だが、〈トゥエルヴ〉が何を企んでいるか、どうしても知る必要があるのだ。もしわたしの推測が正しければ、恐ろしい大惨事という結果になるからだ。そしてそれは単にロシアだけにはとどまらない。だからきみには必ずそれを見つけ出してもらわなくてはならないんだ、イヴ。そしてそれをわたしに教えなくてはならない」

装甲車のなかは食肉冷凍庫のように寒く、わたしは防寒ジャケットのジッパーを顎のところまで閉じた。

「あのポルシェのＳＵＶに乗っているのが誰か、ご存じですよね？　われらが共通の友人、リチャード・エドワーズよ。なぜ彼を逮捕しないんですか？」

「そうしたいのはやまやまなんだが、できないんだ。彼は泳がさなければならない。この先どこに行くのか見たいんだよ」

「それはちょっとばかり危険がすぎるんじゃないですか？　だって――」

「われわれが相手にしているのは、あの〈トゥエルヴ〉だ、イヴ。われわれはあの組織をまるごとつぶさなくてはならない。そしてそれをやるなら、エドワーズなどよりはるかに高みにいるやつを狙わなくてはならない。エドワーズは彼らにとって役に立つが、替えはきく。そしておそらく、たいしたことは知らないだろう」

「そうですね」われながら間の抜けた相槌だ。

「だからこちらは図太さを失わずにいなければならない。やつらにはこのまま進めるのが安全だと思わせて、中心にいる者たちが姿をあらわすのを待つんだ。それから、そう、そうなってからようやく、こちらが手を打つことができる。だがまずは彼らが何を企んでいるのかを知らなくてはならない」

「そこにわたしの出番が来るんですね？」

「まさしく」

「続けてください」

「今から電話番号をひとつ教える。それを暗記してもらわなくてはならない、そのあとはきみしだいだ。きみは高度な資質を備えた人材だ、何としてでもきみは成功するだろう。そうわたしは信じている」ティホミロフはしばし言葉を宙に漂わせた。「それで、きみはこちら側につくかね？　気の毒だが、その判断は今ここでしてもらわなければならない」

「条件がひとつあるわ」

「言ってくれ」

「オクサナ・ヴォロンツォヴァよ」

「ああ。かの有名なヴィラネルだね。彼女を殺すことになるかもしれんとは思っていたが」

「彼女を殺さないで。お願いします、どうか……」途方に暮れた顔で彼を見つめた。

彼はわたしの視線を受け止めた。考えこむようなその目は、それからドアのほうに向けられ、ほとんどわからないほどゆっくりと、彼はうなずいた。「何も保証はできない。周囲の目も考慮しなければならないからね。だがきみがわたしのためにこれをやってくれるなら、わたしもきみのために努力をしよう。さて、番号だが……」

彼はその番号を三度繰り返し、わたしに三度復唱させた。

「わたしたち、銃も電話もペンも何もかも取り上げられてるんです」わたしは彼に言った。「それに四六時中見張られてて。いったいどうやって――」

「どうにかして道を見つけるんだ、イヴ。きみならできる」ティホミロフは立ち上がったが、装甲車の天井が低いので首をかがめた。「さて、そろそろ出てもらわなくてはならないな」

わたしが立ち上がると、冬用迷彩服を着たハンサムな若者が乗りこんできた。ティホミロフの補佐のディマだ。ふたりはしばらくじっと目を見かわした。

「お願いです」わたしは小声で言った。「忘れないで」

ティホミロフはちょっと悲しげな顔でわたしを見て、片手をあげた。

わたしはとぼとぼとSUVにもどっていきながら、教えられた番号を頭のなかで復唱した。

「で、用件は何だったんだ?」ふたたび高速道路を走りだすと、リチャードが訊いた。

「ノートパソコンに出てる何人もの女性の写真とわたしの顔を照合してた。わたしはそのどれにも似てなかったの――全員、イスラムの黒いヘッドスカーフをつけてたし――それに職員はわたしの名前も訊かなかったわ。いったいこれは何なのって訊いたけど、向こうは何も言ってくれなかった」

「乗ってたのは誰なんだ？」

「ＦＳＢの職員よ、おそらく四十代。それにアシスタントが二人。わたしが出ようとしたときに、四人目の男が煙草休憩からもどってきたわ。全員、今やってる仕事に特に入れこんでるようには見えなかった」

「写真は撮られなかったか？　指紋は？　パスポートのコピーは？」

「そういうことは全然なかったわ」

アントンがわたしのほうを振り返り、にやりとした。「時間つぶしに女性をチェックしてただけ？」

「たぶんね」


リチャードはあざを思わせる黒ずんだ空の下、シェレメーチェヴォ空港の滑走路にわたしたちを置き去りにした。ポルシェの運転席の窓ごしにわたしたちに手を振り、目尻にしわの寄った緊張ぎみの笑みをわたしたちに向けた。もうわたしたちに同行しなくてすむことへの安堵を隠しきれないようだ。長年この男のために働いてきたわたしに、そういう偽装が見破れないはずがない。

すぐに、リアジェットは離陸し、西に向かった。行き先はベルギーのオステンドだとアントンが言った。それ以上のことは誰もたずねなかった。

オクサナはわたしのとなりにすわり、頭をわたしの肩にもたせかけていた。わたしたちはこのすべてが終わったらいっしょに何をしようとか、どこへ行こうかとか、あれこれ話をした。わたしたちのどちらも、そんなのはただの夢みたいな空想だとわかっていた。おそらくサンクトペテルブルクでネヴァ川のほとりを手をつないで歩き、流氷が流れていくのを眺めたり、パリでオクサナのお気に入りのカフェの中庭にのんびりとすわり、春の朝の陽ざしを浴びたりすることはないとわかっていた。けれども、わたしたちはそういうことやほかにもいろんなことをしようと約束した。ティホミロフとの会話については、わたしはいっさい口にしなかった。そのことは極力考えないように努め、ふたりで夢遊病者のように断崖の縁に向かって歩いているようなぞっとするような感覚を無視しようとした。そのかわりに、今この瞬間に没頭し、肩にかかるオクサナのやわらかな重みを感じることに集中した。

三時間半後、オステンド・ブルージュ国際空港に着陸した。照明はほとんど消えており、ぬくぬくと暖かかったリアジェットの機内から出たわたしたちは、激しく吹きつけてくるみぞれまじりの風に迎えられた。滑走路にミニバスが待ち受けていて、わたしたちは数百メートルの距離を、待機しているシュペルピューマ・ヘリコプターまで運ばれた。パイロットから、遮音ヘッドセットを渡された。わたしたちが乗りこんだとき、ヘリコプターのローターはすでに回転していた。ヘリは高度を上げ、空港の照明をあとにして、人けのない海岸と風が吹きすさぶ北海の上空に舞い上がった。

オクサナは今回もわたしのとなりにすわったが、エンジン音とヘッドセットのせいで、会話はできなかった。これからどこに行くのか見当もつかなかったが、オクサナの考えこむような表情からすると、彼女にはそれがわかっているようだった。針路はおおむね北西の英国に向かっているようだったが、どうしてヘリコプターで行くのだろう？　もし行き先がロンドンなら、モスクワから直接飛行機で行けばいい。船の上に着艦するのだろうか？

四十五分後、ヘリコプターは下降しはじめた。ヘリコプターのライトが黒々としたさざ波を照らしている。「着いたよ」オクサナが口の形だけでわたしに告げた。「見て」人差し指で下を指す。

最初のうちは、海の表面が見えるだけだった。それから、灰色の長方形が視界に飛びこんできて、シュペルピューマのライトがしっかりとそれをとらえた。海上プラットフォームだ。大きさを推定するのはむずかしいが、二本の幹のような円柱に支えられている。近づいていくと、片端にヘリパッドがあるのが見え、小さな人の形がふたつ、トーチでそこを照らしているのがわかった。生まれてこのかた、これほど容赦のない寒々しい光景を見たことがなかった。「ヒドいね」わたしはオクサナに向かって口を動かし、オクサナはうなずいた。

シュペルピューマはヘリパッドにものの三十秒ほどしか止まっておらず、わたしたちは厳しい風のなかに出ていった。風は獰猛と言えるほど激しく、もし足をすべらせたら吹き飛ばされてしまうように感じて、わたしは手近にいる人物の腕にしがみついた。それはたまたまアントンで、彼はわたしに向かって何かどなったが、その声は風に飛ばされて消えていった。

わたしたちは頭を下げてプラットフォームの反対側の端まで歩いた。そこには改造した貨物コンテナが三基、スチール製の大索（ホーサー）でコンクリートにつながれていた。いちばん近くのコンテナにアントンはわたしたちを招き入れ、電灯をつけた。ヘリコプターを誘導した男性ふたりを含めて、わたしたち全員がなかにはいると、スチール製の扉が閉められた。

たいした内装ではなかったが、わたしが前回暮らしたコンテナに比べると、はるかにすごしやすそうだった。長いほうの壁に、二重ガラスの窓がふたつつけられており、海と空の風景を縁どっていた。片方の端に組み立て式テーブルがひとつと、折りたたみ椅子が六脚あり、反対側の端に、電子レンジと箱型冷凍庫とやかんがあった。テーブルの上のトレーには、はちみつと〈マーマイト〔パンに塗るイーストエキス調味料〕〉といちごジャムの瓶が載っている。テーブルの上に本棚が取りつけられており、ミック・ヘロンやアンドレイ・キヴィノフその他の作家のかなりよれよれになったミステリーのペーパーバックと、マンガンとプロクターの共著『北海の鳥たち』の単行本が並んでいた。

「ノック・トムにようこそ」アントンが言った。「もともとは第二次世界大戦中の対航空機用の砲座だった。英国人が北海の輸送航路を守るために建てたものだ。だからもし退屈して泳ぎたい気分になったら」――遠いほうの窓の外を指さす――「あの方角に十マイルほど行けばエセックスの海岸がある。だが退屈はさせないと請け合うよ。やるべき作業と学ぶべき基礎知識が山ほどあるからね。

ではさっそく本題にはいろう。まずは、ノビーとジンジーに引き合わせよう。このふたりがきみたちのインストラクター兼きみたちを見張る番犬になる。だからふたりの言うことをよく聞いてそのとおりにしろ。ふたりとも、元E部隊の狙撃チームの班長だ。だからやるべきことはきちんと心得ている。ララとヴィラネルは単独で作戦行動ができるだけの経験を積んでいる。それはわかっているが、今回のプロジェクトはまたとない難題と言える。われわれのターゲットは――ひとりではない、複数だ――世界最高と言えるセキュリティに守られている。チームワークが必要不可欠だ」

「チャーリーだよ。ワタシの名前はチャーリーだ。あんたがチームワークって言うから言うけど」

沈黙が漂った。ノビーとジンジーがにやにやしながら目を見交わす。

アントンはスズメバチを飲みこんだような顔になった。「ああ、それじゃチャーリー。先に進もう。この作戦では二班編成を使い、各班に標定手（スポッター）と狙撃手（シューター）を備える。チャンスの瞬間はごく小さいうえ、気象状況は困難を極める。だからスポッターの役割が成否を分けるだろう。われわれのシューターはヴィラネルと、ええと、チャーリーだ。スポッターはイヴとこのぼくだ」

「こっちの英雄ふたりのどこがまずい？」オクサナはインストラクター二人をぐいと親指で指して訊いた。「このふたりがそれほどのすご腕の熟練者なら、どうしてあたしたちが必要なわけ？」

アントンが冷たく嫌悪のこもった目をオクサナに向けた。「ノビーとジンジーは現役から引退している。自分たちの英知を新たな世代に受け渡すことを望んでるんだ」

「つまり、それほど危険な仕事ってことだね」オクサナは言い、にやりとした。

「危険じゃないというふりはしない。たしかに非常に危険だ。だからこそ準備がすべてなんだ。目の前の作業に完全に集中できるのは一週間だ。ここにはWi-Fiがないから、外の世界とつながるすべはない。これからはすべてをわれわれの任務に捧げて暮らすのだ。訓練は厳しく、戦うときはリラックス、だ」

このとき、わたしの希望は潰えた。ティホミロフに連絡するすべはない。それにターゲット、というかターゲットたちが誰かを知る手がかりもいっさいないし、その方法をいくら考えたところでなんの意味もない。それどころか、アントンはこの暗殺計画の詳細についてぎりぎりになるまでわたしたちに教えるつもりがないのだ。彼も知らないのかもしれない。ロシアにある安全な施設ではなく、北海のただなかまではるばる飛んできたことを考えても、〈トゥエルヴ〉がこの作戦について何ひとつ漏れることのないように気を遣っていることがわかる。わたしたちはこの孤絶した、嵐の吹きつける小さなプラットフォームに閉じこめられるのだ。脱出できる可能性もなく、外の世界と接触するすべもなく。

「ふたつのチームはそれぞれ個別に訓練する」アントンは話をつづけた。「ヴィラネルとぼくはノビーと、チャーリーとイヴはジンジーと。どちらのチームもミッションの詳細についてほかのチームと話してはならない。きみたちは別々の居住区間に分かれる。三人はこのプラットフォームの北側の脚を、三人は南側の脚を使う。相部屋ではない」悪意ある目つきでわたしからオクサナに目を向ける。「これはお願いではない。命令だ」

アントンの異様に薄青い目やオオカミめいた酷薄な顎、唇の薄い不機嫌そうな口を見ているうちに、身震いを抑えられなくなった。彼は、女性への憎悪があまりに深く、存在の中心を占めるほどになっていて、ほとんど性格を決めてしまっているような男たちのひとりなのだ。彼は男といっしょにいるときにはどうふるまえばいいか、よくわかっている。リチャードといるときはちょっとおもねるような態度をとり、ノビーやジンジーといるときは、仲間ではあるが自分のほうが上位にいるという態度をとっている。わたしといるときはどうすればいいかも、彼はよくわかっていた。わたしのような臆病者は彼に大きなトラブルをもたらすことはほとんどなさそうだからだ。だが、チャーリーとオクサナのあつかい方については、見当がつかないようだ。このふたりは彼と同じく筋金入りで、そのことを彼に知られるのを恐れていないからだ。わたしはオクサナのほうを見たが、彼女は無表情で虚空を見つめていた。寝食を共にするグループ分けをどう思っているのか、知る由もなかった。

概要説明のあと、ノビーが用意した、温めたベイクドビーンズとランチョンミートの食事が出た。そのあいだずっと、オクサナは無言でもの思いにふけっており、わたしと目を合わせようとしなかった。それはそれで胸が痛んだが、もう驚きはしなかった。オクサナの気分の移り変わりにはもう慣れていた。いつ彼女におやすみを言えば、まっすぐわたしを見てくれるかわかっていた。そして彼女はそうした。

わたしの居住区画は北側の脚の内部にあるコンクリート壁の部屋で、プラットフォームから垂直梯子を下りて出入りする。なかには金属製の二段ベッドがあり、マットレスとシーツと毛布がついているが、どれもさわるとじっとり湿っていた。それから、耐寒用戦闘服がはいっているロッカー。

酷寒の中、服を脱ぐための気力を奮い起こしていると、スチールドアがバタンと開いた。チャーリーだった。

「それじゃ、ワタシらはチームだね」チャーリーは言った。

「そのようね」わたしはベッドに腰を下ろしてブーツをゆるめ、蹴るようにして脱いだ。「あんたの部屋はどう?」

「ここと同じ。でもワタシの部屋は南側の脚だよ、オクサナとノビーのあいだ。ちょっとブティルカにもどったみたいだ」

「ごめんね、あんたのスポッターはわたしになっちゃったね。いったい何をすればいいのか見当もつかない」

「あんた、数学は得意?」

「絶望的よ」

「スポッターってのはいろんな計算をしなくちゃならないんだよ。知ってるよね、射程距離とか、風向きとか、そういうものいろいろ。そしてあんたはワタシらの安全を守らなきゃならない。あんたは見張り人なんだ」

「ああ、そうね。で、あんたは？」

「ワタシはライフルのスコープを見るんだ。ワタシが見るのはそれだけ、そのちっちゃな円だけ。それから、撃つ。そのあとは迅速にその場を離れる。ターゲットは誰だと思う？」

「わからないわ、チャーリー。そんなこと、考えたくもない」

「何にせよ、あんたじゃないよ。着替えなよ」

「うん、そうする」

チャーリーは錆のすじが浮いた壁に寄りかかって、腕組みをした。「彼女がいなくて寂しくない？　オクサナのことだけどさ？　あんた、いつもずっと彼女といっしょにいたよね？」

「ううん。ええ、寂しいわ。すごくね。収容所ってどんなところだった？」

「ホンットにくそだったよ。孤独だった。セックスもヒドかった」

「うわ、やめてよ、チャーリー」

「わかってるって。でもさ、永遠にあそこにいるだろうって思ってたよ。だから出ていけるって言われたときは天にも昇る心地だった。つまりさ、〈トゥエルヴ〉は家父長制の組織だって言われてるけど、女性やノンバイナリージェンダーの人たちにも本当のチャンスをくれる組織だと思うんだ。人間として成長できて、自分の夢を追って生きるチャンスをくれるってね。ワタシの夢はずっと、銃で人を撃つ仕事につくことだったんだよ」

「危険な仕事だわ」

「ワタシは本当にそれがうまいんだよ。あんたはそんなことないと思ってるだろうけどさ、でも——」

「そんなこと言ってない」

「言う必要はないよ。いい？　ワタシはあんたを二回撃ち損じたけど、あの状況ってのがあまりに個人的すぎたのかもしれないよ？　ほら、オクサナがあんたを好いてることを知ってたからさ、そのせいで緊張しちゃったとかさ？　ワタシにだって感情はあるんだよ。『ブレードランナー』のレイチェルみたいなレプリカントじゃないんだから」

「わかってる、チャーリー」

「じゃあ説明してよ、どうしてあんたは女といっしょにいるんだ？　だってさ、あんたは結婚してたんだよね？　あのニコっていう男とさ？　オクサナはずっとそいつのことを、バカなポーランド野郎って呼んでたよ」

「ニコはバカじゃないわ。ニコはいい人だったわ、でもまあ、そうよ」

「で、その暮らしはよかった？」

「ええと、まあ。よかった」

「それなら、何があったのさ？　ある朝目が覚めて、こんな野郎くそくらえだ、わたしはプッシーがほしいんだって言ったってわけ？」

「ううん、そんなんじゃないわ」

「それじゃどんなだった、イヴ？　教えてよ」

「それは、思うに……ああ、むずかしい。オーケー、まず最初は、オクサナに——その当時はヴィラネルだったけど——心から魅了されたの。わたしはすごくストレスのたまる仕事で行き詰まってて、すごく虚しく思えてた。そんなときに突然、どんなルールにも従わない人物があらわれたのよ。いい暮らしをして、やりたいほうだいのことをやってうまく逃げおおせている人物が。最初のうちは怒りのようなものを覚えたわ、だって自分の暮らしはそんな……いいものじゃなかったから。こう思ったわ、この女、どうしてこんなことができるの？あきれて憤慨みたいなものを感じてた。でもそれから少しずつ、彼女の能力やずるがしこさや、彼女が楽しんでいるゲームそのものに舌を巻くようになったの。それはとても個人的な感情だった。とても親密な。彼女がヴェネツィアでわたしに買ったブレスレットのこと、覚えてる？」

「うん、覚えてる。そのことで超頭にきてけんかしたから」

「知ってる。でもあのときにはまだ、彼女と会ったこともなかったのよ」

「それがセックスするようになったんだ」

「本当にセックスなんかとは無縁だったのよ。あのときは」

「いつだってセックスに関係あるんだよ」

「あなたはどうして知りたいの？」

「だって、くそ妬ましいからだよ、イヴ。彼女を取りもどしたいから」

「チャーリー、現実を見て。わたしたちの誰にせよ、ここから無事に出ていけると思う？この先一生めでたしめでたしみたいな結末があると思ってるの？」

「あんたは？」

「思っちゃいないわよ。わたしたち、失敗したら死ぬのよ。もし成功したって、ターゲットが彼らの言ってるような高名な人たちだったら、わたしたちはやっぱり死ぬのよ。だって、わたしたちを野放しにして話を広められるなんて許すはずがないもの」

「でもさ、どうしてワタシらの誰かが何か言ったりする？　ワタシは言わないし、あんたも言わない。オクサナはもちろん絶対話さない。ワタシらはただ、〈トゥエルヴ〉のために働きつづけるだけだ」

「チャーリー、もしわたしたちの誰かが関わってるって、ほんのささやき程度でもFSBの耳にはいったら、ベイリーズのアイリッシュ・クリームって言うよりも早くレフォルトヴォ〔KGB管轄の刑務所〕の尋問室に入れられちゃうわよ。そうなったら話すことになるわよ、絶対。誰だって話しちゃう」

「ワタシはベイリーズが大好きだよ、あんなにおいしい飲み物はほかにないよ。それに悪いけど、ワタシはオクサナを取りもどしたい。つまりさ、あんたと彼女の共通点って何がある？　なあんにもなし。それに今日の夕食のときだってさ。彼女はあんたに声もかけなかった。彼女はあんたじゃ物足りないんだよ、イヴ」

「もう寝にいきなさいよ、チャーリー。わたしは疲れてるの。また明日会いましょう」

朝早くに目覚め、わたしは梯子を下りて洗面室——アントンは〝船のトイレ(ヘッド)〟と呼べと言い張っている——にはいった。ごく狭いが一人用で、発電機で温められた真水のシャワーがある。ひとりに許されている六十数秒の熱いお湯を、わたしは懸命にありがたいと思おうとした。これから先、一日のほとんどをくそ寒いと思いながらすごすことになるような気がしたからだ。

朝食は紅茶とベーコンサンドウィッチで、チャーリーとジンジーと三人でとった。ジンジーはずんぐりして頭がはげかかっているウェールズ人で、一瞬だけちらりと笑みを見せる。

「すばらしい日和だな」うなりをあげてプラットフォームに吹きつける風を見て、彼はにんまりした。彼はわたしたちをプラットフォーム・デッキの片端に連れていった。そこには、石油のドラム缶と防水シートで即席につくった隠れ場がふたつ、十メートルほど離して立てられていた。防水シートの下には薄いマットレスが敷かれ、マットレスの上にはスコープが取りつけられた狙撃銃と、金属製の弾薬箱と防水リュックサックが置いてあった。わたしたちの前に見えるプラットフォームの縁までは二メートルもない。はるか下に、プラットフォームのコンクリートの脚に襲いかかる、荒れて逆巻く海が見えた。

「今のところはくつろいでいてくれ。おまえは銃のところだ、チャーリー・ガール。イヴ、おまえはうしろの右側だ。おれは左側につく。なかなか落ち着くだろう?」

ガールと呼ばれてチャーリーがさっとこわばり、それから意識して緊張を解いたのが見てとれた。わたしたちはマットレスの持ち場についた。ジンジーとチャーリーの間近にいるのは奇妙な感じだったが、風をよけられてひと安心だった。だがやはり寒さがひどく、背中がとんでもなく痛くなっていた。わたしは抜糸するまで生きていられるだろうか。

ジンジーがちらりと笑みをチャーリーに向けた。「狙撃手としちゃ、ちょっとした前歴の持ち主のようだな」

「まあね」チャーリーは用心深く返事をした。

「それならおれが言うべきことのほとんどはもう知っていると思うが、それでもしっかり聞いてくれ。この仕事は特に慎重を要するものだ。おれは狙撃場所もターゲットが誰かも知らされていない。だが、チャンスの瞬間はとても短い――おそらく数秒というところだ――そしてターゲットが移動していること、射程距離は七百メートル以上だということを知っている。だから、チャーリー、おまえはきわめて迅速かつ正確に行動すると同時に、非常に冷静な状態を保たなくてはならん。イヴ、おまえの仕事は、彼女が確実にそれをできるようにすることだ。

で、まずは武器だ。そいつは英国製のAX狙撃銃に暗視スコープをつけたものだ。軽量で発砲はなめらか、照準は非常に正確。つまり、非常に優秀な製品ということだ」

それから、ジンジーは弾薬箱を開けた。つややかに輝く真鍮製の薬莢が何列にもずらりと並んでいる。「三三八ラプア・マグナム弾だ。強力な弾薬だ。ターゲットに一発ぶちこめば、そいつはめちゃめちゃになる。それでだ、チャーリー、おまえは五百メートル超の距離の的を狙うとき、いつも何を考慮する？」

チャーリーが顔をしかめる。「射程距離、風速および風向、空気抵抗、スピンドリフト、コリオリ……」

ジンジーはわたしに邪悪な笑みを向けた。「これを聞いて意味がわかるかな、イヴ？」

「よくわかりません」

「心配はいらない、わかるようになるから。まずは射程距離からだ。発射体が飛ぶ距離が長ければ長いほど、重力によって空中での高さが低くなる、わかるか？」

「はい」

「風もひとつの要素だ。強い横風があれば弾丸が横にそれるし、向かい風があれば空気抵抗が増す。風が冷たければ、高温の風より密度が高いから、やはり空気抵抗が増す」

「わかります」

「ライフルの銃口から飛び出す弾丸は非常に高速の回転をしている。この回転（スピン）が回転方向にごくわずかな偏差（ドリフト）を生み出す。ごくわずかなものだが、長距離となるとそれを補正する必要がある」

「ええと、ええ、わかるわ。基本的なことはわかったと思う。で、もうひとつは？」

「コリオリの効果について話してもらえるか、チャーリー？」

「いいよ。ワタシがイヴを撃つとするよ、いいね？」

「また？」

チャーリーは笑みを浮かべた。

「射程距離一キロメートルであんたを撃つとしたら、弾丸はあんたに当たるまでに三秒か四秒、空中を飛ぶことになる。いいね？」

「たぶん」

「で、弾丸が空中を飛んでるあいだも地球は自転してる。そしてあんたは地球の上にいる。だから、たとえあんたが動いてなくても、あんたは動いてる。わかるよね？」

「うう……まあ。わかるわ」

「それならよし」ジンジーがちらりとわたしに笑みを向けた。アントンと組んで特殊部隊で働いていたとき、この狙撃手はこれとまったく同じ陽気な笑みを顔に浮かべて人間のターゲットを殺していたのだろう。「昔、現役だったころは、こういう可変要素をすべて計算して、それに応じて照準を調整しなきゃならなかった。時間があればいいが、そうでないときはなかなか大変だった。今日びは、そういう計算をすべて自動的にやってくれるレーザーシステムがある。こっちはただスコープをのぞいてりゃ、正確に狙いがつくってもんだ」

「それなら、わたしは何のために必要なの？」わたしは訊いた。

「その話はまたおいおいする。まずは、ライフルを組み立ててみよう。チャーリー・ガール、やってみてくれるか？」

「チャーリーだよ。チャーリー・ガールじゃない」

「そうなのか？」笑みは揺らがない。「なら、チャーリーだな」

チャーリーを特に器用な人間と思ったことはなかったが、落ち着きはらってライフルを脚架に載せ、頬当てを顔にあてて調節し、スコープと遊底（ボルト）の作動を確認するのを見ると、とてもとても秀でている人物なのだと、即座にわかった。見る見るうちに、狙撃銃はチャーリーの身体の延長のようになっていた。

「イヴ、おまえにもいいものがあるぞ」ジンジーは防水リュックサックを開け、先端を切った望遠鏡のような物体を取り出した。「こいつはリューポルド・スポッティングスコープ。ターゲットから目を離さずにいるための望遠鏡だ。ライフルの光学式照準眼鏡よりもはるかに強力な拡大力がある。だから実際に間近で見るように、狙撃手の銃弾がどこに当たったか目視することができる」

「クールね」

「では、次に何をやるかを教えよう。海の上、一時の方角を見てくれ、赤いブイが見えるだろう。とても小さく、ほぼぎりぎり見える範囲だ。わかるか？」

湿った潮風で曇っている眼鏡ごしに目を細くして見つめ、ようやく小さな赤い点が見えた。

「ブイが見えたら」ジンジーが指示する。「スコープで見てみろ」

彼の言ったとおり、リューポルドの性能は驚くほどのすごさだった。ブイは手をのばせばさわれそうなほどすぐ近くに見えた。波間でゆらゆらと左右に揺れている。

「よし。そのブイはここの発射地点からおおよそ五百メートルの場所にある。それが、今日おれたちが見る射程距離だ。おれの理解しているところでは、当日おまえたちがねらう距離は、七百メートルを超える。おまえたちのターゲットは動いているし、気候条件も困難だろう。それじゃ、やってみるか？」

チャーリーとわたしが声に出して手順をおさらいしているあいだに、ジンジーがターゲットを設置した。リュックサックに、パーティー用の黄色い風船の箱がひとつと、撚りひもの玉、はさみ、小さなおもりがはいった袋、空気の缶がはいっていた。ジンジーは黄色い風船をふくらませ、撚りひもで縛って、長くのばしたひもの先におもりをつけ、プラットフォームの縁から放り投げた。一分ほどすると、風船が風に吹かれてブイのほうに漂っていくのが視界にはいった。その一方で、ジンジーは次の風船を用意していた。

最初の風船が百メートルほど漂ったところで、わたしはスポッタースコープでそれを捉えた。波は五十センチほどでそれほど高くはなかったが、海面が上下するせいで風船をねらうのはじゅうぶんに困難だった。しかもときどき、まったく見えなくなる。わたしの横で、チャーリーは自分の内に引きこもっているように見えていたが、それから異常なほど静かに動かなくなった。頰当てに頰をつけ、アイピースに目をあてがい、引き金に指をかける。

「距離四・八」わたしは告げる。「四・九。撃て」

ピシッという鋭い音が瞬時に風を切り裂いた。風船は変わらず波間で揺れている。

「どこに着弾した？」ジンジーが訊く。

「見えませんでした」わたしは白状した。「しぶきもあがらなかったし」

「しぶきを探すな、弾丸の飛跡を見るんだ。スコープを通して弾道を追えるはずだ」

チャーリーはもう一度撃ち、今度はわたしもちゃんと弾丸を追った。透き通るようなか細い線が横風を切って飛んでいく。

「右に一クリック」わたしはチャーリーに言った。

三発目の銃声がして、風船が消えた。スコープから目を上げると、左に数メートルのところでピンク色の風船が上下しているのが見えた。かすかな音がして、その風船は消えた。

「あっちも強敵のようだな」ジンジーがぼそっと言った。「もうひとりのお嬢ちゃんは本物の射撃の名手だとアントンは思ってる。あいつが組んだなかでいちばんうまいみたいだ」

「まあ見ててごらんよ」チャーリーがぶすっとして言い、ジンジーはわたしにウインクしてみせた。

何時間かがすぎ、わたしたちはよどみなく手順をこなせるようになった。チャーリーは禅の状態を保ち、呼吸がゆっくりになり、頰が頰当てに溶接されたようになり、顔から表情が消える。あるのはただ風と、防水シートのすりきれた端がはためく音と、遊底が引かれる静かな音だけ。「撃て」とわたしが言い、銃弾が飛ぶヒュッという鞭のような音を待つ。今やっているのが何の準備なのかは、考えないようにしていた。三三八の銃弾は強力な発射体で、五百メートルの距離で上体に当たると射出口はウサギ穴ほどの大きさになる。風船を割るのと同じではないのだ。

わたしたちは風船を割りつづけた。オクサナとアントンも同じことをしていた。ジンジーはわたしたちの命中数と向こうの命中数を数えはじめた。黄色対ピンク。だが、そうすることに意味はなかった。正午になると、わたしたちは食堂に行き、紅茶と電子レンジで温めたシェパードパイをプラスチックのスプーンで食べた。昼食時、オクサナはわたしに話しかけてもこず、わたしのほうを見ようともしなかった。彼女はアントンのとなりの椅子に腰を下ろして背を丸め、不機嫌そうに黙りこくって、すばやく食べていた。ノビーとジンジーはわたしに背を向けていっしょにすわり、聞こえる程度の小声で成績比べをしていた。「そっちのほうが生まれながらの射撃の名手なのかもな」ジンジーがひそひそと言う。「だが長い目で見るなら、おれはこっちのを推すぜ。彼女は――」

「彼女を〝彼女〟って呼んじゃいけないんだぞ」

「おおっとお、おれはやってないぞ、なあ？　だがおまえは今やった」

「何をだ？」

「彼女を〝彼女〟と呼んだ」

「誰を彼女と呼んだって？」

「彼女だよ。おれのほう」

「あっちが気にするとは思わんな、そうだろ？　だいたいがロシア人なんだし」

「〝あっち〟ってのは両方のことか、それとも片方か？」

「知るかよ。そういうポリコレ用語を聞くといらいらしてくるんだ」

「おまえの頭のかたさは恐竜なみだな、おい。そこがおまえの問題点だ。もっと目を啓けよ、おれみたいに」

わたしはぬるい紅茶を口に運んだ。もはや自分が何をしているのかも、なぜそうしているのかもわからなかった。〈トゥエルヴ〉の政治的暗殺に加担するための訓練を受けているのだろうか、それともティホミロフとＦＳＢのために潜入スパイをしているのだろうか？　わたしのコンパスの針はぐるぐると迷走していた。わたしが本当に忠誠を捧げる相手は、オクサナだけだ。わたしは彼女の味方として殺人の演習をしているが、目下、彼女はわたしに目を向けようともしていない。

だが、それがオクサナなのだ。彼女を愛するのは、死ぬことと同じようなものだ。わたしはくりぬかれたようなうつろな気分になった。まるで、ハチに食い荒らされたリンゴのように、自分自身の核を食い荒らされたような気分に。これこそオクサナがずっと望んでいたことなのだろうか？　わたしをひとり占めして毒漬けにすることが？　わたしを完全に、どうしようもなく自分のものにしておいてから、勝手に接触を断つことが？

ジンジーとチャーリーといっしょに発射地点にもどり、暗くなるまで訓練を続けた。光が薄れるにつれ風が激しくなり、この場所の孤絶感がわたしの魂に――というか、まだ残っているその残滓に――染み入ってきた。一方チャーリーは落ち着きはらっていて、忍耐強く、わたしが撃てと言うたびに風船に弾丸を送りこんでいた。撃てと言うタイミングのつかみかたや、チャーリーと呼吸を合わせて、波間の風船が上がってきたときにチャーリーが息を吐き、波の頂点で風船が一ミリ秒ほど静止したときに撃てるようにする感覚がだんだんわかってきた。いろいろとちがいはあるが、わたしたちはいいコンビだ。

その夜、ノビーとジンジーは食事の用意——料理とは呼びがたいしろものだ——をめぐって冗談口をたたきあい、オクサナとわたしはわざとらしく無視しあっていたが、アントンが今日はクリスマス当日だと教えてくれた。そしてブランデーの小瓶と紙コップ六個をロッカーから出して、それぞれにたっぷり注ぎ、みなに配った。

わたしたちはとまどったように顔を見合わせた。オクサナはブランデーを一気に飲み干し、カップを突き出しておかわりを要求した。アントンはためらいがちに二杯目を注いだ。オクサナはそれも一気にあおり、ふたたびむっつりと黙りこんだ。

チャーリーはちびちび飲みながら、肩をすくめた。

「あんまり好きじゃないの?」わたしは訊いた。

「ホットチョコレートで割ったのが好きなんだ、一対一でさ。エマとシーリアがそうやって飲んでたんだよ。そのままだときつすぎる」

「あんたって狙撃がすごくうまいね」

「知ってる」チャーリーはじっとわたしを見た。「でもあんたの標定(スポッティング)はすごく助かってるよ。今のところは見渡すかぎり海だけだけどさ、本物の発射地点に着いたら、あんたの仕事がどんなに重要なものかわかると思う。あんたはワタシといっしょに働くのが気に入ってる?」

そう訊かれて、わたしは驚いた。暗殺の達人にしては、ときどき子どもっぽく見えることがある。答えようとしたときに、オクサナが踊りはじめた。この狭いスペースで両腕を振り腰を揺らしながらわたしたちのあいだをまわるオクサナを、全員がびっくりして見守った。

「踊りなよ、みんな」オクサナが大声で誘う。「今日はクリスマスなんだよ」

誰も動かなかった。みな、あんぐりと口を開けて、オクサナがコンテナのスチール扉を開けて外で全身をゆすって踊るのを見つめていた。一瞬後、わたしは彼女を追って、照明の消えたプラットフォーム・デッキに出ていった。彼女はそこでまだ両腕を振りながら踊っていた。戦闘服が潮風で身体にぺたりと張りついている。縁に近づきすぎるのではないかと恐れ、わたしは彼女をつかんだ。彼女はわたしの両腕のなかで激しく身をよじった。


「オクサナ、やめて。お願い」

オクサナは何か言いはじめたが、うなりをあげて吹きつける強風のために、聞きとるには彼女の口に耳をつけなければならなかった。「アントンが言ったことを聞いた？ 今日はクリスマスだよ」

「ええ、聞いたよ」

「じゃ、あたしといっしょに踊らない？」

「ここじゃダメよ」わたしは扉のほうに彼女を引きもどそうとした。「なかにはいって」

「どうしていっしょに踊らないのさ？」オクサナは責めるようにわたしをにらむ。「あんたってホンットにくそ……た・い・く・つだね」最後の言葉をわたしに向かってどなるように言ったが、風がそれを吹き飛ばした。

目をうるませ、髪がスパイクの冠のように顔のまわりに突き立っている彼女を残し、わたしはコンテナ内にもどった。電子レンジがチンと鳴り、食事の用意ができたと告げた。レトルトパックから出てきたのは、カレーのようなどろりとしたものだった。自分の分を取ったが、腹が立つあまりにほとんど味がわからなかった。

オクサナがなかにもどってきたが、みなの存在を無視して不釣り合いにたくさんの量を自分の皿に取り、がつがつと口に運びはじめた。プラスチックのスプーンはほぼすぐに折れてしまい、それを床に投げ捨てて、両手を使いはじめた。

一瞬沈黙が漂い、それからノビーがブレントウッド・ハイ・ストリートのクラブで出会った女性のエピソードをしゃべりはじめ、チャーリーがわたしに、自分にはきっとハリウッドの映画俳優という未来が待っているという話をはじめて、「どう思う？」とわたしに訊いた。わたしは気を取り直し、もっと奇妙なことだって起きてるからね、と言った。

実際、チャーリーはいいスーパーヒーローになりそうだ。幅が広く彫りの深い顔だち、筋骨たくましい腕と彫像のように均整のとれたボディ。観客たちだって、殺人の罪や服役歴、奇妙な英語のなまりを大目に見てくれるかもしれない。問題は演技力だろう。繊細さはチャーリーの得意とするところではない。あからさまに口を開けて欲望丸出しでオクサナを——紙皿についた最後のカレーソースをなめとっているオクサナを——見つめているところを見ると。

「チャーリー」わたしは言った。「そうはいかないと思う」

チャーリーの視線は揺るぎもしなかった。「あんたは彼女のことを本当は全然わかっちゃいないよね？」

翌朝、夜明けに目が覚めたときには、怒りはすっかり消えていた。わたしはデッキに上がっていった。周囲の海は揺れ動いて青黒い波頭のうねができ、泡が点々と散っていた。空はやわらかな灰色で、風は穏やかだ。プラットフォームの西側の端で、ノビーとジンジーが手を丸めて風をよけながら煙草を吸っていた。

わたしは少しずつ、この荒涼とした駐屯地を気に入ってきていた。物理的な境界線は厳然とした明白なものだ。ここにいるあいだは、わたしたちは生きている。万一あちら側についたとしたら、わたしとオクサナが共に迎える未来はあるのだろうか？

サイコパスとの関係はたいていの場合、サイコパスが最新の獲物が屈服したことを知って興味を失ったときに終わる。でも、わたしたちの場合はそうではない。最初はオクサナが捕食者でわたしが獲物だという設定で遊んでいたが、それはゲームにすぎない。わたしたちのどちらも、それがわかっていた。まさしく最初から、ヴィラネルとしてわたしの目をはじめてのぞきこんだときから、オクサナは知っていたのだ――わたしはそれを理解するのに時間がかかったのだが、わたしたちは基本的に同じであること、そしてその結果、わたしたちのどちらも、相手を完全に自分のものにすることも、支配することもできないのだと。

そのせいで、彼女はわたしの注意を惹くと同時に拒絶するという不愉快な態度をとっているのだと思う。わたしが愛していることを彼女は知っているが、通常のサイコパスの愛の物語が――わたしが除去されて彼女が残酷な勝利にひたるという結末が――やってこないということも知っている。そのかわりに、わたしたちはとりあえずの均衡状態に向かいつつあるようだ。オクサナの内部にはわたしがついていけない場所がある。彼女が常にひとりきりでいた場所、これからもずっとそうである場所が。その事実と共に生きていけると、わたしは自分に言い聞かせている。わたしはただ、辛抱していればいいのだと。彼女がもどってくるのを、両腕を広げて待っていればいいのだと。

このはかない楽観を抱いていられたのは、食堂にはいっていき、チャーリーとオクサナが横にならんですわっているのを見るまでだった。ふたりはまるひと晩いっしょにすごした者特有の、満ち足りて眠たげな目をしたすましぶりだった。チャーリーの手はいかにも無造作にオクサナの太腿の上で指を広げており、オクサナの頭はチャーリーを独占するかのようにそちらに傾いていた。

何もかもがいかにもあからさまで厚顔無恥に見え、しばらくのあいだ、わたしはその場に立ちつくした。チャーリーの指に目がいった。ぷっくりとふくらんだピンク色のへらのような指。ニコがよく買っていた、職人がつくった豚の小型ソーセージ(チポラータ)のような。ニコは今もまだ、ウェスト・ハムステッドのファーマーズマーケットで買っているだろうか。

「お茶は、ベイビー(ディエッカ)?」チャーリーが濡れたスレート色の目でわたしを見据えながら、オクサナに訊いた。わたしははらわたがかきまわされるような心地になり、わきに下ろした両手のこぶしを意味もなく握りしめた。ものすごく、チャーリーをぶってやりたかった。いや、訂正させてほしい。大きなチポラータみたいな指を見て、それがどこに置かれていたかを考えると、チャーリーを殺してやりたかった。ふたりともを殺してやりたかった。

　オクサナが首を振った。彼女は例の満ち足りて退屈しているような、それがどうしたという顔をして、まばたきもせずわたしが近づいていくのを見ていた。「イヴ」オクサナは言った。「おはよ」

「くそったれ」わたしは努めて平静な声を出そうとした。「あんたたちふたりとも、くそだ」

「寒くて凍えてるんじゃない？」チャーリーが言い、わたしは何も考えずに手近にあったかたいものに手をのばした。それはたまたま開けてないベイクドビーンズの缶詰だったが、わたしはそれをチャーリーに投げつけた。缶詰はチャーリーの眉間に当たり、チャーリーは椅子ごと横ざまに倒れて床に落ち、そのまま動かなかった。

　オクサナはグレーの目を大きく見開き、無言でわたしを見つめた。「わたしたち、終わったわ」わたしはオクサナに言い、へこんだ缶詰を拾いあげてプルリングに指をかけ、中身をソースパンに空けた。「わたしに話しかけないで。あんたたちふたりがくそまみれのブタみたいにふたりで幸せになることを願ってるわ」

　アントンがはいってきて、床にくずおれているチャーリーを目にし、そのままかたまった。「いったいどうした？」信じられないというように訊く。「けんかか？」

　わたしはソースパンを〈カロール〉のカセットコンロに載せ、火をつけた。「わたしたち女が感情的になるってことは知ってるでしょ」

　床に倒れているチャーリーがうめきながら身を起こした。ひたいの中央にクルミ大のこぶと見苦しい切り傷ができ、片方の眉に細い血のすじが流れ落ちていた。

アントンはいらだたしげにチャーリーを見やった。「で、彼女に何をしたんだ？」

「頭に当たったのよ。チャーリーは大丈夫よ」

「バカなことはするな。おまえは彼女のスポッターなんだ。救急箱を見つけて傷の手当をしてやれ」

「あんたが見つけなさいよ。わたしは朝食を食べたいのよ。それにはっきり言って、わたしはチャーリーが生きようが死のうがどうだっていいわ」

アントンは鼻で笑った。「突然ここは茶番劇だらけになったのか？　いったいどうしてこうなった？　ガールフレンドが新しい草地で草を食むようになったってか？」

わたしはアントンを無視した。オクサナがチャーリーの椅子を起こし、チャーリーを助けて立ち上がらせ、こぶを調べていたが、わたしはそれも無視した。ベイクドビーンズが温まると、わたしは熱いソースパンとスプーンを持って外のデッキに出た。そこで、ノビーとジンジーに出くわした。

「絶好の日和だぜ」ジンジーは毎朝言うことを口にした。

「そうね」わたしは言った。これまで、ベイクドビーンズをまるまるひと缶食べたことなんてなかった。

発射地点でチャーリーと会ったとき、チャーリーは頭に包帯を巻いており、警戒の目でわたしを見た。ジンジーは明らかにわたしたちがけんかしたことを知っていたが、それについては何も言わなかった。わたしが感情の失せた声で射程距離と弾道をコールしているあいだ、チャーリーは狙撃銃に弾薬を次々とこめた。視界は良好で海は穏やか、横風はほとんどなかった。チャーリーのけがは深刻ではなかったようだ。ほどなく、一キロメートル近い距離にある風船を次々と撃ちはじめたからだ。

「もっと風があればよかったのに」チャーリーがジンジーに小声で言う。

「簡単すぎるってか?」

「ちがう、イヴがいっぱい屁をこいてる」

「ああ」ジンジーは向きを変え、にやついた顔をわたしに向けた。「昔やたら屁をこく犬を飼ってたよ。なかなかいい犬だったぞ」

どうにかこうにか、昼の時間がすぎていった。わたしは怒りに固執し、内面は冷静さを保っていたが、チャーリーには必要なこと以外はひとことも言わなかった。チャーリーの包帯とその下の青黒い腫れを見ると、多少心の慰めとなった。反射的に投げたにしては会心の一撃だったね、とひとりごちた。チャーリーがすぐさま報復しようと考えてはいないという自信があった。

チャーリーはそんなことをする必要はないのだ。完全に勝利しているのだから。どうしてわたしは、オクサナがこんなに許しがたいひどいふるまいをすることに心構えができていなかったのだろう? 振り返ってみれば、そういうことはいかにもありそうだったのに。彼女がわたしの感情を残酷に傷つけて試さずにはいられないことは知っている。遅かれ早かれ、オクサナがわたしの感情を試して破滅させる日が来るかもしれないことも。

オクサナなんて知るか。マジで。ひとりきりでいるほうがずっといい。

その日の終わりには強い風が出てきて、ぱらぱらした雪が東から吹きつけられてきた。戦闘服を着てプラットフォームの端に立ち、ひりひりするような寒さに顔をさらしながら、わたしは罪悪感と悲しみに苛まれていた。わたしは相当長いあいだ、じっと海を見ていた。光が薄れるにつれ、この広大で冷たい光景に潜む何か——何か悲しい、鋼のような感じ——に支配され、怒りが決意になった。わたしの内側はオクサナに貪(むさぼ)られ、うつろながらんどうになっているかもしれない、そしてわたしはひとりぼっちでもう取り返しがつかなくなっているかもしれない。でも、絶対に壊れはしない。

みんなぶっ壊れろ。

わたしは絶対に壊れはしない。

9

その次の日は急速にすぎさった。話しかけられたときだけ口をきき、オクサナのことは完全に無視して、チャーリーとのやり取りは撃てというコールだけにしていた。

この北海のプラットフォームですごすのはあとふた晩だけ、それからロシアにもどる。少なくとも、わたしはそう考えている。わたしのパスポートにはほかの国のビザはないからだ。その日はずっと、ティホミロフとどうにかして連絡をとる方法はないかと考えていた。それをするチャンスは唯一、ロシアに着陸して出入国管理のブースを通るときだ。それ以前にするのは不可能だろう。わたしたちは全員、アントンに見張られているからだ。そしてそれ以後はほぼ確実に不可能だろう。

いろいろとシナリオを考えてみた。何かで気をそらし、その隙に税関か保安当局に駆けこむとか。もしくは、到着ロビーの床で胃腸炎のふりをしてのたうちまわり、救急搬送されるとか。とても成功するとは思えない。妙なふるまいやとっぴな行動の気配はないかとアントンは目を光らせているだろう。わたしたちの行動範囲を非常に狭めるだろうし、ロシアの空港職員のような人々への対応には疑う余地なく慣れきっているだろう。

どこかでスマホを盗めるだろうか？　パスポートチェックの列なら、ほかの旅行客の尻ポケットやバッグからスマホをすり取ることができるかもしれない。あとはただ、ティホミロフの番号に電話をかけるだけだ。彼はわたしからだと知ってわたしの居場所を検知し、スマホを追跡できる。だが、アントンに見つかった場合の処罰は厳しいだろう。厳重に見張られていることを考えると、見つからないわけがない。

ほぼ十五分かけて夕食をとっていたとき、わたしは目の前で起きていることに気づいた。アントンがテーブルの上座からわたしたちを監視しながら、小さなリングノートに書きこんでいたのだ。

アントンが字を書いている。鉛筆で。

書き終えると、ノートをズボンのポケットに収め、鉛筆をテーブルに放りだした――プラスチックのスプーンが詰まっている箱とティーバッグがはいっているガラス容器のあいだに。顔を上げた彼の目が、わたしの目と合った。わたしたちはあたりさわりのないこわばった笑みを交わした。どちらも、相手に対して自分を制するつもりはあまりなかった。彼は少なくとも二回わたしを殺そうとしたし、わたしは彼にむかついていることを隠してはいない。親しい関係を築くのに理想的な土台とはとても言えない。

わたしは鉛筆をちらりと見た。スプーンがはいっているボール紙の箱に隠れてほとんど見えない。そこから目を離したとき、わたしの頭にひとつの計画が完全な形で浮かびあがった。それは危険な、あまりに危険な計画で、細かいところまで考える気にもなれないほどだったが、この手しかない。そして奇妙なことに、そのおかげで心に平穏のようなものが訪れた。

戦闘服とソックス姿でベッドからそっと出ると、蝶番のきしむ音が出ないように少しずつドアを開けた。ドアの外は真っ暗だったが、家具の配置は頭にはいっている。それから、プラットフォームの円筒形の脚のなかにある小さな踊り場に出た。反対側の壁にボルトで留められている梯子を上ればデッキに出るし、下に降りれば海面に届く。わたしの下にはジンジーの部屋があり、上はアントンの部屋だ。デッキに出るには、アントンの部屋のドアの前を音をたてずに通らなければならない。

深呼吸をひとつして、梯子を上りはじめる。冷たい鋼鉄の梯子段はソックスの足で踏むとすべりやすく、胸のなかで心臓が恐ろしいほど激しく打っていたが、それでも上りつづけた。アントンの部屋からは何の物音もしない。なおも上に進むと、プラットフォームに電力を供給している発電機のかすかなうなりが聞こえた。発電機は食堂の横にある小屋におさまっている。

プラットフォームのデッキに出るハッチから身体を引き上げるようにして出ると、強風級の風で髪が目に打ちつけられた。頭上の空はむらのある青黒い色をしており、周囲の海は灰色に逆巻いて、プラットフォームの四隅にある警告灯のかすかな光を映している。わたしはその場にしゃがみこんだ。もはや発電機のうなりは聞こえない。風の哮りと波がぶつかる音だけだ。身をかがめたまま食堂まで走っていき、扉を閉めた。なかは静かではあったが、寒さは外と変わらなかった。二歩でテーブルの天板にふれ、スプーンの箱のまわりを手探りして鉛筆を探した。

すぐに鉛筆は見つかり、六角形の棒を指のあいだに感じたとき、扉が大きく開き、トーチがわたしの顔を照らした。ショックのあまり息が止まった。わたしはあんぐりと口を開けて光を見つめていた。

「このペテン女め」アントンが言った。「思ったとおりだ」

トーチの向こうにある顔はまぶしくて見えなかったが、せせら笑っているのだろう。逃れようがなかった。アントンはわたしと扉のあいだに立っている。

「メッセージを外に送ろうとしていたんだろう？　ぼくが鉛筆でメモを書いているのを見て、やってやろうと考えたんだろう。わかってるか、このくそレズビアン野郎、いかにもおまえが考えそうなことだ。おまえが探しにくることがわかってて、そこに鉛筆を残しておいたんだよ。まったく、女ってのはホントにくそだな」

激しい怒りの波がわたしの全身を貫いた。意識が奇妙に集中し、頭がくらくらした。

「サンクトペテルブルクで殺しておけば、みんなの時間の節約にもなったがな。おまえとおまえのサイコなガールフレンドのことだ。だがまあ、遅くなってもやらないよりはましだ」

アントンは空いているほうの手をさっとのばして、わたしの腕をつかみ、開け放している扉のほうに向けてねじりあげた。わたしは抵抗して、ぐいとうしろに強く引いた。そうしたときに、自分の身体が乗っ取られているような奇妙な感覚を覚えた。ほかの誰か——力があり、無情で、有能な誰かに。そう、オクサナのような誰かに。

わたしはうめき声が出るほどの渾身の力でアントンから離れようとうしろに身を引きつづけ、それから不意に前に飛び出た。アントンはバランスを崩してうしろ向きに勢いよく倒れ、スチールの扉の枠に頭をぶつけた。目をまわして倒れ、トーチの光に照らされて目をしばたたいているアントンの左の鼻孔に、ありったけの力をこめて鉛筆を突き刺した。

アントンは目を大きく見開いて指をこわばらせていた。震えるような音が喉から漏れた。彼は頭をもたげようとしたが、わたしは鉛筆の尻をしっかりと握ったまま下に押し、彼の鼻の奥に押しこんでいった。鉛筆は十センチほどで止まった。体重をかけてさらに押す。するともう二センチほどすべりこんだ。アントンの手からトーチを取り、彼の顔を照らしてみた。眼球が裏返って白目をむき、唇が震えている。空いているほうの鼻孔から血がミミズのように口に這いこんでいる。

「女はくそだって言ったよね?」わたしはつぶやいた。「あんたみたいな男こそくそよ」とがった芯先はほぼ確実にアントンの脳を貫いていたが、まだ致命傷ではない。何かかたくて重たいものが必要だった。「そこで待ってて」彼に命令し、トーチで食堂を照らした。本棚にしっかりとかたい表紙の単行本があった。その本に手をのばしたとき、アントンが目をぎらぎらさせて立ち上がりかけた。わたしは両手で本をつかんで取り出し、ねらいをつけて鉛筆をさらに打ちこんだ。アントンは床に倒れた。両脚が弱々しくひくついていた。

「イヴ、スウィーティー」

わたしは悲鳴をあげて本を落とし、胸に手をあてた。「オクサナ」

「何をしてるの？」

「まったくもう、何をやってるように見える？　アントンの脳みそに『北海の鳥たち』で鉛筆を打ちこんでるのよ」

「それはいいの？」

「そうよ。〈オブザーバー〉紙によればね」

「あんたがアントンを殺してることを言ってるんだけど。アントンにいらついた？」

「鉛筆を盗んでるところを見つかったの」

「話が見えない」

「その話はあとよ。最後に一発打ちこむから両足を押さえてて」

ようやくアントンの震えが止まったとき、わたしは疲れ果ててコンテナの壁にもたれてすわりこんだ。

「死んだかな？」オクサナが指先で鉛筆の尻をはじいて言った。

「まあ、じゅうぶんでしょ」

オクサナはわたしと向かいあってしゃがみこみ、トーチに手をのばしてスイッチを切った。

「夜目がきくからね」オクサナは説明した。

わたしには何も見えなかったが、両足の先にふれているアントンの生温かい死体が感じられた。

オクサナは長々と鼻をすすりあげた。「あんたもやるときはやるんだね、パプシック?」

「どうしてここに来たのよ」

「あんたを探してたんだよ。部屋に行ったけどいなかったからさ」

「どうして?」

「あんたが恋しかった」

「ふん。チャーリーのベッドにもぐりこみなよ」

「それじゃ、どうしてチャーリーと寝たのよ?」

「あのさ、厳密に言えば寝てないよ。あたしらは――」

「あんたたちが何をやったかなんて知りたくない。わたしはただ、どうしてあんたがそんなことをしたのか知りたいのよ」

「知らないよ。あたしはただ……」オクサナはもう一度鼻をすすった。「本当のことを言っていい?」

「本当のことを言って」

「あんたに腹を立ててたからだよ」

「どうして?」

「愛してるから」

「何よ、オクサナ。やめてよ」

「本当に。本当に愛してるんだ」

「それなら助けてよ。この死体を片づけなきゃならないでしょ？　プラットフォームの縁を越えさせなきゃ」

「いいよ、パプシック。片方ずつ足を持つ？」

「その言い方はやめて。あんたを許したわけじゃないんだから」

「単にセックスしたってだけだよ」

「ほかの人たちとセックスするのは大丈夫じゃないのよ、オクサナ」

「ごめん……」オクサナはアントンを見やった。「ねえ、そんなふうに見ないでくれる、ピノッキオ」

食堂からプラットフォームの西の端までアントンを引きずっていくのに、何分かかかった。

「その鉛筆、まだほしい？」オクサナが耳に吹きつけてくる風に負けじと叫んだ。

鉛筆を手に入れることがそもそもの計画のかなめだったことを、すっかり忘れていた。わたしはうなずいてアントンの横に膝をつき、指先で鉛筆をつまんで鼻からひっぱりだそうとした。アントンの眼球がまわったが、鉛筆はまったく動かない。

オクサナがやってみたが、たいして変わりはなかった。オクサナはわたしを見た。「本気でやるなら、あたしがこの頭を持って、あんたが鉛筆を歯ではさんで引き抜くしかないよ」

「それって本当に最高な案ね」

「鉛筆がほしいのはあんただよね、ベイビー」

「うん、わかってる」

「じゃ、やんな」

オクサナがアントンの顎の下をしっかりと押さえ、わたしは彼の顔に横向きに顔を近づけて鉛筆の尻を歯でくわえた。アントンの唇は乾燥して、無精ひげがわたしの頬をざらりとこする。今や虫の息の彼の吐息は、ブランデーとカレーのにおいがした。わたしは力のかぎり鉛筆を引いたが、びくともしない。歯が折れるのではないかと不安になった。ついにわたしは頭を上げ、げほげほ言いながら潮風を肺に引き入れた。

「もう一回」オクサナが口を動かす。

「かわりにやってみたくない？」そう言ってみたが、彼女は首を振った。

もう一度鉛筆を歯でくわえ、両手をオクサナの上腕にあててつっかいにして、渾身の力をこめてひっぱった。今度はちょっとたわむような感覚があり、鉛筆が一ミリか二ミリ動いた。ようやく鉛筆が出たときには、首すじと胸に生温かい汗が浮いているのが感じられた。

「ちくしょう」わたしは言った。「どこもかしこも血まみれよ」

「心配はいらないよ、スウィーティー、それはどうにかできる。背中合わせですわろう。そしたらこのくそ野郎を縁から蹴落とせる」

オクサナが両足を振り上げたとき、彼女の肩に力がはいるのが感じられた。振り向いたときには、アントンは消えていた。水しぶきがあがる音すら聞こえなかった。

それから十分ほどかけて、わたしたちは身なりを整えた。血を洗い流しているあいだ、オクサナはアントンの部屋にしのびこんで、わたしのために新しいTシャツと戦闘用シャツを見つけてきた。それを着たあと、ふたりでナポレオンのボトルを見つけ――まだ半分ほどはいっていた――外に持ち出した。オクサナは残っていたブランデーをプラットフォームの縁から海に捨て、空っぽになったボトルをデッキに立てた。わたしは血だらけの服をひとまとめにし、トーチを重石にして海に投げた。夜の闇にまぎれて後始末を終え、デッキを離れる。わたしを先に通して、オクサナはハッチを閉めた。

「あんたの部屋は南脚よね」わたしは言ったが、オクサナは気に留めなかった。彼女は無言でわたしのあとから、鋼鉄の梯子を一段ずつ下り、無人のアントンの部屋を通りすぎてわたしの部屋まで来た。電気をつけ、わたしたちはしばらくその場に立っていた。それから、わたしは腕を引いてからオクサナの口を殴りつけた。できるかぎりの強さで。オクサナはたじろいで二回ほど目をしばたたき、血と鼻汁を手のなかに出して、その手を戦闘用ズボンの太腿になすりつけてふいた。

「それじゃ」オクサナは舌先で唇をなめた。「これでおあいこだね?」

わたしは首を振った。もう一度殴ってやりたかったが、身体がひどく震えていて不可能だった。しゃべろうとしたが、それもできなかった。オクサナがわたしの顔を自分の肩と胸のあいだの暖かな場所に抱き寄せて、がっちりとそこに押さえつけたからだ。彼女の頬がわたしのひたいに押しつけられ、手がわたしの髪を押さえて、ほとんど息もできなかった。

「そうだよね？」オクサナはわたしの耳元でやかましいほど鼻をすすりながら訊き、わたしはうなずくしかなかった。彼女はしばらくわたしを抱きしめ、それからわたしの顔を上に向かせ、間近で見つめあった。

「あれは何の意味もなかったんだよ」オクサナは言った。「ただのセックスだ」

「そういうの最低。本ッ当にむかつく」

「わかってる」

「ティッシュは持ってないの？」

「ない。ティッシュがいるの？」

「ちがうわ、あんたよ。その鼻をすすって飲みこむのって、ほんとに気持ち悪いから」

「風邪をひいたんだよ、イヴ。たまにひくんだよ。ロシア人でもね」

「それならどうにかしてよ。まったくもう」

オクサナはポケットに手を入れてしわくちゃのショーツを取り出し、それで鼻をかんだ。

「オッケー。これでよし」

「一応聞いとくけど、チャーリーとやってからシャワーを浴びた？」

「さっきも言ったけど、本当には――」

「浴びた？」

「ううん」

「それなら今浴びて」

「イヴ。今はさ、朝なんだよ。ジンジーを起こしちまうよ」

「絶対に起きやしないわ。それにわたしたちが起こしちゃったところで、何か問題がある？

アントンはもういないのよ？」

「わたしたち？」

「わたしもいっしょに浴びるわ。汚れて気持ち悪いから」

オクサナはネコみたいにグレーの目をすがめてわたしを見た。

「口はいっさいきいちゃダメよ、いい？」

オクサナは口のジッパーを閉める仕草をした。けれど、その唇はひくひくと震えていた。

わたしたちはたっぷり二分間、熱いお湯を浴びた。最初の一分間でこれまでの確執をすべて洗い流し、次の一分でたがいをふたたび確かめあった。狭いシャワー室はいちゃつくのに理想的とは言えなかったが、湯気がたちこめて暖かく、オクサナは力強かった。わたしを壁にあてて持ち上げ、わたしの両脚を肩にかけて太腿のあいだに顔をうずめるほどの力があった。わたしは濡れたタイル壁に押し当てられ、口を開けてあえいだ。

狭苦しいベッドで、彼女の温かな身体とにおいを感じながら、わたしたちは薄い毛布の下で抱き合い、はじめて会ったときの思い出を語りあった。

「上海の、雷が来そうな暑い夜だったよね」オクサナがささやく。「街なかで一秒くらい目が合っただけだけど、電気が走ったようだった。あたしそのものを見透かされてるみたいだった。だから、ホテルの部屋にしのびこんで寝顔を見たんだよ。あたしの直感が本当だったのかどうか確認するために」

「で、どうだった？　正しかった？」

「その答えは知ってるはずだよ。今夜、実証したんだし。で、どうしてあの鉛筆がそれほどほしかったのか話してくれる？」

「その話は明日。今はそんなことは考えたくない。今はここに、このベッドに、この部屋にふたりでいたい、いつまでも」

「わかるよ、シェルカ。あたしもそう思ってる。いつかね」

「いつか」

「おやすみ（スポーキ・ノキ）、ベイビーシェルカ」

「いい夢をね」

翌朝、アントンは朝食に出てこなかったが、誰もたいして気にしてはいなかった。プラットフォームの縁にあったブランデーの空き瓶は気づかれて、ノビーとジンジーが二日酔いで迎える朝について同情的なコメントをした。だが八時半になると、男ふたりはそわそわと腕時計に目をやり、不安そうな視線を交わしはじめた。ジンジーがアントンの部屋に行って起こそうと提案し、深刻な顔つきでもどってきた。

彼とノビーが話し合い、わたしたちは手分けしてプラットフォームをくまなく探した。そう長くはかからなかった。ふたつのオフィス・コンテナは鍵がかけられており、窓からのぞくと誰もいないことがわかった。

「ボートとか、空気を入れてふくらませる船みたいなものがあって、それに乗っていったんじゃない？」わたしは言ってみたが、ジンジーは首を振った。

「いや。それにもしあったとしても、昨夜の風は少なくとも風力八はあった。ボスはそんな無謀なことをするほどイカれちゃいない」

「唯一考えられるのは、側面から落ちたってことだな」ノビーが言う。「おそらく、あのボトルを飲み干したあとに」

「自分から？」わたしは訊く。

「まさか。どうしてそんなことをする？　アントンはこのプロジェクトに入れこんでたし、明らかに最後まで見届けたがっていた。おそらく酔っぱらって足を踏みはずしたんだろう。よくあることだ」

ジンジーがうなずく。「問題は、残ったおれたちは何をするかだ。ヘリが迎えにくるまで二十四時間ある」

「これまでどおりにやれば？」オクサナが提案した。「変える必要はないよね？」

「今日はおれがおまえのスポッターをやるよ」ノビーが言った。

「いいよ。なんだっていい」

ジンジーがひとりずつ顔を見ていった。「全員、それでいいか？　これまでと同じようにやる、それでいいか？　そのあいだにおれはあのオフィス・コンテナの鍵を開けられないか、やってみるよ。あそこには衛星電話があるし、アンテナも使えるからな」

「誰にかけるんだ？」ノビーが訊く。「ゴーストバスターズか？」

「おれたちの雇い主にだ。ボスのことを報告する」

「おれじゃなくてよかった」

「誰かがやらなきゃならないんだよ、相棒」

わたしたちは発射地点にもどった。海も空も今日は落ち着いており、視界もかなりよくなっていた。チャーリーは今や七百メートル超の距離の風船をほぼすべて撃ち抜いていた。一撃一殺、とジンジーは絶えずわたしたちに唱えていた。わたしに見えるかぎりでは、オクサナの命中率も安定していた。

プラットフォームでの最後の夜は、オクサナとわたしの部屋ですごした。ティホミロフと会ったこと、〈トゥエルヴ〉のもくろみがわかったら連絡するよう頼まれたことをオクサナに話し、もし可能ならそれをするつもりだと言った。今回のターゲットが重要人物であればあるほど、この仕事が終わったときに〈トゥエルヴ〉が素直にわたしたちを逃がしてくれるとは思えない。そう話した。わたしたちは使い捨ての消耗品という以上に、不都合な存在なのだ。

一方で、もしティホミロフと連絡をとることができ、わたしたちがターゲットを撃つ前にそれを阻めるだけの情報を与えることができれば、彼はわたしたちを生かしておく利点を見出し、彼の工作員を務めていたことを評価してくれるかもしれない。オクサナはもっと早く話さなかったことをちょっと怒り、ＦＳＢと手を組むことについて深刻な疑念を呈したが、結局は〈トゥエルヴ〉よりは国家の保安機関に与するほうがまだましだろうということで合意した。

「で、そのために鉛筆が必要だったと？」オクサナが訊く。

「そうよ。彼にメッセージを送ろうとしたの」

わたしはオクサナに計画を話し、オクサナは黙って考えていた。

「うまくいきそう」とうとうオクサナは言い、寒さで荒れた指でわたしの頬をなでた。「撃つのもやりたいけどね。有名人に向かって引き金を引くのって、大好きなんだよ。大きな声じゃ言えないけど」

「あんたがそんなに乗り気なのが残念」

「撃つのが得意だからね。どこの海にもサメがいなきゃならない。あたしがやる殺しはどれも、世界をよりよい場所にしてるんだよ」

「でもそういうことじゃないんでしょ？　つまりさ、あんたは本当は世界をよりよい場所にするなんてことに興味はないよね」

「ううう……まあね。そうかもしれない」

「それにあんたはサディストじゃない。人が苦しんでるのを見て興奮したりしないよね」

「まあそうだね」オクサナはわたしの背中に手をすべらせた。「あんたは別だけど」

「笑えないわよ。それからお尻をまさぐるのをやめて」

「あんたのお尻、大好きだよ」

「よく言うわね、ステロイド漬けのイタチみたいな身体をしてる人が。っていうか話を続けよう。何を話してたんだっけ。殺人のどこがあんたをそんなに興奮させるの？」

「あんたにも同じ質問ができるよ」

「どういうこと？」

「そういう女になるなってことよ、スウィーティー、でもあんただって人殺しなんだよ。それも二回も」

「まあ、そうだけどさ。でもその二回とも……」

「何？」

「よく知ってるでしょ。わたしには選択の余地がなかったのよ」

「じゃ、あたしは？　あたしはノーが言えるってあんたは思ってるようだけどさ――いやだね、悪いけどコンスタンティン、あんたの言うその殺しはできないよ。だって午前中に〈カリタ〉で髪を整える予約を入れてあるし、それから〈アルページュ〉でランチをとって、午後にはイヴ・ポラストリのeメールをハッキングしてマスターベーションをして、フォションのマロングラッセをひと箱食べる予定だから、とかさ」

「そんなことをしてたの？」

「え、マロングラッセを一度にひと箱食べたこと？」

「わたしのeメールにハッキングしてマスターベーションしてたの？」

「そうしようとしたんだよ。でもあんたのeメールは全然おもしろくなかった。エロいメールは一件もなかった。ヌードの自撮りもゼロ」

「どうしてわたしがヌードの自撮りなんてするのよ？」

「あたしに見てもらうためだよ、決まってるじゃん。あんたの銀行口座の収支報告書を見ながらオナニーするなんてごめんだもの。で、あんたの話にもどるよ、パプシック。あんたにはいろんな肩書きがある。元スパイだよね、まあはっきり言ってそれほど大物でもなかったけどさ。それから、ニコっていうバカの元妻だ。そして、あたしの目下の恋人」

「目下の？」

「そうだよ。今のところってこと」

「それぐらいわかってるわ。今は英語で話してるんだから。ただちょっと……ただ、あんたはわたしの恋人だって言えないの？」

オクサナはわたしの頬に軽く歯をあてた。「からかってるんだよ。でも、そうだね。あんたは頭がよくって、ちょっとダサくて、すごく貧乏くさい。臆病者だけど、妙に勇敢でもある。セクシーでベッドじゃ愛らしいけど、料理の腕は本当に本当にヒドい」

「どうして知ってるの？」

「あんたの冷蔵庫をのぞいたことがあるんだ。本当にヒドかった」

「ほかには？」

「あるよ、ファッションセンスはゼロ」

「ありがとね」

「あたしが言っておきたいのはこういうことだよ。もしあたしが言ったことをすべてあんたから取り去っても――一枚ずつ皮をむくようにはぎとったとしても、それでもあんたはあんただってこと。さっき言ったような何もかもの下に、イヴがいる。そしてあんたもちゃんとわかってる。自分がどういう人間か、ちゃんと知ってる。でも、あたしにはそういうのがないんだ。もしあたしがこれまでにやってきたことを全部取り去られたら、これまであたしがなっていた、というかそういうふりをしていた人間すべてを――全部の皮をむいて――はぎとられたら、まったく何も残らない。ヴィラネルもオクサナも、自我みたいなものは全然ないんだよ、あるのはただ……」オクサナはしばらくのあいだ黙りこんだ。「あの映画、見たことある？　『透明人間』ってやつ。そいつの姿は見えないんだけど、そいつがまわりの人やモノに及ぼす影響は見えるんだ。あたしが感じてるのもそういうことなんだよ。オクサナが存在するってあたしにわかるのは、ただ、彼女が残した痕跡が見えるからなんだよ。みんなの目に浮かぶ恐れやおびえが見える、それで彼女が存在する――あたしが存在する――ってことがわかるんだ。コンスタンティンは完璧に理解してくれていた。あたしが世界に自分の存在をこだまさせなきゃいられないってことを、彼はわかってくれてたんだ」

「そうすることであんたは力があるように感じられるの？」

「生きてるって感じられるんだよ。コンスタンティンのためにやった殺しはどれもみごとだった。完璧に計画され、完璧に実行された。めっちゃすばらしい芸術作品だったよ、正直に言ってね」

「で、足を洗う前にそういうすばらしい殺しをもう一回やりたいって？　もう一回殺しの快感を味わいたい？　最後にもう一回ハイになりたいって？」

「たぶんね」

「でもわからないの？　それで生きてるって感じられるっていうんなら、あんたは決して足を洗うことはできないのよ。あともう一回殺す、それからまた殺す、そのあともまた。誰かに殺されるまでずっと」

「足を洗うよ、本当に」

「できるの？」

「あたしが生きてるって感じられるのは〈トゥエルヴ〉のための殺しだけじゃなくなったから。もうちがう」

「ほかに何があるの？」

「あんただよ、パプシック。あんたが感じさせてくれるんだ。あんたがそのやさしい目で、愛のこもった目であたしを見てくれるから。子どものころ、クングルの洞窟を訪ねたとき以来はじめて、見てもらえたって感じた。いろんなくだらないものに覆われた下にちゃんと誰かがいるって感じられたんだ。本当のオクサナがいるって。本当のあたしがいるって」

「でもわたしがあんたを愛してるっていうだけじゃ足りないのよね。だって、あんたは最後にもう一回殺しをしたがってるんだから」

オクサナは肩をすくめた。「もしターゲットが本当に上流階級の悪人野郎だったら、この仕事をほかの誰かにゆずりたくない」

「もしそれほど悪人じゃなかったら？　もし女性だったら？」

「女性を殺したことはないよ」

「ずいぶん女性にやさしいのね」

「殺さないって言ったんじゃないよ、殺したことはないって言っただけだ」

「実際は、この件についてわたしたちに選択の余地はない。時が来たらわたしたちは発射地点に連れていかれる、そしてそれをやるか殺されるか。もしわたしがティホミロフとの約束を果たせば、少なくともチャンスはできる」

「ティホミロフに何て言うつもり？　有益な情報は何も知らないんだよ。誰を撃つのかも、どこなのかも、いつなのかも、なぜなのかもわからない」

「そのとおり、わたしたちは何も知らない。知ってるのは射程距離だけ。そしてそれはたいした助けにはならない」

「ノビーとジンジーはターゲットを知ってると思う？」

「ふたりが知る必要はない、だから知らないと思う。あのふたりはアントンの軍隊時代の仲間ってだけよ。それにアントンだって知ってたとはあまり思えない」

「本番はもうすぐだよ」

「どうしてそんなことが言えるの？」

「〈トゥエルヴ〉のやり口を知ってるから。何もかも手配されてるから、ぶらぶらと待機してるひまはないんだ。準備期間は与えられるけど、それほど長い時間じゃない。だって長く待機させればそれだけセキュリティ面に問題が生じる可能性が高くなるからね。本番はあたしたちがここを出て二日以内だと思うよ」

「それじゃ、あまり時間がないのね」

「そうだよ、パプシック、時間がない。だからしゃべるのはやめにして、こっちにおいで」

10

ヘリコプターは正午に迎えにきた。〈トゥエルヴ〉の戦闘員がふたり、プラットフォームに飛び降り、設備全体を徹底的に調べ、ノビーとジンジーにおざなりにうなずいてみせると、わたしたちをシュペルピューマに乗りこませた。風をついてヘリが舞い上がったとき、思わず下を見た。アントンの死体が両腕を広げ、三角波のなかに浮き上がっているのではないかと、不意に恐ろしくなったのだ。だが、何もなかった。死体はなく、ただプラットフォームの上で小さくなっていくノビーとジンジーの姿と、果てしなく広がる灰色の海が見えるだけだった。

オステンドでは、自由行動は許されず、保安検査とパスポートチェックを迅速にすますと、滑走路に向かった。リアジェットが待ち受けている。離陸するとき、わたしはオクサナの手を握りしめ、そのまま離さなかった。目的地は、予想したとおり、モスクワだった。エンジン音はそれほどやかましくなかったが、神経が高ぶっていて話をするどころではなかった。

危機に直面したとき、オクサナとわたしのとる態度は対極的だ。わたしは恐ろしい結末を勝手に想像して不安に取りつかれてしまうが、オクサナは、危険が迫っているという意識は非常に薄く、ほとんど意識にものぼらない。肉体は行動する準備ができているが、精神のほうは落ち着きを保っている。チャーリーも同じで、今は戦闘員たちからせびりとったチューインガムを嚙みながらだらけた姿勢でシートにすわり、わざとらしくわたしたちを無視していた。

「大丈夫？」オクサナが訊いた。

わたしはうなずいた。言いたいことはたくさんあったが、何ひとつ口に出すことはできなかった。

「あたしといっしょに英国を出てきてよかったと思う？」

わたしはオクサナの頰に手をふれた。「選択の余地はあった？」

「そうするのがあんたにとっていちばんよかったんだよ、シェルカ。とにかく信じてくれればいい。たしかにチャーリーとのことはあったけど、本当だよ。あたしを信じて」

「不安になってきた。わたしが知らないことを知ってるの？」

「ううん。ただ言ってるだけ。こういうことはどうにでもとれるからね」

「だめよ、スウィーティー。ごまかさないで」

「あたしは何も知らない、ただ言ってるだけ。あたしを信じなさい。あたしたちを信じなさい」

「すごく怖い」

「わかってるよ、ベイビー」


　恐怖心とは別に、わたしは自分でたてた計画に沿って動いていた。プラットフォームでの朝食のあとこっそりと、『北海の鳥たち』から字の書かれていない部分を細長く破り取り、ハチミツをつけてパスポートのなかに貼りつけた。ヘリが宙に舞い上がると、苦労して手に入れた鉛筆を出してその紙片に、暗記した電話番号と共に、次のメッセージを書きつけた。これを読んだ人へ、国家保安要件だから大至急この番号に電話して、ティホミロフ将軍に以下のことを伝えてほしい――『狙撃手2、今週、距離７００m』。

　モスクワに下降する直前に、戦闘員のひとりがわたしたちのパスポートを集め、まとめてゴムバンドで束ねた。ヘリは市街地上空で永遠に旋回しているかと思えたが、ついに着陸した。シェレメーチェヴォ空港の手続きを通り抜けるときには、恐怖のあまり吐きそうになった。戦闘員がパスポートをくわしく調べたら――そうしても全然おかしくない――一巻の終わりだ。運がよくても、後頭部に一発撃ちこまれて終わり。そうでなかったら……考えたくもない。

　ＶＩＰ用の小さな税関手続き所を通り抜ける。係官はふたりで、冬用の分厚い緑色の制服を着ていた。ひとりは小さな花崗岩のような目をした年老いた女性で、もうひとりは何サイズも大きそうなつば広の帽子をかぶった坊主頭の若者だ。

お目付け役の戦闘員はポケットからパスポートの束を出した。ゴムバンドをはずしていちばん上のパスポートをぱらぱらとめくり、老婦人に渡すのを見て、膝が震えるのを感じる。顔から血の気がひいていたのだろう、オクサナがわたしの腰に腕をまわして、大丈夫かと訊いてきた。わたしはうなずき、もうひとりの戦闘員がいぶかるような目をわたしに向けた。「ち、遅延反応ね」わたしは口ごもりながら言った。「空を飛んだから。すごく怖かったのよ」

「全部よこしなさい」花崗岩の目をした老婦人が命じた。名札にはインナ・ラポトニコヴァとある。老婦人はパスポートを全部受け取り、最初の一冊を開いてから目を上げ、チャーリーをカウンターに招いた。チャーリーの次はわたしだ。ミズ・ラポトニコヴァが偽造パスポートのページをゆっくりとめくり、メモが貼ってあるところで手が止まるのが見えた。老婦人は表情をいっさい変えずにメモを読み、ゆっくりと目を上げてわたしを見て、問いかけるように片眉を上げた。わたしはごくかすかにうなずいてみせ、老婦人はそっとメモを取って、パスポートをわたしに返した。それから、残り三冊のパスポートを同僚に手渡し、急ぎもあわてもしない足取りで部屋を出ていった。

つかのま、安心感から力が脱けた。だがそれから、ミズ・ラポトニコヴァは空港の警備員に知らせにいっただけなのかもしれないという考えが浮かんだ。もしかしたら、わたしを精神錯乱した陰謀論者と思ったのかもしれない。そのケースでも、わたしは終わりだ。不意に暑さを感じ、汗の玉が背すじを伝い落ちるが、何げないふうを装う。オクサナがわたしの手をぎゅっと握りしめた。「落ち着いて」オクサナがささやいた。「必死でうんこをがまんしてるように見えてるよ」

ラポトニコヴァがもどってくるや、つばの大きい帽子をかぶった同僚が残りのパスポートを彼女に返した。彼女はわたしには目もくれずに自分の席にもどった。わたしは彼女に抱きつきたかった。わたしたちはそこを通過した。できることはすべてやった。あとはティホミロフしだいだ。わたしのメッセージがわずかでも彼の役に立つかどうかはわからない。たぶんそうでもないだろうと思う。

わたしたちは前と同じSUVでモスクワにもどった。戦闘員の片方が運転し、もうひとりは助手席にすわって、拳銃を膝の上に置いている。おそらく、わたしたちの誰かがホルスターからくすねようとするのを警戒しているのだろう。わたしはいつものように後部座席で、オクサナとチャーリーにはさまれていた。配置は同じでも、チャーリーの態度は前とはちがい、移動のあいだずっと、食い入るように窓の外を見つめていた。オクサナは、わたしのセーターの下に手をもぐりこませてわたしのウエストにまわし、くすぐったりつねったりしていた。

「〝マフィン・トップ〔お腹のぜい肉〕〟って言い回し、知ってる？」こそこそとささやく。

モスクワの市街地中心部に近づくにつれて、道路封鎖や迂回指示に従わなければならなくなった。「どうなってるの？」渋滞がひどくなってほとんど動きが止まったとき、わたしは運転している戦闘員に訊いた。

「大晦日を祝ってる」戦闘員は答え、いらだたしげに三点方向転換をした。
「大晦日って今夜じゃないよね？」日付がまったくわからなくなっていた。
「ちがう。明後日だ」

わたしたちはあの灰色の高層ビルの十二階にふたたび送られ、以前の部屋に案内された。怖いという思いは変わらなかったが、特に何が怖いというわけではなく、とりあえず今考えられるのは、とてもとてもお腹がすいているということだ。明日がどうなろうと、今夜の食事と、そのあとに大きなベッドでオクサナとすごす夜がある。今のところは、それでじゅうぶんだった。

日が暮れ、眼下に見えるモスクワの街が明かりできらめいていた。どこもかしこも新年の飾りつけをされていて、街路や大聖堂や高層ビル群は金や銀やサファイア色に輝いている。オクサナとふたりでこの街を歩けたらどんなにすばらしいだろう。恐怖も、死ぬ夢を見ることもなく、ただこの魔法のようなきらめきのなかをさまようことができたら。

ディナーのとき、リチャードがアントンのことで執拗に質問を重ねた。答えたのは主にチャーリーで、おおかたの合意としては、アントンが深夜に酔っぱらってプラットフォームから落ちたのだろうと思われると説明した。

「きみはほかの誰よりもアントンをよく知っているだろう、ヴィラネル。彼のようすはどうだった？」

「いつもどおりだったよ。そんなに好きじゃなかったけど、彼はプロだし、管理も運営も適切にやってた。備品や武器の管理も全部。それがある朝、いなかったんだ」

「イヴは？」

「わたしに何が言えるっていうのよ？　あの男には我慢がならなかったけど、オクサナが言うように、運営は適切だった。わたしは近寄らないようにしてただけよ」

「ララは？」

「ワタシの名前はチャーリーだよ。でも、そうだね。ほかのみんなが言ったとおり。彼が飲んでたのはたしかだね。前にも朝食前にコーヒーを淹れてたときに、アントンがアルコールのにおいをぷんぷんさせながらはいってきたことがあった。なんかにおいが皮膚からしみだしてるってくらいに。もちろん、何か言ったりはしなかったよ、でも――」

「教官には報告したのか？」

「どっちも何も訊いてこなかったからね。それに彼が消えたあとは、あんまりよくないことは言いたくなかったんだ。万一責められたら困るからね。でも本当のことだよ」

ちらりとチャーリーを見た。チャーリーもわたしを見つめ返した。憎悪や嫉妬の色はなく、平板な視線で、これで借りは返したと言っているかのようだった。わたしはごくかすかにうなずいてみせた。

リチャードの顔がぱっと明るくなった。「さて、ワインはどうかな？　シャトー・ペトリュスだ」

「何？」オクサナが言う。

リチャードは笑みを浮かべた。「きみらがもどってきたのを祝ってだ。年末のあいさつも兼ねてね。われらが北海の保養地は、この時期はさぞ寒かっただろう」わたしたちのグラスにワインを注ぐ。「幸運を祈るよ、お嬢さんがた」

「ワタシにもね」チャーリーが言った。


その次の日は息が詰まりそうなほどのろのろとすぎた。わたしたちは十二階から出ることを禁じられていたし、動物園の動物みたいにぐるぐると歩いてこのビル内を循環している空気を吸う以外は何も許されていなかった。ここには本も新聞も、コンピュータも電話もなかった。オクサナとは話のネタが尽き、わたしは午後の大半を寝てすごした。ディナーのあと、リチャードが映画鑑賞会をやるぞと言い、わたしたちは彼について壁のひとつがほとんどスクリーンで覆われている映写室に行った。「そう長くはないし、音もない」席にすわったわたしたちに、彼は言った。「だが目からうろこが落ちるぞ」

タイトルはなく、撮影の日付と時刻だけが出た。固定カメラからホテルのスイートを映した、無音の広角ショット。ほぼ確実に隠しカメラだ。画質はたいしたことはなかったが、その部屋は見るからに超高級な一泊何千ドルもするスイートだ。全体の色調は灰黄色と黄褐色、カーテンはアイボリー色のシルク、そして控えめな照明。スイートにはふたりの男がいた。ウイスキーのタンブラーを手に、大理石の暖炉の前に置かれた二脚の安楽椅子にすわっている。どちらも、すぐに誰だかわかった。ひとりはヴァレリー・スチェッキン。ロシア大統領だ。もうひとりはロナルド・ロイ。合衆国大統領である。どちらも最近死体保存術(エンバーミング)されたかのように、赤みが足されて見える。三人目の男が、警護中のボディガードの立ち居振る舞いで、ドアのわきに立っていた。

「そっくりさんじゃないよね?」リチャードに訊いた。

「ちがうとも」

スチェッキンとロイは立ち上がり、マントルピースにタンブラーを置いて握手をした。それからロイがスチェッキンを戸口に送っていく。映像が切り替わり、同じ視点からの、照明がさらに暗くなった画像になり、ドアが開いて三人の若い女性がはいってきた。三人ともブロンドで脚が長く、酒か麻薬に溺れた物憂げなようすを見せていた。ロイが椅子にふんぞりかえり、うなずいて命令を出した。女性たちはドレスを脱ぐと、たがいにキスしたり胸をさわりあったりして、大げさな表情であえぎはじめた。

「さっさとしなよ」オクサナがあきれたようにつぶやく。

結局、わたしたちは3Pを鑑賞するはめになった。ロイは加わらず、安楽椅子に背をあずけたまま、さげすむような顔をしていた。女性のひとりが試すように、彼の鼻先できらきらするストラップのついたディルドを揺らしたが、彼はいらだたしげな顔をして、小さな子どもみたいな手で払いのけた。

画像が切り替わり、さっきと同じリッチで重厚な色調で統一された寝室があらわれた。

ベッドは巨大で、金色のダマスク織りのカバーがかかっている。画角に三人の女性がはいってきて、つづいてロイがやってきた。彼がベッドに上がれと命じ、三人は思い思いにはしゃいだようすでベッドの上で飛んだり跳ねたりしてから止まり、しゃがみこむといっせいに金色のカバーの上におしっこをしはじめた。

ロイは椅子にすわり、目をすがめて女たちを見ている。まるで彼女たちをじっと見ることにうんざりするのが大統領に必須の義務だというように。放尿の最中に、ひとりがハイヒールのバランスをくずして前に倒れ、おしっこを飛ばしながらベッドからすべり落ちた。

「全部あの子の髪にかかったよ」チャーリーが言う。「オエッ」

「あのスエードのブーツも台なしだね」とオクサナ。

「あれ、本当にいいものなのに。ていうか、いいものだったのに」

「プラダだね。パリで二足買ったよ。ひとつはキャメル色で、もうひとつはチャコールグレー」

「左の子、一分ちかくおしっこを出してるよ」チャーリーが言う。「ロシアのタレント発掘番組に出たらいいのに」

やがて、ありがたいことに、そのシーンは終わった。

「ちぇっ」オクサナが抗議した。「おもしろかったのに」

部屋が明るくなり、リチャードがわたしたちをひとりずつ見ていった。

「ヴィラネル、映画を気に入ってもらえてうれしいが、今のは気軽なお楽しみのためじゃない。今の映像はここ十年間のどんな政治事件や討論や政策決定よりもはるかに大きな衝撃を世界の歴史にもたらすだけの力がある。この切り札を握っているおかげで、スチェッキンはホワイトハウスを好きな方向に向けさせることができる。単に方向を決めるだけでなく、転覆させることだってできるんだ。その一方で、彼がローマ帝国末期の皇帝のように君臨するロシア連邦は硬化し、芯まで腐っている。

この話をするのは、われわれがこれからここで何をやろうとしているか、はっきりと知ってもらいたいからだ。われわれが夢見る新しい世界は、民主主義の手続きによってもたらされることはない。そういう夢物語は死んだのだ。新たな世界をもたらすのは果敢な行動だ。きみたちはその行動のもっとも重要な立役者だ。きみたちのターゲットはロナルド・ロイとヴァレリー・スチェッキンだ。ふたりは明日死ぬ」

「あの子たちは？」チャーリーが訊いた。

「あの子たちとは？」

「出てた子たちだよ」

「それがどうした？」

「あの三人を殺す必要はない？」

「ないさ、もちろん」

「ちぇっ」

「で、ちゃんとした打ち合わせはいつ？」オクサナが訊く。「明日やるってことは了解。でも発射地点の偵察をしたり、武器の用意をしたりとかしなきゃならない」

「すべてチェックずみで、用意ができてる。心配する必要はない。きみたちは持ち場に行けばいい。そこに必要なものはすべてそろっている。土壇場でのアドリブは状況次第だ。だから今夜はぐっすり眠ってくれ」


驚くことでもないが、ぐっすり眠ることなどできなかった。わたしはオクサナに背を向けて横になり、オクサナはわたしの身体に腕をまわしてわたしの髪に顔をうずめ、ふたりで前方に横たわる事態に何らかの希望の光を見出そうとしていた。

「やつらがわたしをこの件に加えることにした理由はわかってる」わたしはオクサナに言った。「もし失敗した場合に、わたしのせいにして、すべてＭＩ６が仕組んだことだって言うためよ。わたしはやつらの言い訳なのよ」

「まあね。でも、あたしを連れてくるためには──いちばん穏当な手として──あんたも連れてくるしかなかったっていうのもたしかだよ」

「何か逃げ道があればいいんだけど」

「ないよ、パプシック。それにあんたが引き金を引くわけじゃないんだから」

「わかってる。でも最後にはいっしょにいたいのよ。死ぬのでも一生刑務所で暮らすのでもなしに」

「あたしたちはまだ死なないよ」

「今のところはね」

オクサナの腕に力がこもり、彼女はわたしに身体を押しつけてきた。「あたしを信じるんだよ、シェルカ」

「信じてる。あんたを愛してる」

「あたしも愛してる。さあ、眠ろう」


朝になって目が覚めたとき、オクサナはいなかった。彼女の服もなかった。廊下を歩いて鍵のかかっていない部屋を全部のぞいたが姿はなく、わたしはみじめな気分になった。朝食にあらわれたのはチャーリーとわたしだけだった。わたしたちは無言で席に着いた。チャーリーは調理された朝食を全部、がつがつと食べた。わたしはスグリジャムを塗ったロールパンひとつとコーヒーしかはいらなかった。

朝食後、誰もわたしたちを迎えにこなかったが、オフィスにはいつものように名も知れぬ人々が出入りしていた。わたしたちはじっとすわり、窓の外を眺めていた。モスクワにもどってきて以来、雪は降っていなかったが、空は冷たく硬質な青色をしている。建物の外側には窓の縁からつららがたくさん垂れさがっていた。

「防寒装備を用意してもらわなきゃ」チャーリーが言った。「保温下着とか手袋、帽子、そういうものみんな。発射地点で何時間も腹這いで待つことになるかもしれないんだから」

チャーリーの言うとおりだ。わたしは支給された服のなかでいちばん暖かいものを集め、ほかはすべて部屋に残した。ふたたびここを見られるというような幻想を抱いてはいない。何時間かがすぎ、ランチの時間が来て、またすぎさった。わたしは心配のあまり吐き気を感じていたが、チャーリーの食欲は衰えを見せなかった。

チャーリーは腕組みをしてわたしを見た。「アントンを殺したよね？」

「何言ってんの、チャーリー」

「ワタシはあんたよりよっぽどよくアントンを知ってる。あいつは酒飲みじゃない。コントロールを失うことなんて絶対にない」

わたしは首を振った。「悪いわね、でもそんなのってイカれてるわ。本気で言ってるのよ。どうしてわたしが彼を殺すのよ？　それにもっと大事なことは、どうやったっていうの？」

「どうやったかはわからない。でも何がイカれてるって、アントンがブランデーをボトル半分飲んでプラットフォームの縁から落ちたって、あの話だね。アントンがそんなことになるなんて、ありえない」

「ちょっと、わたしは彼に何が起きたかなんて知らないのよ、いいわね？　以上終わり」

チャーリーはにんまりと笑った。「何も言うつもりはないよ、イヴ。でもワタシが知ってるってことをあんたに知らせたかっただけ。いい？」

「何だっていいわよ、チャーリー」

11

夕方前の、陽が落ちはじめたころになって、迎えが来た。あまり似合っていないロシア軍の防寒用外套を着たリチャードに、革ジャケットの上にサブマシンガンをななめ掛けした険しい目つきの若者と、しわくちゃのコートを着て鉱夫のヘルメットみたいなものを持っている老人だ。

リチャードがわたしたちに挨拶し、連れてきたふたりをトーリャとゲンナディーだと紹介した。「用意はいいな?」リチャードが訊き、チャーリーとわたしは身振りで用意ができていると示した。不安で口がからからになりながら、わたしは最後尾について廊下の端まで歩いた。リチャードがドアを開けるコードを打ちこみ、エレベーターを呼んだ。わたしたちは無言で地下二階の地下室に下り、冷たい暗闇に足を踏み出した。リチャードがスイッチに手をふれると、埃っぽく湿ったにおいのする、アラジンの洞窟のようなところが照らし出された。段ボール箱や発電機、建設機材、梯子、錆びついた冷蔵庫や旅行用トランクなどが置かれており、ネズミが走る音がはっきりと聞き取れた。

廃棄物のあいだを進み、中央の柱にはめこまれたスチール扉にたどりついた。リチャードは頭上のカメラに向かって顔を上げ、顔認証ソフトが働くあいだ待って、重厚な扉を押し開けた。鉄製のらせん階段が下の闇に向かってのびていた。カチリという音がして、一列に並んでいる蛍光灯がいっせいについた。リチャードとゲンナディーが先にたち、チャーリーとわたしがそれにつづいて、トーリャがしんがりを務める。下りていくにつれ、かすかに硫黄臭のする氷のように冷たい風がどんどん強くなってきて、保温下着と防寒服を着てきてよかったと思えた。

ようやくコンクリートの床に着いた。リチャードがポケットから懐中電灯を出し、ゲンナディーがヘルメットをかぶってヘッドライトのスイッチを入れた。わたしたちはふたりについて真っ暗なトンネルにはいっていく。懐中電灯の光が濡れたレンガ壁と鉄製の通路を照らしだす。通路の下から激しく流れる水の音が聞こえた。むかつくような悪臭がして、とんでもなく不気味だった。

「ここは何？」わたしは小声で訊いた。

「反転世界と呼ばれている」リチャードが言った。「今聞こえている水音はネグリンカ川、十八世紀に地下化された川だ。この下では無数のトンネルや排水溝や水路が網目のようにつながりあっている。以前はＫＧＢの聴音哨もあった。ゲンナディーはそのひとつで働いていたんだ。今なお生きているごくわずかなクロット——モグラ——のひとりだよ、この網目を熟知している人間だ」

「この下で迷ったら誰にも見つけてもらえんぞ」ゲンナディーがわたしに言った。彼のヘッドライトの光線が動き、レンガ壁から生えている灰色がかったキノコの群落を照らした。

「この下で骸骨を見ることもある。ほとんどがスターリン時代のものだ。頭蓋骨のうしろに穴があいてるからわかるんだ」

「まじか」

「神さまはこの下には来たことがないな」ゲンナディーはむっつりと言った。

トンネルは唐突に終わり、色あせたレンガのアーチで支えられた部屋に出た。ワット数の低い電球がいくつか、ひもで吊るされている。鉄製の歩道は部屋の長さいっぱいにのび、深い水路の上を橋のようにまたいでいた。壁ぞいの暗がりを行き交う男女の姿を、わたしは衝撃的な思いで見守った。

「あの人たちは誰?」わたしはゲンナディーに訊き、老人は肩をすくめた。

「麻薬耽溺者や元囚人、世捨て人……あのなかには何か月もここで暮らす者もいる」

その集団は二十人ほどいた。青白い年齢不詳の人々。すりきれた制服とコートを着ており、近づいていくわたしたちにもの珍しげな目を向けてくる。やつれ顔のやせこけた若い女性がとがめるようにわたしを指さし、声にならない怒りに口を動かした。こんな場所で暮らしている人々がいることにわたしは驚愕していたが、チャーリーは動じていないようだった。ブティルカ収容所のようなところでしばらくすごせば、もはや何も奇妙には思えないのかもしれない。

ゲンナディーのヘッドランプの光をたよりに、わたしたちは水路のわきの狭い歩道を進んでいった。レンガ造りの丸天井から、つややかに光る鍾乳石が垂れている。時々そこから川の水面に水滴が落ち、その音が静けさのなかでこだました。

十分かそれ以上歩きつづけたころ、遠くのほうのごうごうという音に気づいた。その音はだんだん大きくなり、やがてわたしたちは堰にやってきた。川の水が水路の口から滝のように五メートルほど下に落ちていた。

「さてと、ちょっとむずかしいぞ」ゲンナディーが言った。「トンネルは滝の裏にある」

「わたしが先に行こう」リチャードが言う。「前にもここを通ったことがある」

ゲンナディーに懐中電灯を渡し、リチャードはわたしたちが立っている張り出しから垂直に取り付けられたスチールの梯子を下りはじめた。これがもっとほかの場面なら、分厚い外套にネクタイを締めたＭＩ６のお偉方が地下河川に下りていくなど、注目に値する見ものなのだろうが、このところ恐ろしいことや奇妙なことをたくさん見てきたせいで、ほとんどなんとも思わなくなっていた。やがて、リチャードが消えたように見えた。

ゲンナディーを見た。老人はにやりとした。「次はあんただ」

こわごわ、懐中電灯の光に照らされる、冷たく濡れた梯子段を下りていった。下の闇のなかで、川水が逆巻きどよめいている。ゲンナディーが懐中電灯の角度を変えて、滝の裏に光を当てると、人ひとりがやっとすべりこめる程度の幅の裂け目があるのが見えた。その向こうに、揺らめく光に照らされて、また別のトンネルの内部がかろうじて見えた。リチャードが視界に出てきて、手をのばした。その手を取り、半分跳ぶようにしてトンネルにはいり、リチャードに受け止められた。

「くそ」わたしはあえいだ。

「大丈夫か？」リチャードが訊く。

「かろうじて」

全員が無事にはいってくると、リチャードはトンネルのすぐ先にあるドアのほうを向いた。ドアは暗証ナンバーで守られていて、リチャードは身体でキーパッドを隠しながら数字を押した。ドアが開き、リチャードとゲンナディーは握手をした。「じゃあ、無事でな」モグラは言い、わたしたちに向かって片手を上げてみせ、滝の裏にもどっていった。ほどなくヘルメットの光線が見えなくなった。

半分開いたドアの向こうから、淡い光がはいってきた。わたしたちは巨大な円筒形シャフトのてっぺん近くにある歩道に立っていた。わたしたちの下には、ジグザグに何度も折り返している階段が少なくとも百メートルは下にのびている。リチャードはいっさい時間をむだにせず、ついてくるように手招きした。わたしたちは速足で階段を下りていった。ブーツで金属製の踏み段をガンガンと踏みつけながら、何階分も下りていく。深く下りていけばいくほど、不気味な様相を呈してきた。鉄筋の壁は錆防止塗料でコーティングされていたが、それも何十年も昔のようだ。埃についた足跡と踏みつけられたたばこの吸い殻が、この階段が最近使われたことを示していた。しばらくすると下のほうからかすかなうなり音が聞こえてきた。十分ほどかかっていちばん下に着いた。そこは急ごしらえの大広間になっており、武装したガードマンがひとり、わたしたちを出迎えた。制服についている翼のついた盾のバッジで、ロシア連邦大統領特殊プログラム総局（GUSP）――前身はＫＧＢの第十五局だ――の職員だとわかる。わたしのなかのスパイオタク根性が、ちょっとした興奮を覚えずにはいられなかった。ロンドンでは、ＧＵＳＰはロシアの治安機関のなかでももっとも秘匿された存在として知られていたからだ。彼らが本当はどんなことをしているのか、わたしたちにはまったくわからないのだ。

リチャードが身分証を見せ、職員はうなずいてわたしたちを通した。わたしたちの前で自動ドアが開き、硫黄臭が不意に強くなった。通路の先に信じられない光景を見て、チャーリーとわたしの足がぴたりと止まった。そこは地下鉄の駅の誰もいないホームの上だった。右にも左にも線路がのび、照明のないトンネルのなかに消えている。向かい側の壁は釉薬のかかったつややかなタイル張りで、一メートルほどの高さのあたりにブロンズ製の槌と鎌と、『Ｄ６―エフレモヴァ』とあるエナメルの看板が掛かっていた。

「ここは何？」わたしはリチャードに訊いた。

「エフレモヴァ駅だ」リチャードは答えた。「Ｄ-６地下鉄線の一部だ。公式には、Ｄ-６線は存在しない。非公式には、クレムリンとＫＧＢの地下指揮所を結ぶためにスターリンが建設したもので、万一核戦争が起きたときにソ連共産党の政治局（ポリットビューロー）と将軍たちを避難させるためでもあった。それ以来、ここでの仕事は秘密にされつづけている」

「いろんなうわさを聞いてるよ」チャーリーが周囲を見まわしながら言った。「誰だってそういう話を聞いてる。でもそういうのはただの故意に流す偽情報だと思ってたよ」

リチャードはにやりとした。「まあ、そういうことだ。悪魔が使った最大のトリックは、悪魔など存在しないと世間を説得することだった。KGBも同じだ」

「で、これからどうするの？」まだひとことも声を発していないトーリャに、わたしは訊いた。

その答えとして、彼はリチャードのほうに頭を傾けた。

「非常にシンプルだ」リチャードが言った。「列車を待つ」

そしてわたしたちはじっとそこに立っていた。リチャードはロンドンの投資銀行に勤める通勤客のような格好、チャーリーとわたしはアルプスのリゾートにいるスキー客のような見た目で、黒い防寒着のジッパーを喉元まで上げている。そしてトーリャはマフィアのボディガードのように見える。

「D-6路線がロシア政府の隠れ資産だとするなら、どうしてあんたや〈トゥエルヴ〉がこれにからんでるの？」

リチャードは考えこむように顔をしかめた。「イヴ、わたしには説明する権限のないことがいろいろあるんだ。これだけ言わせてもらおう……いろいろと複雑なんだ」

ちょうど列車が来たので、リチャードはそれ以上の説明をまぬかれた。車両は一両で——

明らかに何十年も前のものだ——両側に電気機関車がついている。乗りこむと、内部は実用本位だがすりへっていて、ちかちかと点滅する照明がひとつだけついていた。椅子に張られた生地はすりきれ、カーテンで覆われた窓はところどころ変色している。わたしたちがすわると、ドアがかすかな油圧音をたてて閉まり、列車はホームを離れて闇にはいっていった。

「この旅行のことをよく覚えておくといい」リチャードがチャーリーとわたしに言った。トーリャは無言で傍観している。「地下深くの鉄道に乗ったときみらが話しても、誰も信じないだろう。きみらの頭がおかしいか、途方もない空想家だと思われるだろうな」

ほどなく、駅を通過した——汚れた窓ガラスごしに、『D6—ヴォルホンカ』という看板が読みとれた——が、列車は『D6—中央(セントラル)』に着くまで止まらなかった。旅行としては十分足らずだ。列車を降りると、残念なことに、エフレモヴァ駅によく似た大広間だった。だが今回は、誰もいないホームをGUSPの職員六人が警備していた。エフレモヴァでは階段があったところに、スチール壁のシャフトを上がるエスカレーターがあった。数分かかっていちばん上に着くと、そこにはゴミの散らばる薄汚いホールがあった。そこから放射状に何本もの出口通路がのびていた。

リチャードがいちばん遠い出口通路にわたしたちを導いた。標識には『ニコルスカヤ』とあった。コンクリート壁に電灯のスイッチがあったが、リチャードは無視した。懐中電灯の淡い光のほうがいいのだろう。冷たい風と、自分の心臓の鼓動が感じられた。

通路はまっすぐのびていた。割れたガラスや、黒々とした水たまりがあちこちにある。懐中電灯の光線が一対の光る目をとらえたと思うと、一匹のネコが暗がりから飛び出してきた。そうしてようやく行き止まりに着いた。壁にアルミニウムの脚立が立てかけてあり、トーリャがそれを立てて上り、頭上のスチールのハッチを押し開けた。

「わたしはここでお別れだ。幸運を祈る。よい狩りを」リチャードが言った。「トーリャ、やるべきことはわかってるな」

トーリャはうなずき、苦もなくハッチを抜けて闇に消えた。チャーリーがそれに続く。わたしは脚立を上がっていき、穴に両肘をかけた。トーリャに助けてもらってどうにか身体を引き上げる。そこは冷たい石の床で、わたしは何秒かのあいだ、がっくりとしゃがみこんだ。

「大丈夫?」チャーリーがいやみでもなく、小声で訊いた。

「うん。ありがとう」

トーリャはわたしたちの目が暗闇に慣れるまで、二分ほど待ち、それから、「よし」と言った。はじめてしゃべったのだ。「また上りだ」

わたしたちはほぼ真っ暗闇のなかを上に進んだ。そこは塔のなかで、かびくさいうえにとても古かった。狭い階段が木のフロアを三階分上がっていき、明るい陽射しを通している高いゴシック様式の窓の前を通って、小さな八角形の部屋にたどりついた。窓はどれも縦に細長く、何年もふかれてはいない。小さめの窓ガラスの何枚かはひび割れるかなくなるかしていて、氷のように冷たい風に乗り歌声や叫び声がはいってきていた。

外を見ると、六十メートルほど下にきらきらとイルミネーションで飾られた赤の広場が広がり、新年のお祭り騒ぎが繰り広げられていた。広場の向こう端にはグム百貨店が建っている。小塔や尖塔にひもで連ねた金色の電球が張りめぐらされた百貨店の前で、一列に並んだスポットライトに照らされているのは、野外スケートリンクだった。スピーカーから大音量で流れるポップミュージックに乗って、スケート客が円を描いたり左右に揺れたりしながらすべり、ときにぶつかったりしている。ほかのときなら、このお祭りめいた光景にうっとりするところだが、今夜は恐ろしかった。それは、自分のせりふを全く知らないのに、これから主役を務める舞台に立つような気分だった。

D-6地下鉄を使ったおかげで、わたしたちは何重ものセキュリティチェックや防犯カメラの監視を避けて、誰にも見られずにクレムリンの内部にはいれたのだ。ここは東の壁の歴史的に有名な塔のひとつにちがいない。床にはAXライフルと暗視スコープと消音器のはいったハードケースがあった。その横に、三三八ラプア・マグナム弾の箱と、ケースにはいったリューポルド・スポッティングスコープ、ワイヤレス・ヘッドセットふたつ、魔法瓶ひとつとサンドウィッチがはいったプラスチックケース、チョコレートバーとカフェイン・タブレットが並んでいる。

チャーリーがライフルを組み立て、わたしはスポッティングスコープの用意をした。トーリャはヘッドセットのスイッチを入れ、きびきびと話をしてはわたしたちに渡す。十秒ほどの沈黙のあと、不気味で平板な声がわたしたちを〝チャーリー〟と〝エコー〟と呼ぶと告げ、装備の準備をして用意ができたら報告するようにと命じた。それからトーリャが幸運を祈ると告げ、狭い階段を下りて下の階に行き、警備にまわる。魔法瓶には砂糖入りのホットコーヒーがはいっていて、わたしは自分の分をカップに注いだ。

「チャーリー、準備よし」

「エコー、準備よし」

「そこには窓が八か所ある。入口に背を向けて、十一時の方向の窓を見ろ。下のほうの窓ガラス二枚がはずされているだろう。照準眼鏡とスポッティングスコープをそこに向けろ」

「向けた」

「向けた」

「向かい側に、白い尖塔と屋根のついた赤レンガの博物館がある。そこの位置から、いちばん高い屋根の棟に想像上の線を引いてくれ。ゆとり幅(クリアランス)は約一メートル、そこから屋根に積もった雪の高さをマイナスしろ。これができたら知らせろ」

「できた」

「できた」

「その線を四百メートルのばして、高い建物のあいだを通れば、右側に装飾庭園が見える。ハイウェイを越えれば、その線は広場の北東角、中央に円形噴水のあるところをよぎる。最後に百メートルのばせば、三組の入口ドアの前に八本の円柱がある建物の正面が映る。目視できたか?」

「了解、エコー、目視した」

「チャーリー、目視した」

「エコー、中央の円柱までの距離を告げろ」

「七一三・五三」

「チャーリー、確認しろ」

「確認した」

「エコー、視界はどうだ？」

「良好」

「横風は？」

「なし」

「よろしい。現在の時刻は六時九分だ。七時半にターゲットふたりを乗せた車が劇場の東側を通っている一方通行の通りを南下してくる。近づいてきたら、そちらに知らせる。車は東の円柱のそばに止まり、ターゲットふたりは車から出て、円柱のうしろを歩いて、最初か中央の入口のいずれかにはいる。きみたちのターゲットはロシア人だ。繰り返す、きみたちのターゲットはロシア人だ。一行にはボディガードやその他の人々もふくまれている、だから正確に人物認定することが肝要だ。人物認定をしてターゲットを殺す、その時間はせいぜい十五秒だ。一撃必殺だ。聞こえたか？」

「エコー、聞こえた」

「チャーリー、聞こえた」

「よろしい。回線はあけておけ。そのまま発射地点にいろ。静かにして、警戒を怠るな。下から姿を見られないように気をつけろ」

「あの建物は何？」チャーリーが訊いてきた。「あの円柱のある建物」

「劇場じゃない？」

「かの劇場だよ。あれはボリショイ劇場だ」

どんどん寒くなってきた。わたしたちはコーヒーを飲み干し、チャーリーはカフェイン・タブレットを口に入れた。「ターゲットがスチェッキンでよかった」

「どうして？」

「だって、スチェッキンはロイより背が低いからさ。むずかしいターゲットをまかされたんだ」

「それじゃ、オクサナがロイを殺るの？」

「当然」

床にうずくまっていると、肘と膝から少しずつすべての感覚が抜けていった。「どうしてもおしっこがしたい」しばらくして、わたしは言った。

「それじゃ、やんなよ」とチャーリー。

「どこに？」

「どこでも。床の上とか？」

「床板のすき間から落ちちゃうわ。トーリャの上に」

「それなら、サンドウィッチケースにでも」

「そんな余地ないわよ」

「サンドウィッチを出せばいい」

「わかったわ、見ないでよ」

「はあ？　ワタシが見たがってるみたいじゃないか」

わたしがおしっこをし終えたときには、チャーリーはサンドウィッチを全部食べ、チョコレートバーも半分食べていた。「いったいどういうこと？」ズボンのジッパーを上げながら、わたしは言った。

「予防策だよ。いざそのときになって、あんたがもじもじして、どうしてもうんこをしたいって言いだしたりしないように」

「まったくもう、チャーリー、あんたの食い意地が張ってるだけでしょ。あんたがうんこしたくなったらどうするのよ？」

「自制するよ。ロシア人にはすぐに欲求を満たさなきゃいられないなんて文化はないんだよ。そのチョコレートを全部食べちゃいな、イヴ」

「どうもありがとう」

「どういたしまして」チャーリーはわたしのほうに身をよじり、意地の悪い笑みを浮かべた。

「あんた、ワタシがあんたの彼女とヤッたから怒ってるだけだよね」

「そのことはもう言わないで、チャーリー。今はやらなきゃならない仕事があるでしょ」

わたしの声は平静だったが、腹のなかでは不安が渦巻いていた。何かが起きてこの狙撃を阻止するとか、ティホミロフによる何らかの介入があるかもしれないという期待はもはや抱いていなかった。もうはじまってしまったのだ。今必要なのは、やるべきことをさっさとやって、すばやく撤収することだ。

外を見て、そう簡単にいきそうにないことがわかった。刻一刻とやってくる人がふえ、叫び、騒ぎ、歌っている。数分おきに群衆の頭上に弧を描いて雪玉が飛び、叫び声や笑い声がわきおこっている。はるか遠くから、だみ声の歓声や爆竹の音、ディマ・ビランの最新ヒット曲のズムズムという低音が聞こえてくる。一時間後には、赤の広場は人でぎゅうぎゅう詰めになっているだろう。

「どうやってここから脱出すると思う?」わたしはチャーリーに訊いた。

「トーリャが連れてってくれるよ」

「あんたはわたしたちがいたあのビルへのもどり方を知ってるの?」

「うん」

「チャーリー、教えて。脱出プランはあるの?」

「トーリャが知ってる。今はあんたには自分の仕事をちゃんとやって、横風がこないかチェックしてもらわないと」

わたしは自分の姿も白い息も下から見えないように気をつけながら、ガラスのないふたつの窓の右手方向にじりじりと動いていき、わたしたちの射線を見通してみた。ラプア弾は博物館の屋根の上を、五十センチ足らず積もっている雪にふれることなく俯角でかすめ、十九世紀の記念建造物のふたつの塔のあいだを抜けてふたつの公園と装飾庭園の上をつっきり、八百メートルほど離れたボリショイ劇場の正面にいるターゲットに行きつく。リューポルドのスコープを通して、劇場の入口ドアからエントランスホールにはいろうと列をなしている人々が見えた。拡大視野はきわめて良好で、冷たい夜の空気が澄みきっているおかげで、並んでいる人々の顔の表情まで見ることができる。本日の演目を告知するポスターの文字を読むことまでできた。『シェルクンチク：くるみ割り人形』スコープを下ろすと、何もかもがふたたびミニチュアにもどり、ボリショイ劇場は遠くの白いマッチ箱になった。

七時十五分に、無線の指示が復活した。「ターゲットはそちらに向かっている。現在、目的地まで十分。エコー、チャーリー、備えて待機せよ」

「待機する」

チャーリーはライフルに装填し、冷静に待機姿勢にはいった。ＡＸの遊底（ボルト）が動く音がかすかに聞こえた。わたしはしばらくのあいだ、リューポルドのスコープを五百メートル先の雪に覆われた植えこみに合わせた。低木には震えひとつなく、木の葉一枚揺れてはいない。完璧な無風状態だ。

わたしは心臓を落ち着かせようとした。息を吸いこみ、四つ数えるあいだ止める。息を吐いて、そのまま四つ数える。息を吸い……全然うまくいかない。心臓は肋骨をがんがんたたき、口はからからで、リューポルドのスコープをずっとのぞいているせいで首が痛い。ターゲット・エリアを見渡すと、劇場の前の歩道には人がまったくいなくなっていた。左と右の入口ドアは閉じている。真ん中のドアのわきで、男三人、女ひとりの代表団が待機していた。

「あの真ん中のドアあたりで頭を撃ち抜く距離を言ってくれる？」チャーリーが言った。

「七一四・九」

「ターゲット接近中。目的地まで二分」

チャーリーがライフルを肩に当て、頬当てに頬をつけてスコープに目を当てるのが感じられた。ヘッドセットを通して、ゆっくりとした、制御された息づかいが聞こえた。

「車が止まった。撃つ準備をしろ」

スチェッキンが先に出てきた。車のドアの横に一秒ほど立ち止まり、ロイが出てくるのを待つ。ふたりの姿はボディガードに囲まれてよく見えない。ふたりは入口に近づいていき、横手の階段を上がりはじめる。「ドアに着くまで待って」わたしはチャーリーに言った。「ふたりは止まって握手するから」

柱のうしろを、一団は速やかに進んでいく。スチェッキンが銃を帯びている人間のような左右非対称の足取りで歩くのと、ロイのブロンドの髪が揺れるのが垣間見える。一団がドアの前の代表団に近づいていき、ふたりのターゲットがそろって足を止めた。スチェッキンの横顔がはっきりと見えた。

「撃て」奇妙に平静な声で、わたしはつぶやいた。と、スチェッキンが視界から消えた。下のほうから――ヘッドセットのせいでちょっとくぐもっていたが――爆竹のような音が聞こえ、それから階段を上がってくる音がした。わたしは凍りつき、チャーリーはそちらを向いた。その胸が連射された銃弾に貫かれた。FSBの戦闘服を着た男が三人、銃をかまえていた。そのうしろから、はっきりと女性とわかる人物が進み出てきた。黒いスキージャケットとスキーマスクを着けている。広がりゆく血だまりのなかでもがきあえいでいるチャーリーに近づいていくと、その人物はスキーマスクを脱いで、マカロフ拳銃を抜いた。「これはクリスティナの分よ、くそ女」彼女はそう言って、チャーリーの眉間に一発撃ちこんだ。チャーリーが死ぬのを見届け、それから冷たい目でわたしを見た。「イヴ」

「ダーシャ」

三人のFSB戦闘員が手を貸して立ち上がらせてくれた。全身がくがくと震え、立っているのもやっとで、ヴァディム・ティホミロフがやってきたときも、呆然と彼を見つめるだけだった。

「死んだか?」ティホミロフはチャーリーを指し、ダーシャに訊いた。ダーシャはうなずいた。

「なら、これで貸し借りなしだ」ティホミロフがダーシャに言う。

「そうね」ダーシャは言い、ジャケットのジッパーを開けて銃をホルスターにおさめ、わたしにこわばった弱々しい笑みを向けた。「いろいろありがとう、さよなら」

ティホミロフが頭を下げる。「さようなら、ミス・クヴァリアーニ」

ダーシャが出ていくと同時に、ティホミロフの電話が鳴った。彼はしばらく耳を傾けてから、何か聞き取れないことをつぶやき、首を振った。

「ヴォロンツォヴァはどこだ？」ティホミロフはわたしに訊いた。

「知らないわ」

「われわれはもうひとつの発射地点を割り出したと考えていた。さっきそこにチームを送ったが、誰もいなかった」

オクサナは生きてる、とわたしは心のなかでつぶやいた。オクサナは生きてる。

「いい知らせは、ロイとスチェッキンは無事に劇場にはいったということだ」ティホミロフは続けた。

「あのふたりがターゲットだって、どうしてわかったの？」

「当然のことだ。きみの報告をもらったときにすぐわかったよ。それはそうと、あの報告をありがとう。きみは勇敢で聡明だ。あれ以上のことは望めなかったよ」ティホミロフは片手をさしだした。わたしはすぐ前の床に血を流して悲しげにころがっているチャーリーの死体を気にしながらも、その手を握った。

「さて、わたしの部下がここを片づけるあいだ、きみを安全な場所に連れていくとしよう」

わたしは彼について階段を下り、トーリャの死体のわきを通った。一階について、彼はわたしのためにドアを開けたが、それから顔をしかめ、ふたたび閉めた。

「検討のための仮定として、もうひとつの発射地点はないと考えてみよう。狙撃チームがふた組あるというのが、そもそもの策略だったのだと。きみがＦＳＢのスパイかもしれないと知ったうえできみに漏らした目くらまし情報だったとしたらどうだろう?」

わたしは衝撃を受けて混乱した考えをまとめようとした。「ふたつのことが言えると思います。まず、あなたがここに介入したことで、わたしがスパイだということが証明された。次に……」

「次に?」

「次に……」

ティホミロフの声が険しくなった。「言いなさい」

わたしはささやくように言った。「本当の襲撃はどこかほかの場所で行われている」

「まさしく。そしてその場所はひとつしかない。ターゲットがいる場所。ボリショイ劇場だ」

ティホミロフはわたしの手首を握り、強引に暗いアーチ形通路を通り、重厚な鋲のついた扉から赤の広場に出た。人で混みあい、照明がまばゆく輝いて、ポップミュージックの大音響と爆竹のつんとするにおいが瞬時にわたしを包みこんだ。人ごみを抜け、ガードレールを越えて、待ち受けていたＦＳＢのマークのついた黒いＳＵＶのところに行った。運転席には、ティホミロフの補佐のディマがいた。

「劇場(テアトラルナーヤ)へ」ティホミロフは命じた。「急げ」

12

サイレンを鳴らし、ディマがかなり乱暴な運転をしても、劇場に着くまでに十分ほどかかった。入口のドアはすべて閉じており、贅を凝らしたロビーは静まりかえっていて、フロントスタッフがひそやかな声でしゃべっているだけだ。わたしたちがはいっていくと、スタッフが世話をしようと集まってきたが、ティホミロフが身分を明かすと敬意をもってうしろにさがった。彼が電話をかけると、三十秒後に制服姿のFSB職員が中央階段を急いで下りてきて敬礼し、すべて異常なし、適切な保安措置が取られていると報告した。ティホミロフは納得できないという顔で、劇場管理者のひとりを呼んで、観客席への案内を求めた。

わたしたちは短い階段を上がって、番号のついたドアが並んでいる馬蹄型の通路に足を踏み出した。「こちらは下のボックス席です」管理者が説明しながら、いちばん奥のドアを開ける。「このボックスは常に予備のために空けてあります。演奏中はここを使っていただいてけっこうです」宮廷の臣下のような恭しさを見せて、管理者はさがっていった。わたしは周囲を見まわした。ボックスはとても小さく、緋色の布が張られている。オーケストラ・ピットからチャイコフスキーの曲が流れ、舞台ではクリスマスパーティーが進行している。ダンサーはみな、ヴィクトリア朝時代の衣裳を着ていた。あまりに魅惑的で、一瞬自分がなぜここにいるかを忘れそうになった。

すぐ横でティホミロフが緊張を解くのが感じられた。舞台の向こう側の、ここより大きく、金色のタッセルのついたベルベットがゆるく張り渡されたはるかに豪華なボックスに、スチェッキンとロイがすわっていた。スチェッキンは感情の読み取れない表情をしていて、ロイは眠りこけているようだ。

「ここで待っててくれ」ティホミロフがささやく。

二分後、彼はもどってきた。「万事良好だ。大統領のボックスの前には武装したボディガードがふたりいる。誰もはいることはできない」

わたしはうなずいた。くたくたに疲れていた。目を閉じて音楽に埋もれてしまいたかったが、頭のなかのどこかが考えていた。ほぼ確実にティホミロフと同じことを――オクサナはどこ？　チャーリーとわたしが目くらましだったのなら、本当の計画は？

第一幕が終わり、緞帳が降りて、客席の照明がついた。わたしたちの向かい側で、スチェッキンが立ち上がり、ロイを案内して見えないところに消えた。

「貴賓席のボックスには特別な応接室がついているんだ」ティホミロフが言う。「そこでは誰にも邪魔されない」

「あの人たちはさぞかし話し合うことがたくさんあるんでしょうね」

ティホミロフは目玉をぐるりとまわしてみせ、うんざりしたような笑みを浮かべた。「だろうな」

わたしたちは座席にすわったままだった。ティホミロフは部下たちと電話をつないだままにしていたが、いっこうに報告が来ない。いらだたしげに足先をとんとんさせはじめたが、とうとう立ち上がった。「ちょっと歩かないかね？」

「ええ」

ボックスを出て、湾曲している長い廊下を進んでいった。ゆっくりと。廊下は狭いうえに混みあっていて、高齢の客がたくさんいた。半分ほどまわったところで、劇場管理者と出くわした。彼はいらだたしげに電話に向かって話していた。

「どうかしたのかね？」ティホミロフが訊いた。

「変わったことは何もございません。女性がひとり、トイレの個室で鍵をかけたまま気絶されたんです。酔っぱらっているようです」

「どこだ？」

「婦人用化粧室です、一階の」

「そこへ連れていってもらえるか。急いでくれ」

管理者はわたしたちを案内してロビーに下りていき、悩み疲れたという顔の係員に出迎えられた。

「見せてくれ」ティホミロフが言う。

化粧室は女性客で混みあっていたが、ティホミロフは無遠慮にずかずかとかきわけていった。劇場内放送のスピーカーからベルの音が鳴り、五分後に『くるみ割り人形』の第二幕がはじまります、と放送された。鍵のかかった個室にたどりつくと、ティホミロフはがっしりした肩をドアに押し当てて、鍵を壊した。なかでは、若い女性が床に倒れていた。女性はいかにも裕福な人物のようだった。繊細に整った顔立ち、メイクはほとんど目立たず、髪はお金のかかるカットを施されている。管理者とわたしがうしろからのぞきこんでいると、ティホミロフは女性の口に鼻を近づけ、片方のまぶたを裏返した。館内放送で、開幕三分前を知らせるベルの音が響いた。

「この女性は酔っぱらってもいないし、麻薬の過剰摂取でもない」ティホミロフは女性のポケットを探った。「それだけじゃない、バッグもないし、お金も身分証明も身に着けていない。この女性を知ってるかね？」

「いいえ」わたしは本当のことを言った。「見たことはないわ」

ティホミロフには言わなかったが、この女性の服装——黒のジーンズ、グレーのセーター、グレーブラックのモンクレールのカモフラージュ柄ジャケット——はオクサナが着ていたものと同じだった。吐き気と気が遠くなりそうな心地が顔に出ていませんようにと祈った。

開幕一分前のベルが鳴り、ティホミロフは顔をしかめた。「さっき何か言っていたよな？」

「いつのことです？」

「十分前だ。スチェッキンとロイのことで」

「ええと……さぞかし話し合うことがたくさんあるんでしょうね？」

「そうだ。それだ！」ティホミロフは立ち上がり、意識不明の女性と管理者を無視して、わたしを引きずるようにして出口に向かい、走った。「来い、イヴ。走れ」

わたしたちは金色に輝くロビーを走り抜けて階段を駆け上がり、案内係とプログラム売り場の前を通って、ボックス席に通じる廊下にふたたび駆けこんだ。今はほとんど人がいなかった。客はみな、第二幕を見るべく自分の席に着いている。通路の右手の端に、がっしりした体格のFSB職員がふたり、貴賓席のボックスと応接室に通じるドアの前に立っていた。ティホミロフを見て、ふたりは敬礼した。

「誰もはいってはおりません、将軍」ひとりが言った。「人っこひとり入れていません」

「それはいい」ティホミロフは荒々しい声を出した。「出てきた者は？」

「通訳だけです、将軍」

「まさか。ドアを開けろ」

わたしたち四人は応接室に飛びこんだ。天井はテント状に張ったシルクの布に覆われ、室内はあざやかな緋色だった。栓をぬいたシャンパンのボトル数本とモルトウィスキーがのったドリンクテーブルと、シルクを張った椅子が三脚あった。ふたつの椅子は空で、三つめの椅子に、ヴァレリー・スチェッキンがすわっていた。スチェッキンは死んでいた。首が不自然に横にねじ曲げられ、あんぐりと開いた口は楽しげに大笑いしているようでぞっとするものだった。一方、アメリカ大統領の死体は、ロシア大統領の前にひざまずく姿勢を取らされていた。ロイの首もへし折られ、頭はうつ向けにスチェッキンの股間にあてられている。たっぷり数秒間、わたしたち四人は信じられないという思いで凝視していた――かつてヴィラネルという名で知られていた死のアーティストの最新にして最高の傑作を。

「見つけろ」ティホミロフはふたりの部下にささやいた。「そのくそ通訳を見つけろ」

ティホミロフは大統領の遺体をドアで封じこめ、電話で命令を出しはじめた。ほかのFSB職員が走ってきて、館内に散っていく。数分後、ティホミロフは電話を下ろし、わたしに目を向けた。「イヴ、きみには出てもらわなくちゃならん。ディマを見つけろ。外の車のなかにいる。彼がどこか安全な場所に連れていく。すぐに出ろ」

夢のなか、というより悪夢のなかを歩いているようだった。廊下は果てしなく続いているように思え、緋色のカーペットを踏む足からは何の音も出ない。中二階に出たとき、オーケストラは『雪片のワルツ』を演奏していた。両親が『くるみ割り人形』のすりきれた古いレコードを持っていたことがふいに思いだされた。

そのとき、叫び声があがり、FSB職員が六人、オーケストラ・ピットの方向からロビーに駆けこんできた。その真ん中で、黒っぽいスーツを着た女性がもがいたり足を蹴りたてたりしている。オクサナだ。彼女は必死で抵抗していた。ライフルの台尻で頭を殴られたが、彼女はなおも反抗した。血まみれの顔で、獣のように歯をむきだして、身体を激しくよじって男ふたりにつかまれているスーツのジャケットからどうにか逃れ、正面入口の大扉に向かって走りだした。そしてどうにか逃げきり、階段を駆け下りて広場に向かった。FSB職員のひとりがきわめて冷静に開け放された戸口に出てきて、ライフルをかまえて狙いをつけ、発砲した。銃弾はオクサナの肩に命中し――白いシャツに赤い点々が散った――一瞬身体が持ち上げられたように浮き、それからうつ伏せに湿った雪の上に落ちた。わたしは悲鳴をあげ、彼女のもとに駆け寄ろうとしたが、いくつもの手に引きもどされて足が前に進まなかった。目にはいるのは、黒い花が開くように広がっていく彼女の血だけだった。

それから何が起きたかについては、記憶がきれぎれになっている。銃を携帯している男たちに車に押しこまれ、市街地を疾走したことは記憶にある。目的地に着いたときにひどく寒かったことと、急いで中庭を抜けて階段を上がり、鉄製のベッドのある小さな部屋に入れられたことも覚えている。なりふりかまわず暴れたあげく、ついに自分がまともではないと自認したことも。

彼女はただのオクサナではない、これからずっと、たったひとりのオクサナになるだろう。わたしはいろんなことを見たし、いろんなことをした。彼女に連れられて、ミール・ティエニ、影の世界にはいっていった。自分はそこでは生きてはいけない、オクサナとちがってこの有毒な空気を吸って生きることはできないという自覚もなしに。そしてはっきりと覚えている――ヴォルケイノ・グレーのドゥカティに彼女といっしょにまたがって走りだしたときの感覚を。彼女の背中にぴたりとくっつき、しっかりとしがみついて、夜の闇のなかに飛ぶようにはいっていった、あの感覚を。あれほど危険な、あれほど無情に人を殺す人間に出会ったことはない。でも彼女は、いっしょにいると安全だと思える、世界でただひとりの人間だった。そして今、彼女はもういない。わたしには何ひとつ残されてない。

ああ、わたしの愛する人。わたしのヴィラネル。

ついに泣きはじめたとき、それを止めることはできなかった。

13

日の出から一時間たつと、ディマが食事とコーヒーのトレーを運んでくる。窓からは下の中庭が見え、ここはFSBの本部があるルビャンカの建物なのだとわかる。部屋のドアには鍵がかかっていない。外にはトイレと廊下があり、下に下りる階段があるが、行けるのはトイレだけだ。昼間はベッドの上で丸くなり、連なる屋根とそこに降る雪を見つめていた。私服を着た男がはいってきて注射を打つと、わたしはぐっすり眠った。二日目には女性の医師がはいってきて、服を脱ぐように言い、わたしを診察した。その日は、ずっとベッドに寝てすごした。ひどく疲れていて、頭が麻痺したようになり、何も考えられなかった。夜になるともう一本注射を打たれ、静かに忘却に落ちていった。

その次の朝、ディマは朝食を持ってやってくると、わたしが飲食しているあいだ、腕組みをしてドアのわきに立っていた。

「今日は車でお出かけだ」ディマは言った。「ペルミに行く。千五百キロ離れたところだ。

二日間車に乗ることになる」

「どうして？」わたしは訊いた。「どうしてペルミなの？」

「モスクワを離れなければならない。ここはあまりに危険だ。ペルミに行けば安全でいられる。それに……」ディマは同情するような目でわたしを見た。「ミス・ヴォロンツォヴァが育った街を見てみたいんじゃないかと、われわれは考えたんだ」

そんなことを思ったことはなかったが、わたしはうつろにうなずいた。どこかに行かなくてはならないのなら、ペルミでもどこでも同じだ。ディマは朝食のトレーを持って立ち去り、すぐにスーツケースと冬用のコートを持ってもどってきた。スーツケースには新品だがとりたてて特徴のない服と、洗面道具と、プラスチックの書類フォルダーがはいっていた。

一時間後、わたしは何のマークもついていない4×4の車――ラーダの何かだ――の助手席にすわっていた。横には私服の職員がいる。アレクセイと自己紹介した彼も口数は少ないが、タフで慎重な有能さをぷんぷんにおわせている。ルビャンカ広場の東側を通る狭くぬかるんだ通りにラーダを走らせながら、彼はヴィカという名前の女性とスピーカーフォンで会話をし、アーチーがずっと元気がないようなら獣医に連れていってくれと頼んでいた。

二十分後、わたしたちは高速道路に乗り、東に向かった。フロントワイパーが左右に振れ、雪でかすむ風景がうしろに飛んでいく。何もかもが鈍い灰色と凍てついた白だ。

「音楽でも？」アレクセイが言い、わたしはラジオをつけた。クラシック音楽の局に合わせられていて、ヴァイオリン協奏曲が流れていた。綿菓子のように甘いロマン派の曲で、わたしの好みでは全然なかったが、涙が頬を流れ落ちるのが感じられた。アレクセイは気づかないふりをしていた。「グラズノフだ」彼はぼそっと言い、煙草の箱を上着のポケットからラブコンパートメントに移した。「ヴァイオリンはハイフェッツ」

その楽章が終わると、わたしは目をぬぐってティッシュで鼻をかみ、大きな音をたてて鼻をすすりあげた。「ごめんなさい」そう言った。

アレクセイがちらりとわたしを見た。「いえいえ。くわしいことは知りませんが、ティホミロフ将軍が、あなたはわれわれのために勇敢なことをしてくれたと言っていました。ロシアのためにしてくれたと」

本当に？　ティホミロフがそんなことを部下たちに言ったのだろうか？

「潜入捜査というのはむずかしい」アレクセイはスピードを上げて、のろのろと進む車の列を追い越した。「非常にストレスがたまるものです。われわれはあなたに借りをつくりました」

「ありがとう」わたしは答えた。この辺で話を切り上げておくのがいいように思えたのだ。

暖かい車に乗るといつも眠くなる。しばらくして、目を閉じ、オクサナの夢を見た。うだるように暑い上海の通りから立ち上がり、コブラのような目でわたしを見据えるオクサナ。わたしは彼女に手をさしのべようとするが、チクチクと肌を刺していたモンスーンの雨が急速に激しくなり、わたしたちの肌を弾丸のようにたたく。わたしたちは北海に落ちていき、そこの氷のような薄闇のなかに、チャーリーとアントン、ベルベットのコートを着たクリス、裸で灰色の唇をしたアスマット・ザブラーティが宙づりになっている。その全員がじっと見守っている――わたしたちが潮の流れに引き離されて指先だけがかろうじてふれあうだけになるのを。そして、オクサナが流れていって見えなくなるのを。わたしは彼女の名前を呼ぼうとしたが、海水が口のなかにどっとはいってきて――そして目が覚めた。

三時間以上寝てましたよと、アレクセイが言った。車はサービスエリアに寄り、サンドウィッチとコーヒーとミルカのチョコレートを口にした。アレクセイはラーダに軽油を入れ、グラブコンパートメントから煙草を出して、わたしに装填したグロックを渡した。「休憩は五分です、いいですね?」

「ええ。わたしは危険なの?」

「いや、全然。でもペルミに着くまではあなたに武器を持たせず無防備にするようなことはするなと言われています」

「わかった」わたしはグロックをポケットに入れ、悪臭がぷんぷんする凍てついたトイレに用を足しに向かいながら、ダーシャのアパートでやろうとしたように自分を撃とうかと考えた。これがわたしの未来なのだろうか? あちらこちらへと移され、けっして落ち着くこともゆっくり休むことも、忘れることもできないのが? その日の午後はさらに六時間、トラックと車が連なるなかを走った。高速道路の両側には雪に覆われた平野と黒々とした森が果てしなく続き、その上に雲の垂れこめた空が広がっている。ときおり、小さな行政集落のわきを通りすぎた。

アレクセイはわたしと同じく自分の話をするのは気が進まないようで、わたしたちはじっと音楽に耳を傾けた。音楽について、彼は造詣が深いようで、曲がはじまるたびにその作品について簡潔な説明をしてくれた。彼が好きな作曲家はラフマニノフで、彼が初仕事で経験したドゥブロフカ劇場占拠事件のあと何日も、昼夜となく正気を保つのを助けてくれた、と彼は話してくれた。その事件では、百三十人の人質が死んでいた。

アレクセイが助手席側のグラブコンパートメントを指さした。くしゃくしゃにされた煙草の空パッケージとグロックの予備の弾倉に混じって、ひびのはいったプラスチックケースがあった。ラフマニノフのピアノ協奏曲のCDだった。曲がはじまると、それが適切な効果をもたらしているだろうかと、アレクセイはちらりとわたしを見た。たぶん効果があったのだろう、その曲は複雑で、主題も難解だったが、耳を傾けるという行為によってほかのすべてを頭から締め出すことができた。この音楽はわたしの悲しみを麻痺させてくれたわけではなかったが、それを正しく認識し、整理する手助けになった。悲しみに居場所を与えてくれた。

夕暮れは早々とやってきた。それと共に風がきつくなり、雪原の表面をこすってはがし、ヘッドライトの光線のなかに透きとおったすじが飛ぶようになった。その夜は、スヴェチンスキー地方の特徴のない小さな町に泊まった。宿泊したホステルは、高速道路のサービスエリアに隣接している一階建てのシンダーブロックづくりの建物だった。部屋はあまりいい感じではなかったが、終夜営業のカフェの食事はおいしいとアレクセイが言った。一応食べようとしたが、飲みこむことができなかった。涙が鼻を伝わって、皿のなかに落ちた。

アレクセイはフォークを置き、紙ナプキンを取ってくれた。そして家庭生活の話をはじめた。彼は離婚していたが、一年前に同僚の誕生日の飲み会でヴィカと知り合った。ヴィカはモスクワ大学の図書館で働いており、やはり離婚経験者で、フットボール狂の若い息子がいる。その子はアレクセイに言わせると、〝やりたい放題にしてきた期間が長すぎた〟ようだ。三人はルビャンカ広場の近くの、FSB職員とその家族だけが住んでいるブロックで暮らしている。昼間はとなりの住人がアーチーを散歩に連れていってくれる。

わたしはしゃべらなくてすむことに感謝しつつ、半分聞き流し、それからコートのポケットのグロックの重みを感じながら、自分の部屋に向かった。洗面用具の袋のなかに、睡眠導入剤がひと箱あった。わたしは一錠飲み、ベッドにはいって、外を走るトラックの走行音に聞き入った。ありがたいことに、眠りは早々に訪れてくれた。

朝は早くに起床し、車で九時間走った。その日は空がくっきりと澄んでいて、陽射しが雲の覆いを押しのけて、凍てついた平原と銀色に凍りついた湖を照らしていた。ペルミ行政区（クライ）に近づくにつれ、地形が変わりはじめた。ここはロシアの奥地で、雪の輝きが薄れると、川や森がつかの間、やわらかく輝くピンク色に包まれる。

アゾフ・ホテルはペルミ中心部のプーシキナ通り（ウーリツァ）のわき道にある、ごく小さな一つ星ホテルだ。アレクセイは夜十時ちょっとすぎにその前に車を停め、わたしを連れてなかにはいると、ブーツの雪を落とし、フロントデスクにいる年配の男性と聞き取れない会話を交わした。アレクセイの話では、わたしの宿泊費はすでに支払われていて、いつかはわからないが数日中に連絡を受けるだろうということだった。彼はコートのポケットに手を入れ、紙幣の束とガスプロム銀行のデビットカードがはいっている財布をくれた。途方に暮れた心持ちが顔に出ていたのだろう、アレクセイは軍人らしいハグをすばやくした。わたしの手を握って、勇気を出してと言うと、ラーダにまた乗りこみ、走り去った。

部屋は小さく、肝臓のような赤褐色のカーペットが敷かれ、ひとつだけある窓からは通りが見渡せた。ネットカーテンを引いていても、弱々しい光がはいってくる。室内には、クロッシェ編みのカバーがかかったソファベッドと、木製の引き出しチェスト、小型冷蔵庫があった。冷蔵庫はモーター音がひどくやかましく、部屋にはいって十分もたたないうちにコードを抜いた。

カーテンのうしろの窓枠の上に、タロットカードの箱があった。前の泊まり客が忘れていったのだろう。タロットカードの示す意味などまったく知らなかったが、わたしはベッドの上に何時間もすわり、一枚ずつめくってはその奇妙な謎めいた絵柄を見つめてすごした。〝正義〟のカードの女神はオクサナに似ていた。わたしは〝剣(ソード)の9〟だ。ぐさぐさと徹底的に刺し貫かれている。

この部屋と、ホテルのまわりの雪に埋もれた通りがわたしの全世界になっていた。わたしは遅くまで朝寝し、高速道路が見えるカフェでランチをとり、暗くなるまで散歩した。一日目はコムソモルスキー大通り(プロスペクト)を市街地に向けて歩いてみた。デパートの輝きと温かみのある光景を見られてうれしかったが、コートを着て頭にスカーフを巻き、スノーブーツをはいた家族連れを見ると、なぜか心が動揺した。自分はもうあのなかにははいれないのだと思い、近くの公園とカマ川ぞいのあまり人のいない静かな道すじを通って帰った。

〈カフェ・おとぎ話（スカースカ）〉は薄暗くて暖かく、経営者の中年夫婦は人あたりがよく、にっこり笑って片手を上げて挨拶してくれ、ゆっくりとお茶を飲んですわっていても、そっとしておいてくれる。五日目の朝、週末にこのカフェで働いている経営者夫婦の娘がカップにおかわりを注いでくれ、一日遅れの〈プラウダ〉紙を差し出した。

ペルミに来てから新聞を読んだことはなかったし、テレビを映しているような店やバーの前は急ぎ足で通りすぎてきた。テレビにはいつも、殺された大統領の姿が映し出されているように思えたからだ。あの事件についてくわしく知りたいとは思わなかったし、オクサナの死についての記事を読むことにも、心の準備ができていなかった――それ以外のことはほとんど何も考えられないにもかかわらず。だが、やさしい気遣いに胸を打たれて新聞を受け取り、一度読みはじめると止まらなくなった。

トップ記事は――実質的にそれが唯一の記事だといえる――〝世紀の犯罪〟に関する〝政府筋〟からの新たな暴露情報だった。それには、多国籍のアナーキスト組織がアメリカとロシアの大統領暗殺を企んでいたことと、ロシアの保安機関が二か所での激しい銃撃戦の末、殺し屋たちを葬ったことが書かれていた。死んだ陰謀家たちはイラストで出ていた。オクサナ・ヴォロンツォヴァ、〝ヴィラネルという名で知られる、悪名高い殺しの契約請負人〟は今回のチームのリーダーと書かれており、モスクワのボリショイ劇場前の雪に仰向けに倒れている絵が載っていた。顔と胸は血で黒く染まり、ＦＳＢのテロリスト対策班、アルファチームの武装した面々に囲まれている。オクサナの右手にははっきりと、オートマティック拳銃が描かれていた。〝ふたり目の暗殺者、ラリッサ・ファルマニャンツ〟と説明書きがついた写真には、サブマシンガンでずたずたに引き裂かれ、クレムリンのニコルスカヤ・タワーの窓の前で、狙撃銃の横に倒れているチャーリーの死体が写っていた。〝この場所に、彼女は違法な手段ではいりこんだ〟と出ていた。

中面でもその記事は続いていて、タス通信の写真が出ていた。七年前の日付の、エカチェリンブルクでおこなわれたピストル射撃の大学対抗試合で表彰台に立つ選手たちの写真だ。物足りなそうなファルマニャンツは銅メダル、うっすらと笑みを浮かべたヴォロンツォヴァは金メダル。ふたりともとても若く見えた。

公式の政府筋の情報によると、両大統領の暗殺はロシアの保安機関と協力していた英国秘密諜報機関の潜入工作員の働きにより、もう少しで阻止できるところだった。氏名不詳の女性工作員がその組織に潜入していたが、大変残念なことに、その企ての詳細をＦＳＢの担当者に伝えたものの、暗殺阻止には間に合わなかったと書いてあった。その工作員の素性や現在の所在について、詳細はいっさい知られていない。

その記事では、ＦＳＢはヴァディム・ティホミロフ将軍の指揮下で、テロリズムとアナーキズムとの長く密かな戦いを行ってきたと告げていた。「そのような相手に対しては、いっさいの妥協も交渉もありえない」ティホミロフの発言が引用されていた。「われわれが現在も今後も変わらずに最優先するのは、ロシア国民の安全であります」そこに出ている写真の顔は、謹厳で自信にあふれているように見えた。俳優のジョージ・クルーニーにちょっと似ていたが、目のあたりの厳しさが全然ちがっていた。

六日目の午前十一時半、わたしはまだ着替えもせずに乱れたままのベッドの上であぐらをかき、タロットカードをめくっていた。そのとき、ドアにノックがあった。てっきり清掃員のイルマといらやつれ顔のティーンエイジャー——ものすごく古い掃除機を持ってホテルじゅうをおそるおそるまわっている——だと思い、ちょっと待ってと声をかけた。ノックが繰り返されたので、タロットカードをさっと集め、クロッシェ編みの毛布を身体に巻きつけて、ドアを細く開けた。

イルマではなく、ホテルのオーナー兼経営者のミスター・グリービンだった。「お客様です」彼はそう告げた。

わたしは急いで顔に水をはねかけ、着替えると、慎重に階段を下りた。ロビーでわたしに背を向け、通りのほうを向いて立っているのは、黒っぽいコートを着てベレー帽をかぶっている女性だった。わたしが階段を下りる音を聞いて、女性はこちらを向いた。四十がらみで、ちょっと疲れたようなやさしい目をしていた。かすかに煙草のにおいを漂わせている。

「おはようございます」女性はわたしに向かって手を差し出した。「アンナ・レオノヴァです」

わたしは彼女を凝視した。

「オクサナのフランス語の教師をしていました」彼女は、陰気な顔つきでまだ近くにいるグリービンをちらりと見た。

わたしは遅まきながら、握手の手を出した。「ええ、あなたのことは知ってます」

「あの、どこかに行って話をするのはどうでしょう」

「ぜひ」

わたしたちは〈カフェ・スカースカ〉まで歩き、紅茶を注文した。わたしはアンナに、オクサナが愛情をこめて、でも寂しげにあなたのことを話していたと告げた。

「彼女はわたしの教え子のなかで、おそらくいちばん才能があった生徒でした」アンナは言った。「彼女の身体のなかに言語が流れているようでした。言語習得の天性の才能がありました。でも彼女は内面が壊れていた。ひどく壊れていました。結局、彼女はとても恐ろしいことをして、退学になりました」

「オクサナから聞いてます」

アンナは顔をそらし、遠い目をした。「わたしは彼女が好きでした。ただ好きという以上でしたが、あんなことになって驚いたというふりはできません。彼女が……あんなふうになったということに」

「わたしがここにいることをどうしてご存知なのかしら、アンナ？　あなたはどうやって、わたしのことを知ったんです？」

オーナーの娘がわたしたちの前に紅茶のカップを置いた。わたしの質問は無視された。

「あなたは彼女が怖くはなかったの、イヴ？　本当のことを言って」

わたしはやけどしそうに熱いお茶に口をつけて、ふたたびカップを置いた。「怖いと思ったことはないわ。わたしは彼女を愛していました」

「彼女がどんなことをしていたか知っていて、彼女を愛したの？」

「ええ」

「彼女にはあなたを愛し返すことはできないと知っていても」

「彼女はわたしを愛してたのよ、彼女なりに。あなたやほかの誰かにわかってもらえるとは思いませんけど、それは本当のことなんです」

アンナは思慮深そうな目でわたしを見た。「〈プラウダ〉の記事を見ましたか？　二日前のですが」

「見ました。それに、わたしはオクサナが死ぬところを見ていました。彼女はピストルを持っていなかったわ。武器は持っていなかった、なのに背中から撃たれたのよ。イラストにあったように、胸を撃たれたわけじゃない」

アンナは肩をすくめた。「あなたの話を信じるわ。写真だってうそをつくもの。イラストなんてまやかしの幻想だわ」テーブルの上で手を組み合わせる。「あなたのことで連絡を受けたんです。あなたの話を聞きました。あなたが自力で未来に向かえるように助けてやってほしいと頼まれたんです」

「誰に?」

「言えたらいいんですけど、言えないんです。ここはロシアですから」

「ええ、そうよね」わたしはふたたび紅茶をためした。まだ熱すぎた。

「あなたがどんなにつらいかわかるわ、イヴ。でもわたしのためにあることをしてくれるかしら?」

わたしはびっくりして彼女を見た。彼女の視線は静かで、揺るぎもしていなかった。

「今夜、わたしといっしょにチャイコフスキー劇場に行ってほしいの。オペラをやってるんです。『マノン・レスコー』です。わたしの大好きな演目なの。きっとあなたも楽しめると思うわ」

「あ……ええ、ぜひ行きたいわ。ありがとうございます」

「じゃあ、劇場でお会いしましょうか? 七時でいいですか?」

「すごく楽しみにしてます」

わたしたちは黙って紅茶を飲んだ。そろそろお昼どきで、カフェにはとぎれなく客がはいってきていた。「何か食べますか?」わたしは彼女に訊いた。

「いいえ、もう行かなくては。でもその前にあなたに渡したいものがあるの」彼女はバッグから封筒を取り出し、わたしにくれた。なかには学校の制服を着た少女が何人か写っている小さな写真があり、そのなかにオクサナがいた。オクサナは十六歳ぐらいで、撮影者は彼女の無防備な瞬間をとらえていた。彼女は半分振り向いた姿勢で、大きく口を開けて笑っていた。髪がやわらかくまっすぐで、野性的な雰囲気があったが、いかにも子どもっぽい喜びようでもあった。

「ああ、すごい」涙がこみあげてくるのを感じた。「これは本当に貴重なものね」

「ええ。この写真を撮ったときのことははっきりと覚えています。クラス全員が期末試験で及第したという発表があった日です。それから……マリアム・ゲラシヴィリという子がその朝、氷で足をすべらせて足首を骨折していたんです」

「どうしてその話を?」

「この話を聞いても、それでも貴重なのかなと思って」

わたしは写真を封筒にもどした。「彼女はもういないのよ、アンナ。何もかもが貴重だわ」

宵のころには雪は激しくなっていたが、劇場のロビーに足を踏み入れると突然暖かさに包まれ、大昔の華やかな世界に包まれたいと願っている人々に囲まれた。片隅で、ふたりの娘を連れた夫婦の横に立ち、アンナを待つ。小さな娘ふたりはこの観劇のために盛大におめかしして、頭に巨大なオーガンジーのリボンの蝶結びをつけていた。

アンナが手を振ってわたしの注意を惹いた。アンナは何十年も使っているにちがいない、襟に毛皮の縁取りがついた黒いコートを着て、薄茶色の髪をフレンチロールに結い上げていた。彼女はわたしを連れて階段を上がり、慣れたようすで人ごみのあいだをすり抜けていく。

ティールームは淡い青緑色の壁に赤褐色のベルベットのカーテンがかかり、豪華で美しかった。ふたつのシャンデリアがやわらかな黄色がかった光をもたらしている。わたしたちは片隅にテーブルを見つけた。アンナがカウンターに行き、もどってきたときには、紅茶のカップではなく、ウォッカ・マティーニをふたつ持っていた。

「ご親切にどうも」わたしは彼女に言った。「どうしてこれだけのことをわたしにしてくださるのか、まだわからないわ」

アンナはグラスを前に、にっこりと笑みを浮かべた。「それはたぶん、わたしたちにそれほどちがいがないからだわ。わたしたちはどちらも、大切なものを失ったのだから」

アンナについてバルコニー席に上がっていった。わたしたちの席は後列だった。マティーニが血流に氷のような冷たさを駆けめぐらせていた。わたしたちの席は後列だった。「それほど高くはないの」アンナが小声で言う。「でも音響はいちばんいいのよ。チケット売り場の人たちも知ってるのよ。わたしはいつもここにすわるの」

照明が落ち、緞帳が上がった。オペラはイタリア語で、わたしはあらすじを追う気もなかった。舞台上の人々はフロックコートやマントを着ており、好色な男たちとふしだらな女たちがいた。甘美で悲しげな音楽が流れていく。わたしはウォッカとプッチーニの音楽の上げ潮に身をまかせた。

幕間に、アンナは電話をかけなくてはいけないと言って席をはずした。わたしはそのまま席に残り、深紅と金色の観客席を眺めていた。二十分がすぎたが、アンナはもどってこなかった。周囲の観客は席にもどってきて、ひそひそと話をしたり、プログラムを読んだりしている。照明が落とされ、ひそひそ話が静まった。指揮者が位置につくと割れるような拍手が起こり、それからフルートの震える音と共に緞帳が上がった。真っ暗に近い暗がりで、バルコニー席のドアが開いて閉じるあいだの一瞬、光がちらつき、アンナが列の前を通って席にもどってきた。

いや、アンナではない。シルエットがちがう。

「パプシック」

わたしは口をきくことができなかった。

「イヴ、ダーリン（リュビマヤ）」彼女はすわってわたしを抱き寄せ、わたしの顔を自分の肩に押しつけた。彼女がここにいるはずがない、こんなことが起きるはずがない。でも彼女の身体と髪のにおいがして、腕の力強さが感じられる。頬の下には心臓の鼓動も。「ごめんね」彼女がささやく。「本当に、本当にごめん」

わたしは顔を離し、舞台からのかすかな光のなかで彼女を見た。顔がやせて細くなり、疲れているようだった。服は簡素だ。セーターにジーンズ、スノーブーツ。フードつきコートがとなりの空席にかけてある。

「死んだと思ってた」

「知ってるよ、パプシック」

わたしは泣きだした。彼女はしばらく困ったような顔をしていたが、袖口からティッシュを出して、そっとわたしに差し出した。それはいかにも彼女らしいやり方で、ようやくわたしは本物だと納得した。
「あたしを信頼してって言ったよね」オクサナが言った。

キリング・イヴ　3
ダイ・フォー・ミー

14

それが一年前のことだ。現在、世界はまったく様相が変わっている。ティホミロフがロシアの大統領になり、ヨーロッパでは国粋主義者（ナショナリスト）のリーダーたちの新たな一団が台頭してきている。彼らは新しい世界秩序の急進的な守護者を名乗り、全員が〈トゥエルヴ〉のマークをつけている。オクサナとわたしは新しい名前と身分をもらい、サンクトペテルブルクの郊外のはずれに住んでいる。わたしたちのアパートは静かで、公園が見晴らせる。夏はとてもきれいで、冬は憂愁を帯びはするが美しい。オクサナは市内の大学で言語学の学位をとるために勉強している。ほかの学生よりいくつか年が上で、おそらくちょっと変わっていると思われているだろう（一度大学で彼女と会ったが、そのときに同じ学科の男子学生ふたりが相当彼女におびえていた）が、彼女は友だちをつくるとわたしに約束している。わたしは読書と散歩とオンラインの翻訳会社から請け負う仕事をして日々をすごしている。来年は通信教育で心理学を学びはじめたいと思っている。理解したいことがたくさんあるからだ。

あとから考えると、ティホミロフが手を打つときの緻密な洞察力に舌を巻く。シェレメーチェヴォ空港に向かうあの高速道路で、彼がうわべだけの見せかけの話をしたときのことを、たびたび思い出す。長いあいだ頭を悩ませていたのは、もし彼が、当時進行中だったボリショイ劇場での暗殺計画をくわしく知っていたのなら――実際、知っていたにちがいないのだ――なぜ、その同じ情報を見つけるのにわたしを使うふりをしなければならなかったのだろうという謎だった。もし、オクサナが果たす役割を知っていたうえ、彼女の死を偽装する作戦を仕掛けていたのなら、なぜあの陽動にひっかかったふりをしたのだろう？

すべてが明らかになったのは、ティホミロフが大統領になってからだった。前任者のスチェッキンの死を、彼は防ごうとしていたのではなく、そうなるように動いていたのだ。彼は長い時間をかけてゲームを進めてきた。〈トゥエルヴ〉の暗殺計画を知って（おそらくリチャード・エドワーズからだろう、リチャードの裏切り能力は無限大のようだ）、彼は〈トゥエルヴ〉と取り引きをした。〈トゥエルヴ〉は自分たちの暗殺ショーを喧伝できるいっぽうで、ティホミロフはそれを阻止しようと英雄的に活躍するが失敗し、スチェッキンと入れ替わりに大統領になるというものだ。ティホミロフが暗殺阻止の失敗後に捜査を受けたうえで失敗を許されたのなら、実際よりもはるかに少ない情報で動いていたように見えるように仕組まれていたはずだ。わたしの役割は彼の潜入工作員になることだったが、同時に彼の話の裏づけ役でもあった。だから彼はオクサナを殺さなかったのだ。わたしを黙らせておくために。そしてもし必要が生じたら、表向きの話の裏づけに利用するために。

これぐらいのことはもっと早い時期に推測できたのではないか？　仮にもプロを名乗る狙撃チームが、わたしのような経験もなければ気質的にもまったく不向きな人間を入れたりするはずがないということに、気づけたはずではないか？　たしかにそうかもしれない、でもわたしはオクサナのそばにいつづけることに固執するあまり、そういうことをすべて見逃していた。まあ、最終的にはたぶんそれでよかったのだ。

　わたしが知らないこと、そしておそらく今後も決して知ることのないことがたくさんある。〈トゥエルヴ〉はどうやってサンクトペテルブルクでオクサナとわたしを見つけたのだろう？　ダーシャがわたしたちを売ったのだろうか、もしそうでないなら、ダーシャがティホミロフと手を組んだ理由は何だったのだろう？　もっと大きな局面で言えば、現在はどちらが優位に立っているのだろうか――ティホミロフと〈トゥエルヴ〉は？　ティホミロフが彼らに使われているのだろうか、それとも彼らがティホミロフに使われているのだろうか？
当然のことながら、ボリショイ劇場の貴賓席ボックスの応接室に作られたあのグロテスクな死の絵画（タブロー・モー）はすぐさまインターネットにさらされた。〈トゥエルヴ〉の力と広汎な影響力を表明し、他国のリーダーたちに警告を発するものとして、これ以上に効果的なものはなかった。

　大統領が権力の座につくにあたって、意識的だったかどうかはともかく、わたしたちが果たした役割と、わたしたちが沈黙を守り、暗黙の取り決めを遵守することへの見返りとして、オクサナとわたしが共同で持っている銀行口座に毎月お金が振り込まれる。それほど大きな額ではないが、必要なものはおおむねまかなうことができる。わたしは外国に旅行するために、翻訳仕事でかせいだお金を貯めている。九月には、ふたりでパリに行き、五区の小さなホテルに泊まってかわいらしい中庭で朝食をとり、サン＝シュルピス界隈のブティックをあちこちまわった。オクサナは高価な服をあれこれとわたしに試着させた。かつて彼女が住んでいたアパートの近くには行かなかった。

　ダーシャ・クヴァリアーニは儲けまくっている。オクサナの大学に近いサドヴァヤ通り（ウーリツァ）で、わたしたちは思いがけず出会った。ダーシャはそこにナイトクラブを開いていたのだ。ある晩、わたしたちはそのクラブに連れていかれ、ダーシャはVIP用スイートでディナーを出してくれた。だが会話ははずまず、オクサナはいらいらしていた。おそらくわたしたちは全員、おたがいの秘密の重さをあまりに意識しすぎていたのだろう。

　ここはまた冬になり、わたしたちのアパートから見える公園の木々は裸になり、噴水は凍っている。わたしは読書をし、オクサナはわたしの横で、ノートパソコンを使って課題を仕上げている。彼女は非常に競争心旺盛な学生で、トップの成績を取るだろう。わたしたちのどちらも、一時間ほど口をきいていないし、その必要も感じていない。課題を終えると、オクサナはパソコンを閉じ、手をのばしてわたしの手を取る。

　わたしたちはよく、あのボリショイ劇場での夜の話をする。緋色の応接室で起きたことではなく、そのあとに起きたことについてだ。そりゃ小芝居は必要だったかもしれないけどさ、大変だったんだよ、とオクサナは話した。空包とか、あたしのシャツの下に血糊の袋を仕込むとか、そんなこんなでさ。彼女が何より鮮明に覚えているのは、わたしの悲鳴を聞いたことだった。あの瞬間——と彼女は回想する——あたしのなかで何かが動いたんだ。「あんたが感じてることが感じられたんだよ」

昨夜、わたしは午前のひどく早い時間に目が覚めた。泣いていた。オクサナは死んだのだ、去年のできごとはすべて夢だったのだと思えてならなかったのだ。オクサナは一分ほどかけてわたしを抱きしめ、わたしの名前を呼んで、自分は生きているとわたしに納得させてくれた。

今朝、わたしたちは地下鉄でネフスキー大通り(プロスペクト)に行った。歩道は買い物客で混みあっていた。冷たい空気のなかで、みな白い息を吐いている。わたしたちはハウス・オブ・ブックスの上にあるカフェ・シンガーでランチをとり、それから通りを渡ってＺＡＲＡに行った。わたしはスカートやセーターを試着し、オクサナはスウェットのパーカを買った。店を出たときには空から明るさが消えており、初雪が舞いはじめていた。腕を組んで、川の堤に歩いていった。かなり長い時間そこにいたが、誰もわたしたちに目を留めはしなかった。わたしたちはただのふたりの女性だった。ロシアの冬、夕暮れの薄れゆく光のなか、凍結したネヴァ川を眺める、ただのふたりの女性だった。

（シリーズ　完）

✦著者

ルーク・ジェニングス(Luke Jennings)

サミュエル・ジョンソン賞とウィリアム・ヒル賞の候補作に選ばれた回想録『Blood Knots』のほか、ブッカー賞にノミネートされた『Atlantic』などの小説を執筆。ジャーナリストとしては、「オブザーバー」、「ヴァニティ・フェア」、「ニューヨーカー」、「タイム」などの雑誌に寄稿。また、本作は、サンドラ・オーとジョディ・コマーが主演を務めたBBCの人気テレビシリーズ「Killing Eve」の原作となった。

✦訳者

細美遙子(ほそみ・ようこ)

一九六〇年、高知県高知市生まれ。高知大学文学部人文学科卒業、専攻は心理学。訳書にジャネット・イヴァノヴィッチのステファニー・プラムシリーズ(扶桑社、集英社)、ベッキー・チェンバーズ『銀河核へ』(東京創元社)、アンナ・カヴァン『われはラザロ』(文遊社)など。

キリング・イヴ3

ダイ・フォー・ミー

二〇二三年七月七日　初版第一刷発行

著者　ルーク・ジェニングス
訳者　細美遙子
編集　寺谷栄人
発行者　マイケル・ステイリー
発行所　株式会社U-NEXT
〒一四一-〇〇二一
東京都品川区上大崎三-一-一
目黒セントラルスクエア
電話　〇三-六七四一-四四二二［編集部］
〇五〇-三五三八-三二一二［受注専用］

装丁　木庭貴信+角倉織音(オクターヴ)
印刷所　シナノ印刷株式会社

Printed in Japan　ISBN 978-4-910207-97-1 C0097